比群山更久

2023
中国年度悬疑小说

蔡骏 ▪ 主编

马亿 ｜ 沈燕妮 ▪ 选编

BI
QUN SHAN
GENG
JIU

漓江出版社
· 桂林 ·

图书在版编目（CIP）数据

比群山更久：2023中国年度悬疑小说 / 蔡骏主编 .-- 桂林：漓
江出版社，2024.8. -- ISBN 978-7-5407-8415-7

Ⅰ. I247.5

中国国家版本馆 CIP 数据核字第 20241EE536 号

BI QUN SHAN GENG JIU：2023 ZHONGGUO NIANDU XUANYI XIAOSHUO

比群山更久：2023中国年度悬疑小说

蔡骏　主编

马亿　沈燕妮　选编

出版人：刘迪才

责任编辑：谢青芸

书籍设计：石绍康

责任监印：张璐

出版发行：漓江出版社有限公司

社址：广西桂林市南环路 22 号　邮编：541002

发行电话：010-85891290　0773-2582200

邮购热线：0773-2582200

网址：www.lijiangbooks.com

微信公众号：lijiangpress

印制：天津市天玺印务有限公司

[天津市宝坻区新开口镇产业功能区天源路 9-2 号　邮编：301815]

开本：690 mm × 1000 mm　1/16

印张：18.5　字数：260 千字

版次：2024 年 8 月第 1 版

印次：2024 年 8 月第 1 次印刷

书号：ISBN 978-7-5407-8415-7

定价：79.00 元

目　录
contents

序　言

好的悬疑小说总是有扣人心弦的开头和精巧的情节设置，以吸引我们不断地读下去，直至结尾。当然，作为一种由来已久的文学类型，悬疑小说也经常企图突破自身的限制，当作家对一桩罪行以及犯下这桩罪行的人心进行较为深度的描摹时，会不可避免地触及所处社会的现实和人性的深处。我们阅读悬疑小说，首要的要求也许是小说情节能给我们带来超出惯常生活轨道的意外，但是随着我们阅读量的增加，"制造意外"的难度也越来越大，作家需要在保证意外的同时，又得令情节和人物具备文学的合理性和典型性，这当然是更高的要求。

因此，当我们开始系统地阅读和挑拣 2023 年所刊载在刊物、微信公众号、文学 app 等各类平台上的悬疑小说时，我们可以很明显地看到，很多悬疑小说作家在既有的写作框架里，不断为寻求创新所做出的诸多努力。他们敏锐地将笔触指向对奇闻逸事的追寻和对各种科技手段（包括新的犯罪手法和破案手段）的探索，以及种种对日常疆域的突破。他们是一群充满活力和探索精神，想要打破思维常规的人。

作为悬疑小说的研究者，我们有幸再次参与这次年选的工作，感谢漓江出版社，感谢刘红果、谢青芸两位老师的继续信任，感谢蔡骏老师的付出，感谢《当代》《中国作家》《北京文学》《雨花》等几十家主流文学刊物，以及"ONE·一个"app、脑洞故事板微信公众号等众多阅读平台的鼎力支持，是你们为中国原创悬疑小说提供了容身之所。

因年选图书的篇幅所限，本书所收录的均为本年度首发的中短篇悬疑小说，长篇小说不在此列。在作品征集过程中，我们已尽可能地覆盖更多的发表渠道，但限于征集时限和编者视野等客观因素，我们相信，肯定还有优秀的悬疑小说未被我们所发掘和收录，这种遗珠之憾也是难以避免的。

在编选这些小说的过程中，我们也尽可能地关注悬疑小说品类的多样性和各种有意思的新探索。最终选到集子中的这些作品，有将人工智能的发展纳入小说内容的，也有潜入历史的褶皱里进行钩沉的，当然也有从日常生活的细枝末节里去开发隐含的"悬疑性"的。从故事发生的地域来看，既有大都市、小村镇，也有边地和热带。总之，眼前的这部悬疑年选，是我们综合种种，呈现出来的中国原创悬疑小说作家们在 2023 年对我们所处世界的思考和描摹。

我们通过写作和阅读，共同参与了时代。

《2023 中国年度悬疑小说》选编小组

录音带里嘀嘀嗒嗒的神秘噪音，隐藏着一起命案背后让人不寒而栗的真相，也侧录下二十世纪九十年代东北大厂子弟刻骨铭心的记忆。以悬疑手法透析世情，提供了对那个"漫长季节"的另一种讲述。

——《当代》主编 徐晨亮

录音带之谜

安大飞

一

那个望远镜挤在俄罗斯套娃、军用手表、苏式奖章等洋玩意儿堆里，并不起眼，但我却一眼看到了它，迷彩绿的磨砂皮外表、粗大的棱线、镜头盖上的俄文字母，还有镜筒架上的斧头镰刀标志，无不表明它的异国身份。我横跨在自行车梁上，指了指地摊上的望远镜，问摊主价钱。六十块，绝对军品。摊主拿起来，打开镜头盖让我看镀膜，蓝幽幽的，镜片居然是红色的。红得刺眼，我一下被震到了，甚至忘了看摊主的样子，直到他喊我，才发现是熟人：米耗子。

米耗子曾经是我的邻居，那时我还在上小学，一家人住三十四街区一栋一门一楼，他家住三门二楼，比我小两岁，学习不太好，他姐姐好像去了"大集体"，等他毕业时，我家已经搬到二十九街区十七栋，和他就没了联系，想必也是类似的出路。"大集体"后来都下岗了，自谋生路，不少人活得有点惨。他还是老样子，个子不高，尖嘴猴腮，年纪不大抬头纹却很深，大概是因为瘦。全身裹在一件军大衣里，毛领子竖着，缩着脖子，冻得原地乱蹦，和新华书店门口的其他摊主并无两样。他冲我点点头，熟络地打招呼，过来了啊，这我和我哥从黑河那边弄过来的，绝对好。又凑过来小声在我耳边嘀咕道，我问问我哥，能不能再优惠点。不等我反应，他回身冲着商店黑洞洞的门里喊了声，哥！话音未落，书店门的大厚棉帘子掀开一角，里面走出一个人，大冬天居然没戴帽子，大背头梳得一丝不苟，喷上层硬邦邦的发胶，像《江湖情》里的周润发，闪亮的脑门，国字脸，穿着一件黢黑闪着暗光的皮大衣，英俊又邪气。我那时还不知道他就是席宝华。他瞥了我一眼，米耗子赶忙说，是我以前邻居，老三十四街区一栋的，我们总一起玩。

席宝华从头到尾扫了我一眼，点点头说，是不是大学生？我说，对的，我在市里的重机学院。说完有些后悔，为啥他问啥我就得答呢，买东西也不用查户口。于是我反过来问他，这能便宜点不？他说没问题，五十块拿去，乡里乡亲。说着就把望远镜塞到我手上，又让米耗子把望远镜的皮套找出来给我，说，这皮套我们一般是不给的，你是例外。他把柔软的皮套也放到我手里。至此，我已经无法再拒绝说不买了，掏出五张十块钱钞票，递过去。米耗子接过，扬了扬说，谢了啊。席也微笑了一下说，开学回校替我们宣传下，同学有要买的，我让小米给你送过去。

骑车回家的路上，我才想到，我竟然连望远镜多大倍数都没注意呢，就这么糊里糊涂地买下了。心里有些忐忑，路上板结的积雪涂了一层又一层污垢，并不太滑，只要不急刹车或变道，在冰面路上骑车并不难，寒冷刺激得我蹬得飞快。1992 年底、1993 年初这个冬天，格外地冷，据说创了本地几十年的极寒纪录。冷风顺着裤脚钻入鞋里，脚踝冻得生疼，脚尖更是失了知觉，眼镜片上被哈气蒙上一层白雾，不时得用手套擦一下。围脖上厚厚一层白霜，冻得僵硬，棉帽里倒是骑出了汗，身上的羽绒大衣不抗风，吹得胸口凉，后背却是热的，我就在冰火两面煎熬里骑回了家。

这是个次货。我爸摆弄了一会儿，得出结论：最多值三十块。看我满脸不服，他指着望远镜滔滔不绝起来：这镀膜就一层，好的镀膜是多层的，而且颜色应该发紫的那种，这个颜色不对；这个物镜尺寸小，进光少，视野暗，看暗处的东西不行。他又翻过来指着红彤彤的物镜说，你是不是觉得红色高级？这红色其实是镜筒内壁的颜色，真正的军用镜里面是吸光的，防止干扰，怎么可能这么做。我妈这时端着盘苹果进屋，跟我说，你爸军品车间的，对于这些东西是内行，你们爷儿俩快吃点水果。我还是不服气，嗫嚅道，那这总是苏联货吧。我爸点点头，是苏联的，但是，老毛子的东西本来做得就糙，尤其民品，要不，咱国家也不会从法国引进图纸了。法国的东西还是不错的……我爸没说完，就被我妈打断了，那你也没出上国，引进项目的时候那么多人都去了，你都没去上，你看人家老张，和你还是同学呢，人家去了两年，带回来多少电器！我爸被我妈训得不吭声，盘里拨拉出一块苹果递给我，来，吃一块。我妈还要继续说，看我爸不吭声，也没了兴致。又吩咐我，你假期回来，还没去老张家吧，你去看看天保，别断了联系。

老张和我爸是技校同学，后来我爸成了高级技工，开大车床，老张成了二十九车间主任，现在正式称呼是二十九分厂厂长，确实有差距。我和老张的儿子天保是小学同学，都在自己厂的子弟七小，初中我们去了不同的子弟中学，高中又都上了同一所学校，因为我们厂初中有三所，高中只有五中一所，我考上了大学，他第一年没考上，也没复读，直接去念了厂技校，所以父一辈我爸输给他家，子一辈我暂时领先。我们两家算是世交，我爸本来是一分厂的，天保爸在二十九分厂当了主任后，极力撺掇我爸调过去，还给提成了工段长。二十九分厂是军工车间，正在生产海军用的舰炮，天保爸当初说缺人，奖金高，我爸就答应了，没想到订单一直不多，生产量不饱和，奖金比以前还少，我爸有些后悔，但又不好说什么，为这事没少被我妈妈唠叨。1992年我们厂已经不能正常发工资了，每个人每月借两百块钱，但是退休职工的工资是照常发的，还有生产一线的奖金必须按月给，不然大家就不干活了。我妈原是厂子弟二中的老师，四十五岁就办了内退，所以我们家的生活还好，没太受影响。但厂家属区的不景气是肉眼可见的，我放假回来就发现，好几个熟悉的饭馆已经关门了，副食品商店里也没什么人，店里居然只开了一半的灯，里面黑漆漆的，店员们都没精打采的，人进去他们都不正眼看，自顾自地吃东西聊天，让人一点购物的欲望都没有。

看着手里的望远镜，我心里一阵懊悔，既恨米耗子，忽悠我买了个破烂，也恨自己，扛不住别人的忽悠。五十块钱是很多人家一周的伙食费了，比如我们楼下老太太家，儿女都是"大集体"的，全部下岗，带着孩子天天过来蹭饭，老太太就做一大锅疙瘩汤，大人小孩吃得呼哧带喘，顿顿也不腻烦。几个儿女也不出去找活儿干，每天凑一桌麻将，哗啦哗啦地十块钱能打一天。有什么办法，啥都不会，能干啥？我妈两手一摊，瞪着眼睛说，所以逼着你考大学呢，你得争气，再考个研，将来分到北京、大连，我们都跟你过去。在我妈眼里，全中国只有北京、大连两个好地方，其他地方都不是人待的，特别是我们家这边，她简直待得够够的。

如果说我们家在厂里算中等生活水平的话，天保家就得是上等水平了，他爸当了十多年的分厂厂长，奖金高不说，去送礼的人也多，逢年过节那真是要排队串门，一个单位的人拎着东西撞上了有点尴尬。据说，只是据说，他们家阳台的灯亮就表明家里有客人，来送礼的人在楼下抬头一看，就得老实等会儿，看灯灭了再上楼。这个说法广为流传，要不为啥家家封阳台，就他家一直敞个光秃秃的大阳台呢？为这我还去找天保求证过。扯淡！他很不高兴。这你也信，我爸能干那事？要送就来，大大方方的，事能办就办，不能办也明白地告诉你，不忽悠。不过呢，我那个后妈……他不肯说下去了。

天保亲妈在我们上高二时得乳腺癌去世了，这事当时动静很大，因为他妈妈是厂医院内科的隋大夫，几乎给我们所有人看过病，和我妈妈也很熟，本来嘛，工厂就是个熟人或半熟人社会，所有人都有着直接或间接的关系。她当年能以大学生身份嫁给天保爸一个工人，是少见的，据说是因为家里出身不好，想积极进步，天保爸根红苗正，又是党员，她就看上了。他爸妈感情一直很好，天保爸后来提了干部，又摊上公派出国的美差，日子正是好的时候，她得病了，从发现癌症到去世只一年不到，那段时间天保在学校里非常消沉，成绩一落千丈，不然以他过去的成绩，不至于去技校。他妈妈的追悼会上，天保爸哭得撕心裂肺，让亲友们唏嘘不已，结果不到一年，又结婚了，找了厂医院一个护士，也是二婚，带着个女儿。我妈那会儿天天回来念叨，真没良心，这才几天就续弦，感情真不值钱，只是苦了天保了，摊上个后妈。我爸倒是不以为然，说，隋大夫太要强，家里班上都要强，把老张和天保管得服服帖帖，还把自己给累死了，天保这没了妈，倒是自由了。我妈一听大怒，这是什么话，女人要强有错吗？我今天不要强了，晚上饭你们俩自己做吧。

据说天保爸新找的这个后老伴儿长得不错，但我想不起来是什么样。厂医院也两三百号人呢，她比天保爸小几岁，她带来的女儿却比天保大两岁，我们高二时人家就已经上了大学，在省城工大，学习相当好。我上大学后的寒暑假都会去天保家串个门，从没碰到过，好像女孩不怎么回家。

但我其实不是很愿意去天保家，因为上大学后，明显觉得两个人有了隔阂，第一个假期，我和他讲我大学里的一些事，他听得心不在焉，我说到一半，他站起来找饮料给我，或者又去翻小说，我就懂了，他不爱听。他讲了一点他们技校的事，我努力认真听，但也没什么兴致。大一时我给他写过一封长信，热情得有点过分，他回了一封很短的，字写得很潦草，语气倒是很客气，说不用写信了，假期见面有的是时间，我就没再写。可能世上所有的友谊都是这样结束的，渐行渐远渐无书，没有争吵，没有矛盾，只是淡了，就散了。

但是，我妈妈让我去串门，我肯定还是得去，不然她又得唠叨，我和我爸最怕她唠叨了。

二

每个家里都有一种独特的气息。我家是香烟味和厨房油烟味，还有陈年被褥的那股灰尘味；天保家呢，好像是洗发香波里又添了点汽油味，类似理发店的味道。门打开后一股热气迎面扑来，天保只穿了件绿格子衬衫，见是我，点点头，说了句，来啦，换鞋吧。转身往里走，他还是老样子，有点酷，有点呆。脱了鞋，进了他的小屋，屋子比我记忆里要凌乱一些，单人床上的床单也不是从前那个绿白格子的，而是浅蓝色的暗纹，窗台下的银灰色暖气片，把屋弄得热烘烘的，比我家暖和不少，写字台上放了摞书，拿起最上面的一本，《福尔摩斯探案全集》，群众出版社。

这个好看，我看过好几遍了，你要看就拿去，春节后还我就行。天保说着把书接过去，翻开封面，指给我看，内页有一个厂图书馆的蓝色印章，说，是我爸帮我借的，现在图书馆长换人了，新馆长和我爸很熟，前几天让我去挑，我挑了这些。他拍拍桌上那一摞，都是古龙的。

一个学期没见，我的到来他好像是有点意外的，但还算高兴，侦探小说的话题我也很喜欢，化解了久别重逢时的局促，在来串门的路上我一直担心我们俩会陷入没话说的窘境，现在看，还好。

福尔摩斯我以前看过，《银色马》《斑点带子》这些都不错。但《归来记》之后我觉得就没有那么好了。我和他说。

天保瞪着圆眼睛说：你不说，我还以为是自己看烦了呢，我也觉得开始的《冒险史》《回忆录》写得好，后面的故事很多推理都有点勉强。

我点点头说：推理小说其实日本的也有不少不错的，我家里有一本《夜的声》，都是短篇小说，我回头给你拿来。我们学校里流行看现代文学，《平凡的世界》这些，还有外国文学，《挪威的森林》这些。我说的也是实情，大学生看的书更杂了，我们班同学都爱看《收获》《当代》这些纯文学刊物，那时候我最痴迷的是王安忆的《长恨歌》，废寝忘食读了好几遍，极为喜欢。

天保翻着手里的书，又说起自己以前怎么就知道看金庸、梁羽生呢，去年才突然发现福尔摩斯有意思，以前翻过怎么也看不进去。他之前爱看武侠小说我是知道的，高三时我们复习准备高考，他没心思学习，天天在课堂上低头看小说，被老师抓着好几次。

我从背包里拿出望远镜给他，他一看便说，米耗子卖你的吧？

哦？我有些奇了，难道米耗子招牌这么响了，厂区人人皆知？

天保说米耗子和他表哥席宝华俩人合伙做生意呢，他们去中俄边境口岸，比如满洲里、绥芬河，把咱们这边的羽绒服倒过去，把俄罗斯的那些手表相机倒过来，那边乱得很，啥都卖，连枪都能买到。这时我才知道那个穿得像发哥一样的叫席宝华。他又捅了捅我：哎，那个席宝华，过去在街里的邮局门口卖外国邮票，你记得不，咱俩还买过呢！

我一下想起来了，那是我还上初中的时候，邮局门口总蹲着一个半大小子，头发油渍麻花的，老长，大鬓角，花衬衫半敞着，面前一本集邮册里都是外国邮票，都是没听说过的国家，邮票都挺好看。我当时想搞个主题集邮，在他那买了不少鸟类主题的邮票，也不贵，三毛钱一张，我至少买了二三十张。我们班一个家长在邮局工作的同学后来和我说，这种邮票可能是假的，是地下印刷所印的。他拿着一个放大镜指给我看：这纹理，多粗；这纸张也不好；这个盖戳，不是后盖的，是直接一起印的。我听完后，气得眼泪都下来了，又不敢去找，那小子看着不好惹，但又不像那种学习不好的小混混，总之，后来这事就不了了之了，也和许多少年时的糗事一样，被我遗忘了，直到又被天保提起来。我要感谢天保，他当年知道我上当，并不像其他同学那样嘲笑我，而是劝慰道，你喜欢就好，没事，谁还没上当的时候呢？好像就是那之后，我和他一下子就来往多起来了，当然还有个原因是我们两家很近，上下学经常能一起走。

我把望远镜带来了。他家也住二十九街区，但他们这个楼的户型好，人称"红眼楼"，他家住顶层六楼，看得远，阳台很大，足有五六米长，客厅和他的卧室都有门通到阳台，阳台两侧堆了些杂物，用苫布盖着，中间大部分是空的，很宽敞。他家这栋楼临马路，马路另一侧便是厂区的铁栅栏墙，铁栅栏后是一大片荒地，早年建厂时，围墙围起来的面积巨大，其实用不到那么多土地，许多地便一直空着，他家正对的这片厂区空地，我记忆里曾经搞过蔬菜大棚，后来在一次暴风雪中，全部坍塌，之后便再没开发使用过，我们小时候放学后经常钻过铁栅栏，穿过荒地去车间找家长，看守厂大门的警卫（正式称呼是"经济警察"）不让我们小孩进。

望远镜里的一切都变了样，建筑的边缘都被加了一层紫边，远方的建筑被拉到近前，不再是一块块模糊不清的剪影，车间红墙上大片破烂的玻璃，天车架子上的铁锈，厂房之间开得慢悠悠的运煤火车都清晰可见，明暗细节纷繁映出，工厂好像活过来了，从雾霾和昏沉中苏醒。我们厂区是一片长方形的规整的区域，在这方圆几十公里的土地上，纵横排布着无数管线、道路、铁路、车间厂房、堆料场、车场，可以完成从粉碎矿石到铁板到成品设备的一切生产过程，造好的成套设备用火车、汽车或从江边码头用轮船运到全国各地直至海外。这是一个怪兽，一年到头嘶吼着、震颤着，为了维持它的运转，在旁边又配套修建了电厂、钢厂、水厂，甚至还有农场、医院、绿化公司、煤场，一代代产业工人在这里劳动、繁衍，它的健康与否影响到我们千万个家庭的生活，如果它病了，我们也失去了营养，难以为继。

我用望远镜沿着厂里的马路细细观察，下了夜班的工人们三两并排骑着车，一身油腻的工作服，车把上挂着手提兜，一脸的倦容；运货大卡车嘀嘀按着喇叭，把骑车人驱赶到路边；要过火车了，岔路口的铁栏随着急促的铃声放下，蒸汽火车轻巧地驶过，车头上的司机探出大半个身子，喊着什么。扳道岔的职工手里提着红旗，正要摇起路障，穿工作服的技术员车把上挂着安全帽，背着装图纸的工具袋，在厂区大门口正推车进去，看大门的警卫把带警徽的绿棉帽翻下来，脸被挂满白霜的围巾遮住大半边，只露出眼睛，军大衣裹在身上，外面又套了件黑皮夹克，穿着厚毛毡靴，鼓囊得像北极科考队员——在零下二十多摄氏度的寒冬里，长久待在户外，穿普通的棉服是不行的，这种打扮不好看但实用——最显眼的，是腰间的白色武装带和手枪套，他伸出戴厚皮手套的胳膊，正对着要进去的人说着什么。那技术员从衣服兜里掏出什么递过去，应该是工作证。现在好像查得严了，以前经过大门，只要下车就行，有人不下车直接骑过去，警卫认为是不尊重他们，经常为此吵架。

我又把镜头转到栅栏缺口那里，那条我们过去经常走的小路已经没了痕迹，只有一片残雪枯草，看来很久没人那么走了。栅栏的缺口也新焊上了铁栏杆。说起来这也算是我们小时候的一个游戏，我们几个同学假期时会一起找进厂的入口，我曾经发现，从技术大楼门口进去，穿过走廊，尽头那个花园门是通往厂里的，而那个门平常是不锁的，后来大楼传达室的人发现我们几个小孩天天往里走，把那个门给关上了，我们就损失了一条地下交通线。

我问天保他现在怎么进厂，天保笑了，接过我的望远镜说，我凭技校学生证是可以放行的，因为技校学生需要进厂劳动实习，所以我现在是光明正大地走大门。

他关于技校的话让我忽然意识到，我们之间的隔阂是存在的。

天保拿着望远镜，一边看一边念叨着：一车间，十四车间，那个烟囱是七车间的，二十九呢？哦，在这儿，看见了，就一个小角。他看得兴致勃勃，把我给冻坏了，拽了他两次才回屋。

十二倍望远、二五口径的物镜，携带方便，五十块不算贵，挺值的。他说着还给我。听了他的话，我也有些安慰，能用到就是值，花很少钱买个从来不用的东西，也是不值。我们家虽说也是临街二楼，但冬天的窗户上厚厚一层冰霜，窗前还有障碍物，什么都看不到，要看厂里，只能来天保这里，有点麻烦。见他又举着望远镜，透过窗户往外看，我便说把望远镜留下，让他多玩几天，他有点不好意思，说，那我要不也给你拿点啥，得礼尚往来啊。便去翻那摞小说，让我挑一本，我说我不太看武侠了，他想起来什么，说，给你拿点歌带吧，我姐那边有，你挑一盘。便在屋里喊，姐啊，姐！我一下没反应过来，隔壁屋里响起了一个软糯的女声，干吗？这时我才知道，他的姐姐，或者说他后妈带过来的姐姐，就在家呢。

屋门无声地推开了，那是我第一次见到他姐姐，微倚着门，抱着胳膊看着我们，身形极瘦，粗线毛衣松垮地披在身上，更显得整个人小小，丹凤眼，薄嘴唇，很淡的妆，肤色有些黄，额头上有几个很浅的痘印，可以说是美女，齐肩的头发是大波浪卷，油亮亮的，可能是焗过，浑身带着一股电烫精的气味，就是我刚进屋时闻到的那个味道。

天保介绍说，这是我同学安顺祥，他爸也是二十九的。姐姐点点头，说，我知道他是谁。她说话时并不看人，眼睫毛是垂下来的，语速较慢，音调有点怪。天保问能不能借点她的歌带，姐姐说，我那都是外国歌，你们听吗？英文的，美国乡村乐队。天保想想，问她：翻录的那盘姜育恒呢？我们都喜欢姜育恒。姐姐稍微犹豫了下，转身回屋，拿回一盘磁带送到天保手上，对着我说，听完还我。她靠近时那股进门时的味道更浓厚，让我有些眩晕。

这磁带是自己录的，日本 TDK 的磁带，并不是原版，磁带盒脊背上写着三个正楷字"姜玉恒"，字很好看。天保说这磁带翻录的香港原版带，大陆还没出，你一听就知道，音质很好，这里有姜育恒的经典歌，还有新歌。我指了指那个"玉"字，他点点头：我姐写错了。

晚上家里吃酸菜炖肉，饭桌就在厨房里，大砂锅摆中间，热腾腾的，我们三口人蘸着韭菜花吃，就一个菜。吃饭间我说起见到天保姐姐的事，我妈说那女孩随她母亲的姓，叫李秀娟。我问，她亲生父亲呢？我妈说，那都死了多少年了，也是癌，肺癌。明白吧，抽烟抽的。我妈又提醒我了：不要学你爸抽烟，不是啥好事。我说，女孩长得还是可以的，就是皮肤有点黄。我爸妈迅疾交换了下眼色，我妈又说，你还注意上人家长相了，我警告你啊，大学里别搞对象，搞了毕业分不到一起也是白搭，能把你自己的事搞明白就不错了。我扒拉着碗里的饭，装没听到，妈妈筷子一敲砂锅边，当当响，严厉地说，别说我没提醒你。我爸放下酒杯说，你干吗，孩子大了，想谈个朋友也没什么大不了的，咱们俩认识的时候，不也就这个岁数吗？我妈听了这话，笑了，语气也缓和了些，但脸又迅疾板起来：咱们参加工作早，进厂了就想着早点扎根落户，他这现在什么都没定呢，谈也是白谈，再强调下啊，不能谈。

我有个小秘密，我喜欢我们系一个眼睛水汪汪的女生，但还没来得及说，我们宿舍的几个人一直起哄让我去表白，可我下不了决心，一是怕被拒绝，二也是因为我妈的态度。那女生家是省城的，毕业后十有八九会回省城，而我呢，我妈一定不会同意我去省城，所以，我不敢表白。如果我没能成功分到外地，回本厂工作，我可以百分百肯定，那女生不会来，这里的生活实在太无聊了。我妈妈的一个同事家里因为老人去世，北京的亲戚过来了，待了两天说啥也不待了，临走时对我妈同事说，你们这里的人怎么活得下去，一天天地多没意思。同事在学校里一说，我妈这可记住了，没事就把这句话翻出来讲，人家都纳闷咱们是怎么活下去的，我自己都纳闷，我怎么没把自己闷死。她一说这话，我爸就皱眉，苦着脸，我们爷俩大眼瞪小眼，等着我妈日常抒情完毕，我觉得我和我爸没把自己闷死，那才是本事。

　　晚上洗漱完，躺在床上，我戴着耳机，用随身听放那盘录音带。这个爱华随身听，是我爸托人在北京出国人员服务部买的，是对我考上大学的奖励。A面的歌我都很熟悉，《驿动的心》《再回首》《多年以后》，我闭着眼，沉浸在姜育恒磁性忧伤的嗓音里，五六首歌放完，磁带还在转，耳机里传来一阵嘀嘀嗒嗒的叫声，像某种机器的噪音，又像是吹响了干瘪的喇叭，高低声起伏着，我本来昏昏沉沉都要睡着了，一下醒了，坐起来摘下耳机，按了关闭键，拿出磁带检查，并没有卡带。这是一盘九十分钟的磁带，单面是四十五分钟，一般商业歌曲磁带单面最多是三十分钟，所以这后面的声音，应该是磁带上之前的东西，没有被新录的内容覆盖上，但这声音好奇怪，是我从没听到过的，是什么呢？我把磁带快进到头，翻到B面，再按下播放，还是歌曲，迷糊中，不知听到哪里，我就睡过去了。

　　第二天早上起来，录音机早就播放到头自动关闭，我检查了下B面，歌曲听到头，是英语，流利而快速的美式英语朗读，应该是之前录的，可A面的声音……我又听了一遍，也许是翻录时的故障造成的，那声音无论如何只能归类为噪音。

三

春节前的家属区澡堂实在是太多人了，我回家后去过一次，更衣间的衣柜都被占满了，等了好一会儿才排到。女澡堂就更夸张了，门口的大长队居然延伸出二十多米。好不容易等到更衣柜，脱光了走进浴室，白茫茫的蒸汽里，密密麻麻的都是胴体，像生猪屠宰场，每个喷头下面都挤着四五个人，有人不自觉，占了喷头就洗个没完。洗个澡特别窝心，加上路上来回一共耗时四个小时，回到家时我人都要虚脱了。几天后再去天保家，我和他说厂西二澡堂是不能去了，下回只能去厂西一澡堂碰碰运气。他说，你想到的别人难道想不到吗？那边人不会少的，你还是和我一起去车间澡堂洗吧。他眨眨眼，说，咱们就晚上吃了饭去，七点来钟时上白班的人都走了，夜班的人刚来，我之前进厂实习的时候，都算准了这个时间去洗澡。

说这话时，我们正坐在他姐姐的房间里，一边喝着可乐，一边等着翻录磁带。我家的双卡录音机是国产的杂牌子，质量不行，翻录个歌杂音吱吱啦啦比歌声还大，没法听，所以我就拿着那盘磁带来他家翻录了，他家的录音机是日本东芝的，相当讲究。我和他说了磁带噪音的事，要他自己听，他推测那就是机器的毛病，他姐姐在学校都是去播音站翻录，翻一盘收五毛钱，播音站都是学生管，肯定不爱惜机器，弄出毛病了。

他家的大录音机本来是摆在客厅里的，他说因为姐姐有时用来听英语，所以搬过去了，他姐姐其实也有随身听，功能很全，能自动翻面的，但是，天保爸还是给搬过去了。没事，反正我姐在家也待不长，过完节就回学校了，她正在申请去美国留学的奖学金呢。天保叨咕着，这时 A 面的歌播完了，噪音响起来，我指着录音机，示意就是这个，他点点头，说，就是机器的毛病。等了一会儿，他把两个卡带的磁带都快进到头，换到另一面，又同时放进去。翻录，就是要把母带放进双卡录音机的 A 卡槽里，再把空白带放进 B 卡槽里，左边卡槽同时按下录音和播音键，右边卡槽按下播音键，就可以了，如果想快速翻，就两边再同时按下快进键，我们刚才听完了 A 面，B 面他同时按下了快进键，这样翻录的速度就大大加快了，只是声音都是几倍速播放，没法听，我说这样翻录音质会差，他拍拍东芝录音机，骄傲地说，你放心吧，我试验过，效果没问题的。

你姐留学得找保证人，给写推荐信吧？我换了个话题。我是听我妈妈说的，她中学里别的老师孩子去了美国，那老师在学校自此走路都是趾高气扬，一收到孩子的信了，拿着信满走廊溜达，在教研室看信还出声念，惹得其他老师眼红不已。

天保说这不叫难事，他姐姐和学校的外教关系很好，那外教一直帮着联络，等下学期录取通知书下来，再申请到奖学金，暑假就该去北京办签证了。他姐还答应，以后去了，给他寄点美国的歌带呢，他想要迈克尔·杰克逊的。

我对于天保的音乐欣赏能力是存疑的，高一时他把粤语说成"恶语"，让我很是笑话了一阵，他并不懂得分辨歌曲的好坏，只是跟着流行，什么火就听什么。中学时有段时间我喜欢看《音像世界》杂志，他就不时来问我，哪个歌手好，有什么新专辑，他比我强的是零花钱多，经常去街上音像店买一盘，而我直到上大学，也不太舍得买磁带，太贵了。

天保大概看出了我眼里的不信服，拉开姐姐屋里写字台抽屉，拿出一张照片来，扬扬得意地递给我说，你看我姐这外教长得不错吧？

照片上是一个很高的外国人和姐姐的合影，看背景可能是在校园里，那外国人年纪看不太出来，大概三十岁，卷曲的黄头发被风吹起来，瘦长的脸颊，高鼻梁，很英俊，笑得很灿烂，姐姐也在笑，两人穿着同款的灰色帽衫，前襟上"NY"两个大字母交叠在一起，那老外的胳膊搭在姐姐的肩上，亲密无间得像恋人。

不用我问，天保就主动解释：不是对象，老外比咱们开放，人家普通男女朋友拍照都这样。又换个语气，单手拢着嘴，在我耳边做窃窃私语状：学校里追我姐的人可多了，这老外其实也追过，我姐姐没同意，就当一般朋友处，也挺好。

普通朋友会搂抱，会穿同款帽衫？我并不相信，但也不好说什么，把照片还给他，让他尽快放回去。天保说这是他家，再说，他姐姐并不在意别人看照片，不然也不会把照片光明正大地放抽屉里。

放抽屉里叫"光明正大"，天保的思路总是清奇，他应该也真是这么想的。说起来，以前他去我家，也爱翻抽屉找东西，或者说不找东西也得拉开看看，弄得我有时不太高兴。其实，长这么大，我还是第一次进到女生房间，他姐姐这时不在，我们俩在他姐姐房间里翻录磁带时，我心里总是有些打鼓，要是他姐突然回来，看到我们大模大样地坐在她床上，翻看她的照片，那肯定会发火的。大学里很多女生都不允许别人坐自己的床，更别说翻东西了。他姐姐也不是他亲姐，他们成为一家人也是没几年的事。

回到家吃了晚饭，我戴上耳机，坐在写字台前一面听着新翻录的磁带，一面发呆。我没有九十分钟的带子，找了盘六十分钟的，SONY的，单面三十分钟，也够了，歌曲本身每面都没有占满三十分钟，所以A面听完，还是录上了一段那个噪音。天保说得对，翻录的质量很好，基本听不出音质的衰减来。我忽然想起白天在他姐姐房间里看到的，书架上都是各类学习的书，厚厚的英文词典有好几本，英汉、汉英、英英，全部码得整整齐齐，没有闲书，如果不是门上挂的女式外套，真看不出这是女生的房间，也见不到一般女生那种港台明星照片贴画，窗台地上一尘不染，肯定天天打扫。我妈妈是干净人，但和他家比，还要差一点。他们家里天保一间，姐姐一间，父母一间，还有个小厅，三室一厅在我们厂职工住房里是很少见的，一般人家都是一室或者两室，我隔壁家两口子一个儿子一个女儿，就一间屋，孩子大了只能住上下铺，睡觉拉帘。这当然也是因为他爸的职务关系，房产处管分房的人是很势利的。我妈曾想托人送礼换个好一点的房子，人家没收，说不好办，太多眼睛盯着呢，但如果职位高了，分个好房是顺理成章的事。厂长据说住的是四室，还有军代表们，单独有一栋小楼，据说也都是三室。我们家现在住的是两室，没有厅，吃饭只能挤在厨房里，狭长的走廊摆上三辆自行车就满了。每次从天保家回来，我都觉得自己家又挤又破。

厂里正在搞货币化分房改革，以后房子产权都归个人了，但需要拿一笔钱，我家的房子据说要拿七千块，我妈不干，说这破房子，一分钱她都不想拿，如果换成天保家的房，她愿意拿，哪怕多一点也行。我爸说人家老张那房子得拿一万二呢。我妈一拍大腿说，一万二也值啊，以后孩子结婚了带媳妇回来，咱这房吃饭都摆不开桌了。我爸笑了，说：你不一直念叨着让儿子将来去北京、大连，然后咱们也过去吗？怎么又成了他带媳妇回来了呢？我妈翻了个白眼，说，他能在北京、大连扎根落户，那指不定多久呢，再说，以后都是货币化分房了，他真在大城市买房，咱们也得帮着掏，就咱这点家底，能掏出几个钱？

没钱，才是我家当下最大的问题。过去计划经济，大家吃大锅饭，家家都一样，也没什么可比的，争的无非是谁家出国了，去了多久，谁涨工资被落下了，回头看都是蝇头小利。而现在不同了，厂里效益不好，据说辽宁许多工厂都停产了，工人们全部下岗，在我们小城，只有我们厂和钢厂还在维持生产，但颓势也很明显，化工厂、纺织厂都彻底停产了，职工全体失业，玻璃厂、水泥厂也差不多了，电厂受影响，一电厂停了，二电厂还正常。出来做买卖的人多了，满街都是摆摊的，卖布的尤其多，全是纺织厂女工，有个过去的工友找到我爸，说一起去韩国倒腾旧轮胎，回来能找到买主，赚得多，一把就够半辈子了。我妈开始动心，后来听那人说得掏几万块入股，我妈又退缩了。咱又不懂朝鲜话，又没关系，只能一直听人家指挥，不行。别看我妈就念过中专，但直觉很准，后来那人骗了好几个过去同事的钱，人就失踪了，再也找不到了。

四

地下商城里的商铺像蜂巢一样密集排列着，每一寸空间都被利用了，商贩们像工蜂一样忙碌，倒腾货物，接待顾客，扯着嗓门说话，每个人都使足了力气，大喇叭里的流行歌曲不厌其烦地重复着，可能店主觉得既不用吆喝，又要有动静，这样是最省力的，完全不顾噪音污染。当然地下商城里不只是噪音污染，还有空气污染，人味、油烟味、尘土味，空气污浊得让人窒息。衣服铺子里亮眼的衣服挂在墙上，主打的衣服则是摊床上铺着的，都有价签，但那只是参考，所有人都明白是可以讲价的，讲多少要个人判断，如果不买，最好别上手翻，更别问，容易被人白眼。如果还价了还不买，那就更遭人恨了，天天有人因为这个吵架动手。东北人即使做生意，也缺乏服务意识，谋生都如此艰难了，却仍把脸面看得比什么都重要，你和他砍价，他就来气，你不买，他更来气。

在这个小城里，每次出门，都会遇到熟人。熟人分两种，一种是会聊几句打个招呼的，比如曾经的同学、近邻等；更多的是彼此都知道对方，但并不说话的，这样的人太多了：一个中学不同班或者不同年级的、街区里别的栋的小孩、同学家的兄弟姐妹等，简直数不胜数。上大学后，我惊异于有些同学在学校里交朋友的速度，他们几乎和每一个认识的人都说话，在我家这边是不行的，至少我觉得不行，因为那就意味着每次出去都要和好多人说话，太浪费时间了，再说，也没什么话可说。所以，不需要说话的人遇到，大家不要有眼神交流就好，不尴尬。那天在地下商城里我就和一个熟人意外遇上了，当时我刚买完烟花鞭炮，走过食品摊床时，有个女声喊我的名字，那女声来自卖朝鲜咸菜的摊主，她面前的辣白菜堆得小山高，红彤彤的，散发着呛鼻子的酸辣味，女摊主一边麻利地给上一个顾客算账找钱，一边对我嫣然一笑，不认识我了？我是苏海容。

我立刻想起来了，海容是我初中同学，初三时坐我后面一排，和天保关系不错，和我并不熟，虽然她并没有和天保同学过，我都忘了他俩是咋认识的。那会儿她戴个黑框赛璐珞眼镜，很不起眼。和现在这个戴着大围裙、手脚麻利的咸菜摊主判若两人。

真的没认出来？我现在戴隐形。她说着又笑了。她的牙齿很好，洁白无瑕，在同龄人里很少见，我们大多被四环素害惨了，牙齿黑黄不齐。

你不是护士吗？我搜刮着记忆，我印象里，她初中毕业去念了护校，后来好像进了厂医院。

我刚下夜班，帮家里看摊，这我姐承包的。她用下巴点点，这是她自家的买卖。

哦……对着满眼红白绿紫的辣白菜、蒜茄子，我又陷入无言的窘境，好半天想起一句，你是朝鲜族吗？不是吧？

她摇摇头，又来顾客了，她一边招呼人试吃，一边看着我手里拎着的烟花爆竹，问，你怎么不在家那边买呢？

我解释说家附近的摊位卖的东西不行，都是本地货。看她忙，我刚说要走，她喊住我，递给我一个系紧的塑料袋。

大米糕和辣白菜，自家做的，她解释道。她额头上都是汗珠，人也有点发福，白胖胖的像个糯米年糕，摘掉眼镜，像是完全换了个人。在我记忆里，她应该是满族，上课时从不发言，老师叫起回答问题时总是脸通红，半天答不了一句，大概是生活的磨砺，让她变得这么外向。

我推辞了下，还是接过来了，拿在手里沉甸甸的，道了谢，她点点头，手里不停地忙着归拢咸菜，一边对我说：天保说你喊他一起去厂里洗澡，到时候我也去。

我有点没反应过来：洗澡？你也去？

她看我的样子，爽朗地笑道，你想啥呢，天保说他姐姐也要去，得找个女生一起做伴，他刚才还在这儿，说周六晚上，还没来得及和你说吧？

是没说呢，我家又没电话，他没法通知我。

你和天保……我没说完。

这回她温柔地笑了，眼睛眨了眨，轻声地说，你忙吧，回头再说。便转脸去招呼顾客了。

我确实没听天保提过，当然我和天保也没要好到无话不谈的地步，比如我自己的单相思就没和他说过。

当天晚上，我们正吃饭，有人敲门，打开一看，天保扛着箱可乐站在门口，说他爸让他送过来的，我妈忙把他让进去，说，你爸客气啥，快进来坐会儿。天保说不了，放下就走，又回头跟我说，周六晚六点半他来我家楼下喊我，跟他去厂里洗澡。

合上门，我妈看着我爸，说，真是奇了，他家给咱家送礼，头一遭。我说：他家可乐老多了，都是人送的，根本喝不完。我爸坐饭桌旁，小酒杯不停，借着醉意，大着舌头说，你看不出来吗？老张是觉得我心思不稳，怕我走，他这是安抚我呢。

走？你去哪儿？难道你真的要辞职下海？我问我爸。我爸说不是，调回一分厂，人家一分厂厂长主动找的他，欢迎回归，那边活多得干不过来，缺有经验的师傅呢，他回去，还能当段长。

哇，那好啊。我和我妈齐声说。我妈说，老安，这啥时候的事，你还瞒着我呢。我爸说，我不是瞒你，是我还没考虑成熟，如果想好了，春节后就得跟老张提。

我打开箱子，取出三罐可乐，一人一罐，从外面刚拿进来的可乐冻得凉飕飕的，一口喝下去，半个胸腔都是冷的，我妈也破例喝了一罐，她说，你必须说，来军工这步你是走错了，现在回去还来得及，再过两年，等干不动了，你想回也没人要了。再说了，我妈说着说着火气就上来了，留你也不能就送可乐啊，拿点真章出来啊，送可乐不是砢碜人吗！

不是砢碜，人家是个意思，其实一切，不就是钱的事嘛！我爸很感慨，他接着说，厂保卫处正抓人呢，偷盗贵金属的，据说是团伙作案，有人说是那帮捡煤渣的，背后还有人指挥，有人管销赃，搁过去，工人阶级哪有人干这事，还不是穷急眼了。我妈说，怎么没有，一直都有，你不要老觉得过去啥都好，过去日子好，肉都不能天天吃。现在肉顿顿吃，都吃够了。我妈这话其实说得有点不符合事实，我们厂很多人家是不能天天吃肉的，比如楼下老太太。

我问我爸知道背后人是谁不，我爸说没证据，要有早抓了，但车间里很多人传，是老席家那个孩子，叫席宝华那小子，他是团伙头子。

我听了一惊，席宝华不就是米耗子的表哥吗？咋会是他呢？我妈一边收拾碗筷，一边说，我知道那小子，他妈妈以前是职业高中的，教化学，我和他妈妈去教办开会时认识的，有时也唠几句，但没啥交情。那小子聪明，心眼多，考上大学又退学了，他妈妈说是得肝炎了，别人传是在学校把人打了。

我问他上的哪个学校，我妈妈说就是工大，和天保他姐一个学校，同一年的。

哎，他也是从咱们五中考上的？我怎么从没听说，学习好的本厂子弟我不可能没听过啊。

我妈说，不怪你不知道，他高中在市里的实验中学，住校来着，哎，要说那孩子，也是个人才，可惜。好像打架也是因为谈恋爱，哎，对了，你可不能在学校搞对象啊，你看看，这都退学了，没啥好事。

我妈就是有这个本领，任何话题，都能急速拐到我头上，以批评教育我作为话题的结尾。

我拿回来的泡菜和大米糕得到了爸妈的一致好评，我妈说她做不了这么好，我妈腌酸菜还可以，她说下回我也给人家拿点酸菜，不能光拿人家的东西。我没好意思说，我跟那女生也不熟，送来送去算怎么回事。

春节前，我妈让我去换一次液化气罐，免得过年时候没气烧。我们家属区本来都是烧煤的，没通煤气管道，很多人家便自己用上液化气罐，这样省事，不用生火添煤，但需要定期去液化气站换罐，我只要在家这差事就是我的。液化气罐需要用个钩子挂在自行车后座上，骑起来开始有些别扭，因为重量都在一侧，需要骑车人身体往另一边倾斜以保持平衡，骑一会儿就适应了。液化气站在煤球厂旁边，在厂区的西侧，从我家过去有五公里的路程，属于比较偏僻的地方。那里也是工厂的煤场，小山一样的煤堆耸立在围墙后面，春天刮风时，满天的黑尘，白日里都能伸手不见五指，人称"黑风口"，每个经过的人都会被染成非洲人。冬天还好，因为雪掩住了煤山的大部分，只露出挖煤的一角来，我早上7点多就出门了，到那里时气站刚开门，人不多，很快就换完了，在驮着沉甸甸的液化气罐往回赶时，我忽然想到我爸前天晚上说的话：偷东西的团伙是那帮捡煤渣的。在煤场旁的岔路口，我拐了进去。

　　煤场到厂里的各个用煤厂房是有火车道的，特别是炼钢车间，大量废料和煤渣用火车拉出来，开到废料场倾倒后，火车继续往前开，在煤场装车再返回。废料场离煤场不远，是一座差不多有二十米高的灰山，用废渣堆积起来的，这里早年是个垃圾坑，慢慢被废渣填满，又渐渐隆起成了小山，长度绵延几百米，铁轨就铺在山上，货车停下来，车厢往一侧倾倒，废料冒着热腾腾的蒸汽和烟尘顺着山坡轰然滑下来，有的渣还是暗红色，被风一吹，忽明忽暗地闪烁着。山脚下那群披着破旧衣服的拾荒者，早已等待多时，他们迎着倾斜的废渣爬上山坡，一手拿着筐，另一手举着铁刨子，在刚倒出的废渣里翻找着，全然不顾粉尘和烫伤的危险。没有烧透的煤块和铁矿石是可以回收的，只有最穷的人才会做这个，因为太脏了，收入也不高，过去只有外地来逃荒的人才会干这个，然而这次我看到的人明显要比以前多了很多，许多人穿着本厂的劳保服，都把脸遮得严严实实，只露出一双眼睛，直到这一趟车的废物渐渐被翻拣干净，人群才慢慢退下，回到山脚，等待下一趟货车的到来。我跨在车梁上，隔着厂区的围墙久久地看着，他们就像一群蝼蚁，佝偻着身躯，在肮脏和危险中觅食，这样的人为了生存，什么干不出来呢？我们和他们，其实本质上也是一样的，在讨生活，在拼尽全力地活下去。

<h1 align="center">五</h1>

冬天我习惯于周五洗澡，周三在家洗一次头。周六那天已经是小年后了，节日的气氛很浓，零星的鞭炮不时响起，天保来我家时，我刚吃完晚饭，穿好衣服下楼一看，还有两个人，海容和天保姐姐。海容这回我是一眼认出了，还是那件红羽绒服，只不过摘了套袖和围裙，天保姐穿了件白色呢子大衣，薄薄的黑皮手套，高筒皮靴黑亮亮的，戴了顶毛茸茸的白线帽，我愣了下，才认出来。她俩只骑了一辆车，海容说她驮姐姐去，天保姐姐自我解嘲说，她没运动细胞，一直不会骑车，只能麻烦别人了。不麻烦，麻烦啥？我驮两百斤大白菜都是晃晃的。海容说。这话，听着有点吹。

三辆车四个人轧着板结了冰的路面，几分钟就骑到了厂西门。黄色的厂大门被悬下的白炽灯照得雪亮，不留一丝阴影，节日的气氛也有了，门上挂了四个大红灯笼。周六晚上没什么人，警卫百无聊赖地来回溜达。我觉得就是因为他太闲了，所以拦住我们，要看工作证，海容和天保都有，我和姐姐没有。海容举着提兜说我们去车间洗澡，警卫不让，说节前这段出事比较多，领导指示，没有证件不能进，被查到了会挨批。警卫说话挺客气，但态度很坚决，不让进。

这咋办？我们几个面面相觑，我说要不就去外面家属澡堂吧，天保姐不置可否，天保不干，脸憋得通红，刚才就数他嗓门大，要不是两女生拦着，他就和警卫吵起来了。我觉得肯定是因为进厂洗澡是他倡议的，进不去他觉得特别没面子。

海容看看我，看看天保，说，我有办法，走吧。我们骑上车，往回骑了几下，她扭过头说，她知道条路，从技术大楼那边进。

哎？我和天保交换了下眼神，这条路我们小时候走过，很多年了，但那是从走廊溜进去啊，骑车怎么行？海容咯咯笑着说，你们跟我来吧。这回她骑到前面去了，天保姐侧坐在后座，一手揽着海容的腰，时不时转过头瞥我们俩一眼，好像生怕我们不认路走丢了。东北的冬天下午5点钟就全黑了，路灯已亮，相隔不远，接力照亮公路，有个别路灯坏了，一行人就在忽明忽暗中，嘎吱嘎吱地骑着，冬天的车胎不能气太足，否则容易滑倒，所以骑起来很累，也很慢。我们沿着厂区东侧的围墙外骑行，十五分钟时间骑到了技术大楼。大楼在厂的正门北侧，是一座有着尖顶的米黄色曲尺形大楼，1958年建厂时就有了，典型的苏联风格，最上面的圆顶里是个会议室，我小时候经常溜进去玩。我们抬着车上了大门口的阶梯，掀开大门上厚厚的绿色棉帘子，传达室走出来一个老人，腰弯得厉害，披着军大衣，一手拎着暖水瓶，冲我们摆手，下班了，下班了，不让进。

海容甜甜地喊了一声，爷爷。调子拖得老长。老人黑瘦脸上的皱纹一下全展开了，咧嘴一笑，牙齿稀疏，小容啊，你咋来了呢。他是当地口音，但说话有些硬，不知是不是喝多了。

海容说，我们几个进厂洗澡，从你这借条道。老人二话不说，回屋放下热水瓶，蹒跚着带着我们往走廊深处走，他有点微跛，几步就看出来了。

天保边走边说，我忘了，你说过，你爷爷在这打更。海容一笑，说我这招好吧，我有时候就这么进去找人。

那我们回来还从这走？天保姐姐问。天保摆摆手说不用，警卫只查进去的，不查出来的，出来直接走就行。

周末的大楼没有人，走廊铺的还是最早的红漆木地板，走上去咚咚响，车轴嗒嗒地低声叫着，回音在黑暗中绵延悠长，我们像一群小毛贼，屏着呼吸，推车到了走廊尽头，黑暗处可见一扇弹簧门，俩把手上挂了把链锁，这锁就是个摆设，根本没锁上。海容爷爷拉掉锁，推开门，一阵凉风吹过来，外面的夜晚在星光和路灯下，反倒比走廊亮一点，我们依次推车出去，海容爷爷在后面说，你们大概几点回来，我过来给你们开门。

我有点不解，便问，不用这么麻烦吧？把门一直敞着不就行了？

海容爷爷摆了摆手说，不行，这门改造了，敞着不关，关不严实，过一会儿就会嘀嘀报警。

天保拉拉我，又对着老人说，不用不用，我们出来就从厂西那边大门出去，出去没人查。

海容爷爷点点头，一直看着我们走远，才把门关上。

你爷爷一直在这打更？天保姐姐问。海容说是啊，能挣钱啊，我爷爷过年都来呢，年三十吃完年夜饭，他还要来，他自己喜欢。

天保很熟悉行情，说，打更这可是美差，冻不着饿不着，还有钱拿，正经得是有点门路的才行。你家也找人了吧？海容没说话，天保还要问，姐姐捅了捅他，便闭嘴了，我偷偷看了海容一眼，她并没有生气。

从技术大楼出来到二十九分厂只有五分钟的车程，厂区的路狭窄而干净，应是经常清扫，我很久没进厂了，有点好奇这里面的变化。黑夜藏不住厂区的衰败，生锈的钢铁部件躲在草丛中，像埋伏的野兽，头顶上的管线保护皮已经脱落，长长短短地悬着，远处不时传来机器的噪声，轰轰，咚咚，然后是长长的吼叫声，那是水压机在碾压铁坯的声音，鸣笛响起，一股白烟在远方拉出来，那是运货的火车。二十九分厂是一座长方形的红砖建筑，有七八层楼高，房檐上稀疏装着灯，勉强照亮厂房的上半部分，建筑外面围了圈围墙，但围墙没有门，缺口大开，一列平板货车就停在从车间里延伸出来的铁轨上，车上黑乎乎的两坨货物，罩着迷彩苦布，看不出是什么，但有两根细管子斜探出罩子。我拍拍天保，指指那坨东西。

炮！舰炮！天保小声说，用火车拉到碾子山靶场试射，再拉回来检查。又跟我解释：那迷彩布是新装的，以前不是这种布。

原来就是这个东西，我听我爸爸说过，当年为了引进这个，设计二处派了几十个人，在法国学习了三四年，运回来的图纸要用火车拉，消化图纸，试制，验收，改型，折腾了七八年。但采购量不大。这就成了恶性循环，采购量不大，单件成本就降不下来；成本降不下来，采购量就上不去。其实还是咱国家没钱，这东西在法国都是要淘汰的玩意儿，我爸说啥都能说到钱，就和我妈说啥都能说到我一样。人穷，厂穷，国家穷，穷，是一切问题的根源。

分厂的洗澡间就是厂房深处角落里的一间小屋子，不分男女，天保姐姐提议我们先洗：你们男生洗得快，我们慢。她们在技术组的办公室里等我们，天保用钥匙打开办公室的门，合上墙上的开关，一排排管灯在天花板上闪动着亮起，屋子不大，十几张办公桌，每张桌上都斜铺着制图板，有的还钉着没画完的图纸，往里面走是计算机房，我探着身子往里看，一溜机器大多数还亮着灯，但屏幕是暗的。海容催我们快点去洗，天保领着两个女孩来到旁边一间小屋里，推开门，很朴素的陈设，只有一张办公桌，后面的柜子上码着资料，旁边还有个电脑桌，有一台彩屏电脑，屏幕还亮着。天保说，这是我爸的屋子，你们在这等吧，这儿暖和。

我们脱了外衣，拿出毛巾、肥皂，天保姐姐坐到电脑桌前，从大衣里掏出一个随身听来，把耳机戴到头上，说她要听会儿英语，便闭上眼睛不理我们了。我和天保对视了下，海容推推天保，说，你们赶紧洗，我俩在这待着。

周末车间没有开工，我俩沿着车间里画好的路线走，天保在前面打着手电筒，周末时大多数灯都关了，只留了很少一点照明灯，空气里是强烈的机油和铁锈的味道，天保时不时用手电光柱晃一下，让我留心脚下，车间地上到处是铁板、油渍，还有铁屑和螺钉螺母。洗澡间简陋但干净，更衣间没有衣柜，就一排木椅子，衣服脱了就堆在木椅子上，里面是一排喷头，打开后，强劲的水柱喷涌而出，打在身上都有点疼，我俩瞬间都笑了。天保很瘦，但非常结实，臂膀肌肉一块块鼓着，肚子上无一丝赘肉，一看就是从事体力劳动的，他上的是钳工班，这是技术工种，很需要手艺，老钳工在厂里也很受尊重。洗完穿衣时我问天保，什么时候和海容好上的，他一边套着衣服一边说，没定呢，他还没想好，是海容老找他。其实我也感觉到了，好像海容对他更热情，他并不太热心，只是不拒绝而已。我说，洗澡她和你姐做伴是对的，一个人就是男的，在这都有点害怕。他说他根本没跟他姐姐商量，就叫海容了，他姐姐还有点不太乐意，好像他觉得自己多胆小一样，为这个他还跟他姐姐道歉了，我听了想：天保对姐姐和海容真是两种态度，一个是特别在意，一个是特别不在意，他为啥呢？

我们回去时，海容在办公室里瞎溜达呢，她有点坐不住，姐姐还在天保爸爸的办公室里坐着，一直戴着耳机。天保说外面黑，这样，他打手电送她俩走过去，等差不多时候，他过去接她们回来，车间里走路危险，之前就是在二十九车间，有个工人穿拖鞋去洗澡，脚后跟踢到钢板了，脚筋断了，当时就站不住了。海容说：你别老吓我们，一会儿我们洗澡，你可不许偷看。

这个玩笑一点也不好笑，天保立刻火了，说，谁看你？肥猪老胖的，有啥可看的？海容被吼得脸一阵青一阵红，眼泪在眼眶里打圈圈，但还是赔着笑说，你看你咋这样呢，大老爷们儿这么易怒。天保姐姐在一旁打断了他们，说，半个小时，给我们半个小时时间。说完提着兜子就走了，天保余怒未消地跟上，海容跟在最后。

天保送她们过去的时候，我一人在办公室里四处打量着，天保爸爸的那台彩色计算机很让我羡慕，我们学校机房都是单色屏，只有老师的办公室里才有两台彩色的，跟宝贝似的，根本不让我们学生用。端详了一会儿，我发现了个问题，电脑没有装驱动器，我走到隔壁机房看了下，都没有，哎？没有驱动器，就不能用软盘，那他们怎么启动呢？

一会儿天保回来了，我问了他，他说他也搞不太懂，好像是说用软驱容易中病毒，而且这不是军工部门吗，要保密，怕人用软盘拷东西，这些机器有个内部网，那边一启动，这边就能用了，具体他也说不明白，反正外人你开机也用不了，都有密码保护。我说这机器是真好，AST（虹志），彩屏，中关村至少得卖两万多。天保拉着我去计算机房，指指绘图机，说这是日本的，又指指角落里一台冰箱大小的机器，他说这个小型机从美国进口的，几十万美元呢，做复杂计算用，好像一共也没用几次，就这么放着，他手指画了个圈，所有这些机器，全都用网连着呢。

女生洗完澡，真的是焕然一新，热乎乎、香喷喷的。她俩跟着天保回到办公室时，都是喜洋洋的。穿上外衣，我们往车间外走，我又问了一遍从哪走，厂大门的警卫总让我有点忐忑。海容说没事，就走西门，放心吧。她和天保都这么说，我也不好再说什么了，从技术大楼那原路返回，也确实是绕远。

骑车要到西门门口，离着还有十来米就被警卫挥手示意下来，那警卫遮挡得很严实，但我发现已经不是之前的那个了。之前那个是中年人，这个看举止是个小年轻，听声音比我们大不了多少，尖嗓子，他一副不耐烦的样子，挥手让我们先停到一边，他去给过去的汽车开大门，开完了回来，他盯着我们几个挨个看，嘴里不知嘀咕着什么，盯着天保姐姐看了好一会儿，说，现在厂里不让家属进，你们这都是咋进去的？

谁说不让？天保说他是技校的，有证，海容说她也有啊，厂医院的，说着就掏出证了。那警卫也不看天保俩人的证，指着我和天保姐姐说，这俩没有吧，没有的话，随便进厂，是要扣下的。现在啥情况不知道吗？偷鸡摸狗的，男男女女的。

天保说谁他妈偷东西了，你别瞎嘚嘚。那警卫一听急了，伸手把肩上的步枪摘下来，端着枪说，你再骂，崩了你。手里横卧着枪，边说边比画，我注意到枪居然还上了刺刀，天保反而乐了，说，你吓唬谁呢？你那枪里都没子弹的，你以为我不知道？你在这装啥呢？

那哥们儿一下怔住了，旋即拍了拍武装带上的手枪套，说，这里可是装子弹的，卫兵不可侵犯懂不懂？

我忽然想起这家伙是谁，也是以前我们街区的，叫韩贵林，比我大几岁，是个小混混，很小就打架逃学。怎么这些混混都当警卫了，这还不是监守自盗吗？

天保姐姐发话了，说，我们之前不知道不让进，刚才进来时没人说。这样吧，我们把东西给你检查下，下不为例。

那小子觍脸一笑，那是得检查啊，没准还得搜身呢。

这是什么警卫，简直就是流氓，海容指着他大着嗓门说，韩贵林你别以为我不认识你，你老妈不是地下商城卖衣服的吗？天天中午来我家摊买咸菜，老想赊账。她又指着天保和他姐姐说，这是二十九分厂张厂长家里的，把他们家惹急了，不会有你好果子吃。

警卫顿时气势有些衰减，但嘴上还是硬着，嗓门不肯低下来，梗着脖子说，二十九分厂厂长也管不了我们，我们是厂保卫处的，跟你们不是一个单位的，别拿官吓唬人。

天保姐姐温声让我们把兜打开，给他看看，还把大衣里的随身听掏出来了，给他看了一眼，那小子摘下手套，接过随身听，掂了掂，还给姐姐。她又把自己的兜子打开，说：这里都是洗漱的和换的衣服，你看看，没什么别的。

那小子脖子抻着老长，低头对着衣服看了会儿，又抬起脸一笑，灯光下显得无比猥琐，说太黑了，看不太清啊，伸手就要往里翻。

哎哎哎，天保和我们几个人都喊了出来，天保两步跨上去，我连忙拉住他，他指着警卫大骂，韩贵林你个大傻×，我明天就让我爸找你们冯眼镜去，别以为我治不了你。

冯眼镜是保卫处处长，整天穿个风衣，像个特务，一说他名字，韩贵林明显蔫了，又不肯丢面子，说，你找啊，你去找啊，你敢骂警卫，不把你铐起来不错了。

天保姐姐语气依然很平和地对警卫说，检查完了吧，来。她伸手把我们几个的兜子都拿过去了，一个个给警卫打开，都检查下。

韩贵林对我们几个的衣服显然没任何兴趣，只是假惺惺地逐个看了下，最后挥挥手，说，你们赶紧走，一会儿我脾气上来真把你们铐了。

出了大门，骑到天保家，我问海容住哪儿，她说住三十七街区。我说，那你一个人回去不安全。我看看天保，意思是应该由他来送，但他还是沉浸在愤怒中，也不看我们，推着车就往单元门里钻，天保姐姐走过来，拍了下我的胳膊，小声说，你送海容吧。又朝天保扬扬下巴，天保是小孩脾气，明天就好了，现在气头上。

我陪着海容骑回家，刚才的事很影响心情，两个人并排骑着，也不说话，半晌，海容才说，你发现了没，天保特别维护他姐姐，刚才要是检查我的东西，他才不会那么气。

我说，你这是多想了啊，那韩贵林要是也这么翻你东西，他肯定也得发火。海容听了这话没言语，只是叹了口气。浅蓝色大围巾裹在她脸上，只露出眼睛，她呼吸有些沉重，白雾从她头顶升起，飘过。又骑了好久，她转头来说，她这围巾是自己织的，她给天保也织了一个。我说没看天保戴啊。她说他从来就没戴过，给他啥，他就扔一边。话语里有些幽怨。

我不敢再说话了，怕她哭出来。还好，也快骑到了，回她家我们需要骑过厂西的中学、小学，还有一片废弃的荒地，这里曾经要盖电影院，但只打了地基就荒废了，这段荒地的路连路灯都没有，她真不能自己骑回去。过节前，拦路抢劫的特别多。骑过那片荒地时，我们俩默契地加快了蹬车的速度，也不说话，一两百米的路显得很漫长，路是黑的，旁边荒地上的雪倒是亮的，反射出瘆人的暗光，终于骑过去了，俩人都长舒一口气，又一起笑了，她扭过头来看着我，眼睛里亮晶晶的，轻声说，小祥，我给你讲个事啊，你别和别人说，尤其别和天保说。

哦？你说吧。我有些纳闷，她咋这副语气呢？神神道道的。

那我说了啊！但你一定不要和任何人说。她又强调了一遍。

哎！我装作不耐烦的样子，你要说就说，要不就不说，我不都跟你保证了嘛！

海容赶紧说，你看你。那我说了啊，就是天保跟我说的，说他姐在大学里，同宿舍女生有人总偷喝她的奶粉，你猜她怎么治的小偷？

我脑子里立刻浮现起天保姐姐温婉的样子，很难想象她发怒的样子，就在刚才，我们都生气了，她也没太变脸色。

海容看我半天没吭声，自己给出了答案：人家姐姐不声不响，没骂街没去找辅导员，自己在奶粉里掺了些洗衣粉，还把罐子放那儿。

海容说完，眼睛不住地看着我，好像想知道我啥反应，但说真的，我实在不知道该怎么说，是惊讶，还是夸奖，还是咒骂，我也不知道。

半天，我才问，那后来呢？抓到偷喝的人了吗？

海容说，天保没说，我也没问。

说到这儿，我们已经骑到她家楼门口，她要进楼门了，回头看我，黑暗里眼睛泛着幽光，说，谢谢你啊，要不等我下，我上去给你拿点咸菜。我连声说不了不了，怕她强要送，赶快掉转车头，边骑边喊，再见啊。

骑了几步忽然觉得，应该看她上楼才对，楼门里黑洞洞的，有的抢劫犯就躲那儿，连忙回头，看她还在那儿站着，黑暗中眼睛一直闪亮着。

六

我妈妈退休后一天也闲不着，年前在家又是拆又是洗，床单、被罩、窗帘轮番晾晒，屋里一直飘着湿漉漉的水汽。她忙碌时都是板着脸，我和我爸小心翼翼的，不敢招惹她。我猜想，她不高兴大概是因为我爸年前发的奖金太少了，虽然我也不知道具体我爸发了多少。

东北人的除夕饭就是那几样，红烧鲤鱼、红烧鸡块、熘肉段、炸茄盒、拌个凉菜，蒜苗鸡蛋，必须有鸡有鱼，必须有头有尾，所以炸带鱼不能上，因为没有头。春节前市场上小青菜价格极贵，简直是明火执仗，就做这一锤子买卖，蒜苗是我妈妈自己在家用花盆发的，她才不会去市场上买。我家就三个人，一桌子菜哪里吃得完，这些剩菜放到外面阳台上冻起来，春节期间接着吃，半夜

12点还有顿饺子，酸菜馅的，饭桌从厨房挪到我住的小屋，摆好之后，全家坐定，我爸给我和我妈都倒了杯白酒，说你们也喝点，咱全家碰一个。

我妈杯子举得高高的，说：我祝咱儿子学业有成，将来毕业分去个好地方，祝老安你工作顺利，顺利回到一分厂。

我爸让我说，我说，祝爸妈身体健康，咱家的日子越过越红火。这个毫无创意的祝酒词，引得我妈的一阵哧笑，我爸还是表扬我，说讲得不错。

我爸最后说，祝儿子早日遇到意中人，祝咱家当家的越活越美丽。我妈哼了一声：他还上学呢，还意中人呢，我都老眉咔眼的了，还美丽，美丽给谁看啊。

我爸一饮而尽，捡了几粒花生米吃，又招呼我们也吃，这是我妈立的家规，我爸不动筷，我们不能动，他吃了我们才跟上，吃了几口菜，他放下筷子，说有个事得说一下。我妈说，你有话赶紧说，别扭扭捏捏的。

我爸说他再三思考，权衡利弊，决定不回一分厂了，还留在二十九厂干。

哎！怎么不回了，我很诧异，我妈也急了，说，你现在做决定都不跟我商量了是吗？可以的啊，外面有人了吧。我爸苦着脸，身子往后一仰说，你扯啥呢，我这就是在和你们商量呢，听我说完。

我狐疑道，不是因为那一箱子可乐吧？我爸乐了，说一箱可乐就给收买了，他还算二十年党龄的老党员吗？

我爸说，昨天天保他爸找我了，知道我想去一分厂的事，挽留我，说现在有经验的老技工是国家财富啊，希望我能留下来。

我妈说，国家财富也没看出他多心疼啊，给点实惠，说吧，给你许啥好处了。

我爸说，人家跟我透了底，厂里准备提人家老张，年前组织部和他谈话了，让他去厂里，当管生产的副总。

哇，那这是老张的好事啊，那你呢？我妈步步追问得紧。

我爸说，老张觉得二十九分厂是他起家的地方，他想找个信得过的来接替，所以，他和厂里推荐了我。

提成分厂厂长？一把手？我妈目不转睛地盯着我爸，两眼烁烁放光。

呃……我爸有点含糊，不正眼看我妈，看着我说，副的，副的，哪可能一步到位呢，现在那个副的老许这回转正，但老许都五十八岁了，马上就退，过渡一两年，再把我转成一把手。

我妈放下筷子，眼睛直勾勾地琢磨了一会儿，忽然反应过来了，说，不对啊，咱这是国家的厂，又不是他老张家个人的，他说了算吗，他答应的算数吗？

我爸说老张和厂里新上去的那个一把手李总关系不一般，他现在在李总李大脑袋面前说话很有分量的，再说，二十九分厂提谁不提谁，他肯定是最有发言权的，毕竟他最熟悉情况。

我妈点点头，说这些她也知道，她是怕我爸被忽悠了，许了半天，留下了，最后啥也没捞着。

我爸说，我和他毕竟是同学，这他不至于，当然组织部下来考察，真发现啥问题，那就不是老张能掌控的了，别说老张，真有硬伤就是厂长想也不行。

我妈基本放心了，长出一口气，慨叹道，你说你们俩都是技校同学，人家老张，一个工人，能从二十九分厂升到副总，这得是多大的本事，现在提干讲究学历，讲究年轻化，厂里干部全是大学毕业，一把手是研究生毕业呢，四十岁做到这么大企业的一把手，老张这副总也算是厅级干部了吧，真不简单啊。

我爸点点头，说，我和老张都快五十了，再不提，就没机会了，我们这都是最后一趟车。又笑说，我和他是同学，也算嫡系了，以后咱们家日子不会差。

我妈佯怒，说，看你那点出息吧，赶紧吃饭，都凉了，吃完一起包饺子，看春晚。

好好好，来，咱再走一个，我爸举起杯子，喝之前说，我提醒你们啊，这些都是秘密，现在是组织部考察阶段，不公示一切都有可能，你们先别往外面说啊。

厂里是没有任何秘密的，我爸说要保密，但好像人人都知道了，那个春节，来我家拜年的人明显比以往多多了。我爸是段长，自己工段的工人拜年实属正常，工人们还是很淳朴的，来了坐下，也不会说什么客套话，抓把瓜子，吃块糖，扯几句闲篇，放下点年货就走，但那一年，还来了很多车间其他工段的，都是以往从没登门过的，还有技术组的大学生来拜年，大学生都是刚分来没几年的，成群结伙，都很客气，说请安师傅以后多关照，谁也不说破，又鬼鬼祟祟地好像什么都明白。送的礼呢，明显也比往年重，送饮料的多，也不知道为啥，那两年特别流行送饮料，扛一箱子就来了，关系好一点的，送烟，一条红塔山加一条三五，中西合璧。有一个技术组的描图员拎过来两瓶红葡萄酒，说自己妹妹在张裕酒厂，她们酒厂的酒很好，得过巴拿马金奖。最搞笑的是还有个工人拎来一个麻袋，偷偷摸摸，年初二晚上 11 点来的，说山里的野味，狍子肉，放下东西就走。我妈掏出来冻得邦邦硬的两条狍子腿，一个劲儿叹气，说这东西咋吃，谁会做，这不是出难题吗？她是埋怨，但我知道，她心里高兴着呢。

如果只是听鞭炮声，所有人都会觉得我们厂正是好时候，鞭炮放得震天响，初五以前那几天夜里几乎没法睡，鞭炮声成宿地响个不停，礼花透过窗户上的冰霜，把暗室染上彩色，片刻后又回归黑夜，如此往复到清晨。工人们恨不得花掉一个月的工资去买鞭炮，他们要用这种古老的习俗驱走霉运，迎来幸运。走在外面，硝烟弥漫如同战场，满地的红纸屑，礼花弹筒，居民楼外堆好的雪堆被炸得如同月球表面，不知有多少血汗钱就这样在顷刻间被挥霍殆尽了。

初二一早我先去天保家拜年，然后我俩再一起去中学的老师家里拜年，一天时间，辗转于厂西、铁西几片厂居民区，路上我问他，要不要去海容家。他笑了，说海容昨天就来他家拜年了，还坐了一会儿，拿来一大堆泡菜，还有打糕。她刚走，天保继母就说了，大过年的谁吃那个，一嘴蒜味，怎么见人啊。天保说，你看，海容吧，就是不会办事，送个东西还不落好。我说，主要不是你后妈咋想，主要是你咋想，他说他没啥想法，走一步看一步吧。

过年家家都是两顿饭，下午3点钟，我们回来了，饥肠辘辘的，他说要去我家给我爸妈拜个年，顺便说点事，我说啥事，他说这得跟我爸妈说。进屋后，小嘴甜，一口一个叔叔阿姨，说，我爸让我来说，咱两家好几年没一起吃饭了，初七晚上，咱们两家一起聚聚，都不是外人，我爸订了大利民酒店的包间，晚上6点钟，咱分别过去。我妈乐得眉开眼笑，说，天保真是懂事了，越长越精神，有女朋友没，没有的话，回头阿姨给你介绍一个，二中的老师，长得可好了。天保脸有点红，说没有呢，先不急。我妈又要留他吃饭，说现给他炒俩菜，不麻烦，天保推了，说家里也等着呢。

他走后，我坐下吃饭，还是年三十那些剩菜，吃差不多了。我边吃边和我妈说天保有女友了，她别瞎忙活了。是我们初中同学，现在在厂医院当护士，我妈问我那女生家里干啥的，我说不干啥，地下商场卖朝鲜辣白菜的，就我之前拿回来那个，我妈听了直撇嘴，说，天保他家能找个卖咸菜的？拉倒吧，别说他爸妈了，我首先就不同意。我爸说，这也不用你同意啊，人家两人感情好就行，再说，工人找护士，不是门当户对吗？我妈说，不对，门不当户不对，现在天保家啥情况，厂级干部了，找大学生当儿媳妇都随便扒拉，还卖咸菜的，卖黄花菜吧。

七

我家过年是不太走亲戚的，因为我爸妈的亲戚都不在本地，老人都过世后，和外地亲属走动就很少了。天保家也不爱串亲戚，但他的继母家是市里的，初五初六他继母带着他一家去市里娘家了。初七那天一早，我妈就开始念叨：哎呀今天晚上吃饭，穿啥呢？找了半天，翻出一件暗金纹绸缎棉袄来，还是我姥在世时做的，我妈穿上，对着镜子照半天，问我爸，会不会有点老气？我爸正对着电视小品咯咯乐，看都没看就说，你整这么隆重干啥，又没外人。我妈说她就是不想被老张那小媳妇给比下去，显得咱多没底气。到了晚上5点来钟我妈就拉着我和我爸出去，说咱得早到，不能让人家等，不好。我本来说骑车，我妈说别价，肯定得喝酒，喝多了骑不了，叫出租吧。过节期间，出租车也涨价，本来五块钱随便去的地方，现在都要十块钱，我妈也没计较，两脚油，拐三个弯就到了酒店。

大利民也算我们厂区比较高档的饭馆了，基本外面来客都在这请，各分厂都是可以挂账的，据说天保他爸每周得有三个晚上在这喝，有些单位就这样，倒驴不倒架，工资都发不出了，公款吃喝还是没断过，美其名曰为了工作，喝酒是遭罪，实际还不是自己爱喝。进去后报了天保爸的名字，服务员给领进包房，还以为能早到呢，人家一家人已经在里面了。春节了，大家都打扮一新，天保继母我初二拜年打了个照面，这次坐下，正眼看到了，看着比我妈年轻，也更会打扮，披金戴银的，左右手还俩玉镯子。她是护士，我当时想她平时打针肯定不能这身打扮。天保姐姐还是那身粗线毛衣，很素净，没有一点首饰，隐约看出描过眉。天保穿了个西服，白衬衫雪白，人精神不少。我妈拉着天保继母的手，跟俩人多少年交情一样，一口一个大妹妹，特别亲。天保爸爸给了我一个红包，我爸妈连忙推辞，主要是他俩没想到，没给天保和他姐准备红包，天保爸说我上大学，他都没表示过，这次一并表示了，我爸妈拉着我，再三感谢，两家人圆桌旁站着，拉拉扯扯聊了好一会儿，才落座，凉菜也迅速端上来了。

凉菜就是大拉皮、蒜泥猪肘子这些，圆桌中间的玻璃转桌上稀疏摆了一圈，虽然都是经常吃的，但看到了，却仍不由自主地流出口水来。天保爸说他自作主张，菜都点好了，主要是酒，看我爸想喝啥，我爸说过节了，不能还喝嫩滨曲酒啊，咱奢侈点，来北大仓吧。我妈桌底下忙拽我爸。天保爸一笑，说他最近觉得玉泉方瓶更好，先来两瓶，五十二度的，咱好好喝，你们孩子、女士，就来红酒吧，一面坡出的，也不错，再来点可乐雪碧。大家一起说好，酒也很快拿上来了。

所有本地饭馆的菜都差不多，大利民家，也就是厨师好一点，装修好一点，菜码精致些，这一点那一点，价格就上来了，比一般饭馆得贵一倍还不止。按惯例是上了凉菜上热菜，荤素搭配着来，最后才上甜点，美丽豆沙、拔丝地瓜这些，但我爱吃这个，就问服务员能不能一起上，天保姐姐附和说她也爱吃甜的，天保爸挥手让服务员全都一起上来。菜盘摞着菜盘，圆桌上高低搭满了盘子，服务员们很会摞盘子，怎么摞也不倒，后来我去别的地方，再没见过这样的做法，可能和我们当地菜盘大也有关。吃了一圈，酒也敬了两轮，天保爸掏出烟，给我爸递上，还给我也递了一根，我一犹豫，我妈说过年抽就抽，接过一看，中华，天保也从自己兜里翻出来一根点上。我又看看天保姐，她笑着摆摆手，我也笑了，女生抽烟的还是少。

天保爸这些年明显发福了，坐下来肚子腆着，发际线往后退得厉害，也有秃顶的迹象，但仔细端详，他和天保还是很像的，都是圆眼睛、薄嘴唇、方脸。他点着烟后，猛吸了一口，长吐出来，夹着烟的两指点了点我，问，小祥毕业去哪儿，有计划吗？

我妈说，能去北京、大连最好，但是这不才大二嘛，还没开始谋划，我让他做两手准备，不行就考研。

天保爸点点头，又抽了一口，说，你们可能也听说了，咱们厂设计院，还有一分厂，有一部分要搬到大连去。

我爸点点头，说，听人说过，有一撇没一撇的，也不知道到啥阶段了，是不是还是纸上谈兵阶段。

天保爸说，不是纸上，那边地都拿了，大连市政府也很欢迎，给了政策，如果顺利，今年就开始修建厂房和办公楼了。

我妈眼睛一亮，问，那毕业回设计院，是不是就能去大连了？

天保爸点点头，说，我就是这意思。但是呢，去吧，也不用太早去，初创阶段，环境比较艰苦，太晚去当然也不好，可以争取第二批第三批去，所以，我算了算，小祥毕业回来，干一年转正，正好去。

我妈乐得一拍手：那太好了，咱子弟回来进厂也容易，只是去设计院，得你帮着说说话，老安谁都不认识，还是得你。又端着酒杯站起来，说我代表我家谢谢你。说完一饮而尽，喝得自己龇牙咧嘴的。

天保爸掐掉烟，拍着旁边天保的肩膀，说放心，他把我那是当自己儿子看，我和天保就跟兄弟一样，我的事他必须得管，但是……他停顿了下，语气凝重地说，这个事我也不能打包票，一是搬迁的进度不是我个人意志能左右的，二是这毕竟是人家单位，不是我自己分管的，我只能找人帮忙，还得看人家态度。

我妈说，你马上就到厂里了，你说话，设计院的领导敢不听吗？

天保爸脸色有点变，忙摆了两下手，又指指隔壁说，嫂子，这个话可不能乱说，不能啊。

我妈也发现自己说得太露骨，连忙赔不是，说，我这喝点酒就有点刹不住了，是我不对。

天保爸四下看看，对着我爸说，主要是厂级干部任命，要报到北京去，等中组部的批准，没确定前，一切都有可能，确实不能乱说，影响不好。我爸点点头，说知道。我妈也直点头，说都懂都懂，组织程序很严格。

天保爸看着天保说，我准备把这小子也弄大连去，去那边的一分厂，技校毕业就去。然后，他又看着天保姐说，秀娟呢，人家有志向，要出国，这我得支持，物质上，力所能及。

天保姐浅浅一笑，轻声说了句，谢谢爸。

天保爸仗义地说，谢啥谢，都是一家人，自家闺女，我只能赞助点钱，至于联系学校，申请签证，还是得你自己。又指着天保姐姐和大家说：美国签证不好办，人家秀娟全都靠自己张罗，孩子打小就自立。

我爸妈都跟着点头夸赞，天保姐姐大概是喝了点红酒，两腮挂了点酡红，温声说，也是靠人帮忙，美国外教给了我不少建议，其实签证我还是没什么把握的。但他一直鼓励我，说一把不成可以两把，如果能有全奖，银行存款也比较多的话，把握就会大很多。

我妈啧啧赞叹：这外教好人啊，秀娟你是遇到贵人了。

天保爸说，可不嘛，你回头得谢谢人家，到时候我给你备份礼。对了，你说外教叫啥来着，比尔，对吧？和那个新当选的总统克林顿一个名。

天保姐笑着说，其实应该叫威廉姆，比尔是简称，和大家管天保叫小保一样。

哦哦哦，大家都恍然大悟状，天保说，那比尔·克林顿其实应该叫威廉姆·克林顿对吧？天保姐姐点头称是。

天保的继母这时说，我觉得自己命好，前半辈子受了不少苦，可算把孩子供出来了，后半辈子，我是要享福了，人的命，真是天注定。说着说着就要掉眼泪，天保姐姐在旁边喊了声，妈。掏出手绢给她母亲擦泪。

我妈赔着笑，说，过节的日子，咱不哭，来，再走一个。自己站起来，又兀自干了。喝完亮出酒杯给大家看。天保爸拍着巴掌称赞道，嫂子酒量不减当年啊，好样的。

这顿酒喝的，我看我妈后来脸色都变了，她一喝酒就脸惨白，越喝越白，满嘴都是车轱辘话，我爸先是递眼色，后来直接上手拍她胳膊，说行了行了，别感谢了，都感谢好几遍了。

吃得差不多后，天保爸提议两家人一起去洗个澡，街里新开了一个桑拿浴，挺干净的，他去过，洗澡还能醒醒酒，出出汗。我爸听了有些犹豫，在那吭哧不出声，我妈一口答应，说，行啊，咱也去蒸一下，蒸桑拿美容，韩国女人据说都爱蒸这个。

我和天保互相看了眼，和大人去洗澡，我是不愿意的，我知道他也不愿意，还没等我们说话，天保姐姐站起来了，叫了声，爸、妈、叔叔、阿姨，又冲我和天保点点头，说她有事，约了同学，先走了。也不看天保继母伸出的手，摘下衣架上的外套，就出去了。她今天穿的还是前几天那件白色大衣。

天保继母说这孩子，真不懂事，作势就要出去追，被天保爸拦住了，说没事，姑娘大了，不要硬管。他又看看天保，说：你应该送你姐，天黑了不安全。

我和天保一起出门，看到他姐姐已经拦了一辆出租车，正要上去，我过去喊说要不要我们送，他姐姐连声说不用，进车后跟司机说去二十九街区一栋，就关门走了。

站在寒风里，看着远去的红色尾灯，我问天保，她不是说见同学吗，咋回家了呢？

天保说谁知道呢，估计她是不耐烦了，回家学英语吧，我姐最爱学英语，天天捧着随身听在那听。

我和天保没去洗桑拿，我俩去职工电影院门口看灯展去了，我们厂每年过年都有灯展，每个单位出一个，车间各工种都不缺，原材料应有尽有，做出来的灯着实好看，说真的，如果不是受地区限制，很多灯都可以拿到省城的冰雪节上露一脸，准保满堂彩，比如我爸他们二十九分厂那年的灯，是一个军舰，五六米长，铁丝箍好轮廓，蒙上彩纸，里面有小灯泡，还有轰隆隆的小喇叭配合着闪烁发出炮声，吸引了一大群小孩在那争论，这究竟是巡洋舰还是驱逐舰。还有的分厂做的是宫灯，用料扎实，巨大个，一圈八仙人物走马灯转个不停，真是眼花缭乱，每个作品上都写明了制作单位。人群熙攘，我俩只能慢慢在里面蹭。

一般来说，我们家这边冬天在元旦时气温降到最低，夜里会达到零下三十摄氏度，在春节时气温开始往上爬，过完正月十五便有明显感受了，但那一年不知为啥，春节里还是寒风凛冽。早上我还特意看了下天气预报，零下二十五摄氏度，在寒地生活过的人都知道，零下二十多摄氏度时，差两度，听起来区别不大，出门时一下就能感觉出来，特别是如果还有大风的话，那种冷，是深入骨头缝里的，冻得人身体发疼的冷。那一天，就是又冷，又刮风，灯展的热闹让我们片刻忘记了寒冷，刚喝过酒的身体也暂时麻痹，但等我们溜达完一大圈后，风一吹，立刻就哆嗦起来了。

这时，我看天保脸色不是很好，上下牙打架，他说刚才热，把帽子摘了，风一吹，不行了，半边头有点疼，想回去了。他一说我也忽然觉得冷得受不了，我说那我也不看了，我送他回去，他说没事，让我自己看吧，我说怎么可能，我自己看啥，走吧。我俩拦了辆出租车，回到天保的家，春节出租车司机拉活都拉疯了，赶时间，不肯送到楼门口，在外面大马路上就把我俩赶下来了。我俩不约而同抬头看看天保家的阳台，天保姐姐的屋子已经拉上粉色窗帘，灯亮着，客厅的灯也是亮着的，天保的屋子是黑的。他让我不用送他上楼，走吧。

那天晚上，我肯定也是喝多了，睡觉时非常难受，外面的鞭炮礼花声比前两天还要激烈，几乎吵了一整夜，昏沉中，我做了个梦，梦到我在舰炮前，看着它喷吐着火舌，硝烟滚滚，弹壳泼洒，世界被火光和轰鸣覆盖了，我被震撼得失去了一切感知，忽然炮火又变了声音，喷出来的不是火舌，而是一群群彩色的鸟，叽叽喳喳，遮天盖地扑过来，把我团团围住、裹紧，使我晕眩、窒息。

大约是到后半夜，鞭炮声弱了些，我才沉沉睡去，醒来时，天已经亮了，是个冬天里最常见的雾天，屋里半明半暗，我忽然想到没听见爸妈回来的声音，爬起来走到隔壁，爸爸还在床上，妈妈已经起来了，正在厨房烧水洗脸。我问她桑拿怎么样，我妈说挺好的，我爸洗完躺在休息厅就睡着了，呼噜打得山响，别人都乐。正说着，我爸也起来了，趿拉着拖鞋上厕所，出来时，我妈已经打好了热水，洗完脸刷完牙，一家人坐下来吃早饭，剩饭冒的粥，就着萝卜干和克东腐乳，大鱼大肉吃完再吃这个，特别舒服。我妈说，老张那个后老伴，我忽然想起是谁了，就是小时候有次我带儿子去打针，那女的态度很差，青霉素打屁股，别的护士都是慢慢往里推针管，她可好，猛地一撑，儿子屁股上立刻起了个包，疼得哇哇哭，我当时就急了，和她吵起来了。那人，真不行。

我爸说，你现在说这个干啥，这是多久的事了？你就不该当儿子面说这些。一天到晚净整没用的。

我妈说，这女的，有手段，我看有其母必有其女，那姑娘，别看不出声，也是个厉害主。

我说，天保说了，他姐姐在学校里老多人追了，还有外教呢。

我妈说，老外最没眼光，咱中国人觉得丑的，他们当个宝，喜欢得不得了，之前咱厂那德语翻译，一脸雀斑，跟一个过来出差的德国专家好上了，嫁到德国去了，自己这边老公孩子都不要了，心太狠。

我爸说，现在人想出国都想疯了，那个翻译我知道，叫小白，有人说她是和老公商量好的，假离婚，她先去那边站稳了就把孩子办过去，然后老公再以孩子父亲的名义过去探亲，想法留下，这路线走的，真曲折。

我妈意味深长地说，所以我有点怀疑，昨晚天保他姐那个外教，使那么大劲帮她办美国签证啥的，是得了多大好处。反正我们二中那个许成琳的姑娘去美国，她天天在教研室吹，别人传其实是她闺女跟外教睡觉，才得来的推荐机会，是睡觉，不是搞对象，那个外教据说同时跟好多女生睡觉。

我爸听了怫然道，据说，据说，你当孩子面说这些没凭没据的干啥！你出去千万别说这样的话，传过去就完了。

我妈一瞪眼：你当我傻啊。我当然不会说。我就是看着那小媳妇劲劲儿的，心里有点不舒服。那个女孩也有点那劲儿。说完，我妈忽然眼色黯淡下来，哀叹道，我就是替隋老师觉得不值，前脚刚走没几天，老张就跟这个女的了，真的，老张人挺好，按说我不该说这些，但是真的，都是女人，我就是觉得不值。

我爸越听越不高兴，说，人家老张岁数也不大，有条件再娶也正常，你好我好大家好的事，要是隋老师有灵，也会同意的，有个人照顾老张和天保，不挺好，不然这爷儿俩只能天天买着吃，老张连煮面条都不会，以前连换裤头袜子，都是隋老师给他准备好了，放床头，不然他都不带换的。

就这么一边说着，一边把早饭吃完，我爸说今天节后第一天上班了，也就是去转一圈，点个卯，中午就完事了，过个年人心都浮着呢，正经收回来，咋也得过完十五，说着，起身拿衣服走到窗边，嘴里念叨着，今天不知道冷不冷。忽然诧异起来，一指窗户外面，哎，怎么这么多人往那边跑呢？

我家是二楼，也是临马路，对着厂区，但是视野不好，因为路边种了一行树，树冠刚好挡住了窗户的视野。我爸一说，我和我妈也凑过去看，隔着马路另一侧的厂西墙铁栅栏前，趴着好多人，还有人翻墙往里跑，再看厂区里，荒地远处有许多人，人群漫过荒地，不停地往那块聚集。我们家的视野实在太差，我爸说他一会儿进厂过去瞅一眼，我可没他有耐心，自己立刻就下楼了，帽子都没戴上，呼哧呼哧地跑过马路，在铁栅栏边找到个空隙看过去，荒地的边缘，过了铁道线，有一堆人围着，好几个警卫，吆喝着驱赶人群，人群大多是上早班的工人，穿着工作服，赶也不走，有的还跟警卫玩起了老鹰捉小鸡，你赶我就退两步，你走我又凑过去。

怎么回事？我问一旁的人。

好像是死人了。一个和我差不多大的青工说。

啊？死人了？谁死了？怎么死的？我一连串的问题，得不到回答，他知道的大概也是别人跟他说的，没有更多的信息可以透露。

这时另一个人说话了，好像是偷东西的，被警卫抓到了，听说开枪了。

啊！开枪了！在场的人都是一惊，虽然我们这里打架斗殴是日常风景，死个人也不算稀奇，但开枪打死人，好像很久没听说过了。我又问了几个人，没人说得明白。站在那愣了会儿，我忽然有了主意。

我跑到天保家，咣咣砸门，一会儿他出来了，眼睛浮肿，脸色蜡黄，还穿着睡衣，看样子是没起，说昨天回来还吐了，喝酒真遭罪。我说好像对面空地出事了，死人了。他一听，立刻忘了难受。我俩跑到阳台上，端着望远镜，仔细眺望。

人群围着的地方是厂里过了铁道线，再往里就到十四车间的料场了。警卫已经拉起了黄色警戒线，围出很大一块空地，里面左边一个右边一个，盖着两块白塑料布，风吹得黄线和白布不停摆动，难道说，死了不止一个人？

我俩轮流看，但一直有人挡着，白布盖得严实，实在获得不了更多信息，只得放下望远镜，回到屋里，这时我才发现，他家里静悄悄的，其他人都出去了。

他说他爸一早参加团拜会，7点就走了，姐姐不舒服，兴许是感冒了，她妈妈带着去医院了，打个点滴。

哎，喝一次酒，你看看，你不舒服，我不舒服，你姐也不舒服，真遭罪。我说。

可不是嘛，以后高低不能再喝了，一喝就止不住，他也说。我俩又唠了会儿闲话，我便告辞了，让他好好养两天，等好点了，再见面，不急。最后走时，他让我把望远镜再留这两天，等他姐回来，他让她也看看，我说没问题。

这一天过得心神不宁，中午之后，人群渐渐散去，厂区里的那片空地周围也只剩下一个警卫看守，看热闹的人都没了，不知什么时候，两具盖着白布的尸体也没了，应该是中午时来车拉走了。直到快晚饭时，我爸才回来，刚进屋我妈和我就把他围住，让他赶紧说说，到底是啥情况，其实我妈好奇心比我大，白天下楼好几圈，就为了跟人打听，结果也没问到啥。

我爸不慌不忙，慢悠悠脱了外套，又拿搪瓷杯子泡了杯花茶，喝了一口，这才开口。

他说死了两个人，一个是本厂警卫，叫韩贵林的；另一个是家属，二车间老席家的儿子，席宝华，初步判断是席宝华进厂偷东西，被警卫发现了，两人动枪了。

啊！死的两个人，我都认识，不能叫认识，应该说知道吧。死的人如果自己是知道的，听起来就非常震惊，远比一个不知道是谁的人要震撼。

怎么动枪了呢？我妈问，警卫把席宝华打死了，那警卫自己呢？

我爸说席宝华好像也有枪，是猎枪，俩人对射，都死了。

这个消息，把我跟我妈惊得目瞪口呆，半晌，我妈才回过神，去检查了下门，在屋里坐立不安，她突然发现，危机无处不在，随时可能顺着空气，渗进家里。

我爸说班上的人今天没干别的，凑一起就议论这事了，一会儿看看咱厂电视台有没有动静。

电视台根本没报，还是春节回来第一天，厂领导团拜，看望生产一线职工这些，命案的事影子都没有。我妈啪地一下把电视关了，遥控器往茶几上一扔，气哼哼地说，真是报喜不报忧，眼前出这么大事，电视台那几个家伙，是瞎了嘛。

我爸说，不报那也是正常的，这事还在调查阶段，没个结论，咋报？再说咱厂以前那些盗窃伤人的事，从来也没报过啊。

八

我在家养了两天，其实我喝得不多，第二天晚上就基本恢复了，但我觉得天保好像状态很差，最好还是等两天再去找他。等到初十下午，他还没来，我正打算去找他时，忽然楼下有个女声喊我，一看是海容。

我让海容上来，她犹豫了下，还是上来了，跟我妈打了个招呼，我妈眼睛像CT（计算机断层扫描）一样把她从上到下打量个遍，我介绍她就是节前送我咸菜的，我妈恍然大悟，说，你们同学好好唠。拿了几个橘子，便悄无声息地从我屋退出了，顺手还把屋门关上了。

海容面色很难看，她好像不知道该怎么说，吞吞吐吐的，最后终于开口了，问我知道那命案的事不。

我说，厂区谁不知道啊，多大的事啊，去商店买个醋，都能听到店员和顾客议论，这可是大案子，动枪了。

她说，你记得那天我领你们从那个技术大楼进厂的事不？我说当然记得，咱们回来不是没走嘛，还跟警卫起了点冲突，说到这我忽然想到警卫韩贵林也是死者，一下打住了话茬儿，那是我最后一次见到他，然后他就死了。

海容犹豫半天，说初七晚上，她爷爷打更，好像那谁，天保姐姐带个人又从那进厂了，和她爷爷说是她朋友，她爷爷有印象，就让进了但没从那出来。

我说，不能啊，那天我们两家聚会，喝酒了，天保姐姐说有事先走了，我听到她打车回家啊。你爷爷不是认错人了吧。

海容说，不可能，跟我爷爷都说话了，自己说的是我朋友，前几天一起进去洗澡的，怎么可能认错呢，她说落了点东西在里面，要进去拿一下。

我靠在椅子上，两手垂着，仰望着天花板发呆，过了一会儿说，也不是不可能啊，人家确实落了啥，进去了，对吧？出来也是从厂大门出来的。

海容说关键是另一个人，是个男的，一直站在暗处看不太清，她爷爷眼神晚上是不太好了，有青光眼。

我没反应过来，问那人是谁，她爷爷认出来了吗？

海容说，没认出来，但说好像是穿了件皮夹克，大围巾挡着脸，又指了指床上自己摘下来的那浅蓝色围巾，我爷爷说和这个一样。

我愣住了，这个围巾，天保也有一个，我记得海容说过，但他从没戴过，而且那天晚上，我和天保一起回的家，他穿的也不是皮夹克，是羽绒服，他没有皮衣。

屋里寂静无声，只有日光灯镇流器的嘶嘶声，过了一会儿，海容又说，那个死的人，好像是穿皮衣。

我说，哪个？贵林？贵林是穿警服的。

海容说，是另一个人，席宝华。

我俩又陷入了沉寂，过了一会儿我站起来，在地上来回走，激动地嚷道：不可能！哪有这么巧，你爷爷岁数大了，眼神不好，又是大晚上的，看不清很正常。

我这话说得很没礼貌，但海容并没有计较，她摆弄着自己毛衣的一角，翻来翻去，一会儿抬起头说，我爷爷年纪大，眼神是不太好，但耳朵可不背，比一般小伙子都灵呢，要不咋能一直打更，那天他在屋里正听广播，忽然感觉外面有动静，出来一看，是天保他姐和另一个人，而且这俩人已经溜进去了，他们是没想到我爷爷听到了，不然就偷摸进了。

不知为何，我还是习惯性地为天保姐姐辩解，说人家可能就是不想打扰你爷爷呗，也不是说要偷摸进去干啥坏事。话说完，我也意识到了，也许，她真的是有什么不可告人的秘密，便沉默了。

我俩又没话说了，忽然屋门轻轻敲了几下，我应了一声，我妈推开门，满脸堆笑，问要不要再吃点水果，她拿俩冻梨进来。

我和海容异口同声说不用不用，当然，我妈是不听的，冻梨马上就端进来了，白瓷碗一碗一个，黑黝黝的，外面一层厚冰包裹着，我妈为了让梨化得快，还在碗里加了点凉水。

事情的真相，大概就像这东北大冻梨，在坚硬冰冷的铠甲下，是柔软得不堪一击的果肉，等待我们击破、探寻。

我和海容商量再三，决定一起去找天保，但我先和海容说好了，首先那个人不可能是天保，因为我陪他一起回家的，那个女的是不是天保姐，存疑，但就算是，也不能说明和命案有关系，我们多了解下情况。

天保的脸色还是不太好，人很憔悴，下午4点多钟，家里还是他一个人，他说他爸妈都去上班了，他姐姐这几天不舒服，白天在医院打点滴，晚上才回来吃饭。海容说，打点滴也不用打一天啊？天保看了她一眼，没说话，往自己床上仰脸一躺，看着天花板，心事重重。海容伸手过去摸摸他额头，他皱眉偏了下头，海容收回手，嘴里嘟囔着，也不热啊。

我和海容商量过，主要我来说，我先把海容爷爷看到天保姐姐的事说了下，天保静静地听着，没反驳，我接着问他，那天他回家，他姐姐在家不？

对于这个问题，我设想过，天保一定会有反应，反问我为什么问这个问题，甚至可能会发怒，但他并没有，他直接回答，我觉得应该是在家。

什么叫应该是在家呢？

天保说，咱们不是当时在楼下看了吗？我姐姐屋子亮着灯呢，我进家后，她屋门是关着的，我喊了一声，她没应声，我想应该是戴耳机听不着，推门，门从里面插上了，我就没再喊她，她的大衣挂在走廊衣架上，皮靴也在衣服下面摆着，人肯定是在屋里，之后我就回屋躺下了，迷迷糊糊地，似乎有人开门，但也可能是做梦，后来太难受了，喝了不少饮料，起来上厕所去吐，那时我姐还出屋了，去客厅给我倒了杯开水，让我别再喝饮料了。

我问那是几点钟，他说那会儿他爸妈还没回来，他爸妈后来说那天是夜里12点才回来的，和我爸妈打的同一台出租车，所以是那之前，他估计应该是11点左右。

我看看海容，有几个时间点需要明确下：首先是那天她爷爷看到天保姐姐是几点钟。海容说，我问了，我爷爷开完门回屋坐下没多久，收音机报时了，晚上8点，所以是那之前一点。

那天晚上吃饭，我们5点多就到饭馆了，正式开吃应该是6点不到，天保姐姐走大约是7点半，回家应该是7点45分左右，如果下楼，再赶到技术大楼，坐出租车的话，时间是够的。当然天保说他姐姐一直在家，衣服、鞋都在屋，灯也亮着，这也是证据。

其次是我送天保回来，是几点钟？我自己想了想，我到家差不多9点一刻，从下车地方到我家就是七八分钟的路，所以天保回家应该是9点多一点。

那第三个时间点，凶杀案是几点钟？这就不知道了，警方才掌握，据说因为有枪击，所以从市公安局都来人了，动静很大，参与的人很多，保卫处的人下了封口令，不许跟外人说案情。

没想到天保说，他大概知道时间。

哎？你怎么会知道呢？我和海容都很惊奇。

天保翻身起来，问我们记得那天厂大门的事不？那天回来后，他和他爸说了，说得比较严重，说贵林那小子跟他姐流里流气的，天保他姐还拦着不让说。他爸当时就拍桌子了，第二天去找冯眼镜了，让冯给那小子点教训。所以，冯就把那小子训了一顿，又调去巡逻了，而且是夜班巡逻，还是春节的时候，谁都不乐意干。

那夜班是几点开始？我问。

天保说保卫处的夜班和工厂的三班倒时间不一样，这是特意安排的，怕工人和警卫串通时间，警卫的夜班是晚上9点到早上5点，巡逻的时候是两个人一组，互相盯着，防止偷懒，也防止监守自盗。

所以贵林的上班时间是9点钟，能确定凶案就发生在9点以后吗？我问。

天保说能，因为9点钟时，贵林和另一个警卫一起从厂西门出来巡逻，沿着设好的路线走，半个小时后，俩人就散了，所以另一个警卫最后见到贵林就是9点半。

怎么还能走散？就俩人，他们干吗去了？我不解地问。

天保说这谁知道，没准上厕所去了，回来一看人没了。这都是天保爸回来说的，再多问也没有了，人家保卫处不能说。

怕这么讲我们还不明白，他拉着我俩去了阳台，拿出望远镜，让我对着厂里看。他在旁边解释说，俩人说是巡逻，其实大多数时间也是待着的，就在对面那个十四车间楼上有个屋子，他们在那里，能看到这一大片荒地的情景。在那屋子看一会儿，再下来走一圈，往西边沿着铁路线走，一直到煤场那里，在那边煤场那也有个点，在那再待会儿，然后往回走，一夜里来回差不多走三四趟。

我一边听，一边用望远镜看，西边煤场被一幢幢红砖厂房挡住了，根本看不到，但正对面的十四车间楼上的屋子我是能认出的，外墙上有一个铁楼梯，折了两折，靠近楼顶有一个小门，旁边一扇窗户，遥遥对着天保家，如果站在那里，确实可以看到整个荒地的全貌。

我把望远镜让给海容，又问天保，你怎么知道得这么清楚？

他说，你这望远镜留我这儿，我有事没事就举着看，很快就全掌握了。我还跟我家人说呢，这帮人太死板，这个路数，如果是小偷弄清规律了，完全可以绕开他们进去。

我们都沉默了，站在阳台上，一起望着远方出神。天保又补充道。其实他们也没那么有规律，有时候也会在屋里躲着不出来，我开始还想着是不是为了让贼摸不透呢，后来才反应过来，是刮大风，嫌冷，这些人啊，一个个的，啧啧。他边说边摇头。

就在他说话间，风又刮起来了，吹得人脸生疼，我有个毛病是见风流泪，不敢对着风，赶紧转头，这时忽然注意到了天保姐姐的房间在阳台上也是有门的。其实之前我也看到了，但没留心，我往右边走了两步，这里有一扇门，通往天保姐姐的房间，窗帘没有拉上，屋里和我前几天看到的一样，规整干净，我指了指门，问天保，如果他姐姐进屋后，打开灯，合上窗帘，从这里出来，绕过客厅，再出去，那不就留下一个上锁的房门吗？让他以为她一直在屋里。

天保说，这他也想到了，但衣服呢，鞋呢？

我说：那可能是故意留下来的呗，给你造成错觉，她穿别的衣服、鞋，谁都不是只有一件外套一双鞋。

天保说，你这么说，当然都对，但是，我想知道，她为什么这么干？

这个问题，无法回答，这时海容抱着胳膊说太冷了，咱回屋吧。我们三个推开门，回到了天保的房间，海容忽然问天保，我给你织的围巾呢？你咋没戴？

天保含糊着说，戴过两次，不习惯，就挂大门口的衣架上呢，说着出去拿，翻了一会儿也没找到，回来说，怪了，不知道哪去了，可能被他爸戴走了吧。

海容噘着嘴，委屈得很。天保安慰道，不会丢的，放心吧。

我说，海容爷爷说，看到和你姐在一起的人，戴着那个围巾。

天保向我们保证，那不是他，因为他喝多了，就在家躺着。我们不信那也没办法。其次，这个颜色的围巾，戴的人很多，她爷爷看到的，不见得就是这个。

最后，还有一个问题，我憋了好久，还是得问天保，他姐姐和席宝华认识不，有什么特殊关系吗？

天保摇摇头，说他从没听他姐提过这个人，就知道席和他姐是一届的，都在工大，他姐外语系，席好像是计算机系，都是从同一个地方考去的，照理肯定互相知道，但多熟，那就不知道了，而且……他停了停，说，我翻过我姐的书、影集，从没见过这个人。

海容说，你还翻人家女孩东西呢？你可太变态了。

天保冷冷一笑，变态怎么了？不也有人追吗？

又聊了会儿别的，天保情绪很低落，越来越不耐烦，躺在床上，翻身向墙，脊背对着我们，拿着本小说在那翻来翻去。我和海容看了看，明白他不想再说话了，便说我们走了，有事再过来和你说。

送我们出门时，天保忽然看着我说，今天说的事，不要和别人讲。又转过去对海容说，你爷爷看到的，也别和别人说。他沉重地说，我爸不会过日子，没人照顾不行，要是这二婚黄了，他就没法再找了，那他……他没说完，我们都明白他的意思，如果这次的事闹大了，影响到了他父母的婚姻，那他得难受一辈子。

下楼后，我往家走，海容推着车，默默在一旁陪着，走到我家楼下，海容说，天保的意思，是让我们帮他隐瞒他姐姐那晚的事，可能他还知道些事，没告诉我们。

我点点头说，如果我们说了，那可能以后跟他就没法处了。

海容看着我，眼神里，有许多话没说出口。

九

探寻真相的念头，就像一个小虫子，在我心里爬啊挠啊，弄得我心神不宁，坐立不安。我妈也看出来了，说你咋了，抓耳挠腮的，闹相思病了？

我后来想了想，天保对于这事这么求我们保守秘密，除了怕影响父母的婚姻，也和他对姐姐的感情有关。天保属于那种特别崇拜强者的人，比如小学时，我们同学里有一个学习特别好的男生，他就特别喜欢和人家玩，好像和学习好的在一起，他也就沾上了好学生的光芒一样，明明那个同学不太喜欢搭理他，他却毫不在意。他和海容初中不是同学，但为啥能好起来，我也想明白了，是因为我和他说过，海容跑步特别快，运动会女子组总是第一。然后，他就想法和海容熟络起来了。

天保姐姐，长得好，学习好，就这么凭空而降到了天保家，我都能想象到，天保跟技校的同学们得吹遍了，说实话，我学习还行，但还远比不上人家，天保对姐姐的偏爱，这是性格决定的。

可天保姐姐和席宝华究竟啥关系？我想到一个人，对于席宝华的事，问米耗子，应该是最清楚的，他们老在一起，又是亲戚。但我和米耗子实在算不上熟，就买过一次望远镜，我现在连他家具体住址都忘了，只记个大概，而且我这么贸然找过去，也不合适。

我先是去之前新华书店门口他们摆摊的地方，过节之后，出摊的都回来了，没看到米耗子的摊，我去和旁边一个书摊的人打听。我有时在他那书摊买书，也算脸熟，书摊的人说米耗子哥儿俩本来就是临时摊位，都不缴税的，属于游击队，不在这定点，而且，那人小声对我说，你知道席宝华出事了吧？

我点点头，没人不知道。

书摊主说他们俩完全是席宝华说了算，米耗子就是个小跟班，席宝华出事后，估计米耗子以后也不会出摊了。

这咋办？我想不出找谁去打听，所有我熟悉的人里，好像没人和米耗子有关系，站在书店门口，我忽然想起来，地下商城离这里很近，不如去找海容商量下。

海容没在咸菜摊上，今天看摊的是一个比她年长几岁的姑娘，和她神似，就是再大一圈，更粗粝些，不用说，这是她姐姐。

我过去说找海容，自我介绍是她同学。她姐姐说海容今天上白班，让我去医院找她，门诊第二注射室。

厂医院我好久没去了，小时候身体不好，动不动就感冒发烧，每次都被爸妈用自行车驮着来打针，让我对这里心生畏惧，进去后那股熟悉的消毒水味，还有大厅里悬挂的大幅白求恩油画，都能让我腿肚子发软。说个笑话，长大以后，听到白求恩的名字，我心里还有点哆嗦，就是在厂医院落下的后遗症。

海容看到我有点意外，问我咋来了。我说，跟你说点事。她会意，说患者排队呢，让我等会儿，一会儿中午饭点换班，再找个地方说。

我在走廊里等了一会儿，海容出了门诊注射室，带着我到了一间无人的诊室，把门带上，摘下口罩，长出一口气。

我和她说我找不到米耗子，她说，你不用找了，米耗子给抓起来了。

啊？米耗子也进去了？跟席宝华是同伙？

海容走到窗边，看了会儿窗外，回头说，应该是拘留吧，肯定是牵扯进去了。医院其实是消息最灵通的地方，医护人多，来看病的人也多，都是职工和家属，啥消息都能问到。

我默然，说那就没法知道了，天保姐和席宝华到底有没有关系，多深的关系。除非问本人。

海容走近我，小声说，天保姐姐前几天不是一直来打点滴嘛，这事很奇怪。

怎么就奇怪了呢？感冒了兴许是，打点滴那可不得打个一周啊。我不以为意。

海容说不是，天保他继母给他姐单独弄个房间，在里面躺着打点滴，一早就来，门从里面插上，吃饭也是外面买的盒饭，别人问就说女儿要考试，一边打点滴一边复习英语。谁打点滴打一天啊？复习英语，回家复习不行吗？

那她是很严重了？不能动了？不能吧，不能动，咋来的呢？

海容说，走路都没问题，人我那天看到了，正好走过去，很正常，但是……她停了下来，看着我的眼睛，小声说，还是别人看到了告诉我的，说他姐姐一只手受伤了，纱布包着。

哦，手受伤了，这……好像也没什么。

海容终于说出了最大的秘密：那个手，好像是受了枪伤。

啊！我惊得目瞪口呆：枪伤，那可是得报警啊，她妈妈不敢不报吧。

海容直和我比画，你小点声，别大呼小叫的。又压着嗓门说，不是那种子弹的枪伤，好像是那种钢珠弹的，就是小钢球你知道吧。那个，打到手腕上了。不严重，可能是怕感染，打几天抗生素。

钢珠，我想起了我爸爸说的命案，席宝华是有猎枪的，那就是猎枪子弹了，一打一大片那种。

海容点点头：兴许是。

过完正月十五，再待一周我就该开学了，枪击案的风波逐渐平息，主要是没有更劲爆的消息传出来。我爸得到的消息是，厂保卫处和市公安局联合调查组初步认定这是一起长期偷盗国家财产的案件，席宝华是盗窃团伙的头目，领着一伙歹徒，主要是捡煤渣那帮盲流，这次该团伙被一网打尽，席宝华在追逃过程中被击毙，其他帮凶大多数被抓获，有几个外逃的，正在追捕中，我厂保卫处干警韩贵林在保护国家财产时，与歹徒展开激烈搏斗，不幸牺牲。市公安局的人，也基本同意这个结论，但还有些细节没有完全查清，比如组织分工、销赃渠道等。

我说死者为大，但是韩贵林那就是小流氓，这是比较公允的评价。我妈让我不要这么说，人无完人，人家确实是为了保护国家财产牺牲的，追认为烈士是够格的。

我爸慨叹说当警卫本来是清闲工作，不累，也不危险，就是年纪大了没一技之长不好办，没想到摊上这事。厂里的警卫基本都是有点门路的子弟，值班时溜号、喝酒、赌钱，不太过分上面也不怎么管。我说上班喝酒可有点过分。我爸说让你冬天大半夜在外面待好几个小时你就知道了，喝酒御寒，所以上面人也理解，别喝得东倒西歪就行，东北男人谁吃饭不喝点酒。我当时就想，以后我肯定不喝，又想起灯展那天我和天保的情景，忽然间有个念头，贵林那天可能也喝酒了，不然，抓个贼至于开枪吗？就是开枪，朝天开枪示警就够了，何必虎了吧唧地往人身上打呢。不过这只是我的猜想，席宝华先朝贵林开枪，后者被迫自卫还击，也有可能。

临走前，我最后一次去天保家，他姐姐正要出门，和我打了个照面。她神色平常，看不出一点异样，还是套上那件白色呢子大衣。她穿靴子时，我特别注意到，她手背上还是贴着纱布，但只是一小块，看来伤口已经好得差不多了。

我和天保说了听到的案子的情况，他说他也都听说了，消息都差不多。然后，我俩低头对坐着，陷入尴尬的沉默中。作为朋友，我们经常在一起时无话可说，这很正常，但今天的感觉不同，共处的时候有些煎熬，因为有很多话说不出来，憋着难受。

良久，我抬头对他说，这次的事，你姐没牵扯进去，你也放心了。

他怔怔地看着地面，说，是放心了，但我也想要知道，究竟是发生了什么。

会是什么呢？能有什么呢？我和他说，我想过很多种，有一种可能，就是你姐和席宝华关系不一般，席宝华听说了上次贵林对你姐态度轻浮，怒了，带着你姐去找他，结果失控了。

天保摇摇头说，绝对不可能。虽然他不认识席宝华，但他相信席宝华没蠢到那个地步，在警卫上岗带着枪的时候去袭击，真想收拾贵林，等他下班啊，埋伏在单元楼里，哪儿不行？非跑厂里去。

我问他注意到他姐姐手上的伤没有，他说当然，包着呢，他继母说是手被车门砸了下，怕伤着骨头，打了几天点滴，后来好了。

我点点头，关于钢珠弹的事，我还是别说了，说了也没什么用。

天保说他姐姐出去打点滴的那几天，他把家里，特别是她屋里都翻遍了，想发现点啥不对劲，没有发现。

我说，你希望发现什么呢？钱？枪？信？还是什么？再说，真有什么，那也不一定在你家啊，很可能是在别处，比如席宝华他家。

他茫然地说，我也不知道自己想找什么。席家那肯定早就被警察翻个底朝天，如果真有点什么和我姐有关，那他们肯定早就找过来了。

我告诉他我马上就开学了，开学后再回来，至少得"五一"了，而且也不一定能回来，这学期我要考英语六级，得好好准备。

他点点头，站起来，像是忽然想起来什么，说，一说英语我记起来了，有一个东西，我一直没想通，你看看。

他领我进了姐姐的房间，从书架上拉出一盘磁带，我一看，还是我之前翻录的那盘：姜育恒，"育"写成"玉"。他小心地看了下磁带，放进台式录音机，按下了按键。

磁带里，又传来了那个怪异的噪音，嘀嘀嗒嗒响个不停，放了两分钟，他按停，再按快进，再按下播放，还是一样的声音。他拿出磁带，翻面，又按下播放，仍是那个噪音，整盘磁带，全被噪音覆盖了。

他看着我说，这是我发现的，唯一想不明白的地方。

我说，你之前说，这声音应该是在学校翻录时弄的，她最近也没回学校啊。

他说，对啊，而且不只这一盘，还有几盘，也都是这声音。那些，都是。他指着书架上几盘磁带，脊背上写的都是英文名，可能原本都是录的英文歌。

再没有什么可说的了，我告辞，出门时，我还是跟他表了态，让他放心，我不会说他姐的事，绝对不会。

他点点头，说，我很放心，海容也是这么跟我说的。

海容难道最近来过？我问，话刚说出口就后悔了，人家是处对象，来不是应该的嘛。

他笑笑，没回答，关门前和我说，等你"五一"回来吧，咱们再见。

走回家的路上，我一直想着他欲言又止的神情和录音带里的噪音，还有他刚说的话，这是他唯一想不明白的地方。那是不是还有别的地方，他想明白了，就不和我说了呢？

临走前的最后一顿晚饭，我妈多炒了一个锅包肉，这是她的保留节目，轻易不做，主要是考验刀工，她眼力不太行了。吃饭间，我说起了怀疑天保姐姐和席宝华认识的事。我妈开始也没多寻思，说那认识也正常，但人啊就是，你看看都是同龄人，现在一个要出国了，另一个死了，这就是自己选的路不同。

我说到海容爷爷那天看到天保姐姐的事，还有天保让我们保密的话，我爸、我妈都惊了。

我妈说，我告诉你，一定一定不要乱说话，把人家姐姐给牵扯进去了，那就把他家彻底得罪了。她就是这样，自己可以嘀咕，我嘀咕就不行。

我爸插嘴说，人家女孩可能就是真落了点啥，进去拿，和这命案没任何关系，就是时间赶巧了。他这说法和我当初的第一反应完全一样，我们可真是父子俩，思维模式都是相同的。

我妈不耐烦地打断我爸的话，对着我说，小祥我跟你再强调一遍，绝对不能说这些乱七八糟的，别人来问，就是警察来问，就说不知道，你爸，他爸，现在都是节骨眼上，要是因为这点破事把正事耽误了，那他家得恨咱家一辈子。

我妈这话说得太重了，她不光语气重，表情也很吓人，是动了真格的了。我爸也严肃地看着我，说，万一真有人问，你就说不了解情况，不要乱推理。说完又对我妈说，你把孩子吓着了。

我当然不会说，我相信也不会有人找我问，无论怎么找，也不会找到我头上。只是这件事，就像一块粘在衣服上的口香糖，不妨碍行动，但心里总是觉得硌硬，总想把它揭开、拿掉。

大二下学期的课排得比较松，学校是为了让我们准备考英语四六级，我上学期过了四级，这学期要准备六级了。"五一"时，我并没有回家，虽然在家的时候舍不得走，但真离开了，我并不留恋那里，而且我心里还有点胆怯，怕又一头撞入了迷雾，遇到什么新的难题。

我爸提拔的事通过了，"五一"前几天，我妈特意打电话到宿舍楼。大学四年，我妈很少往我们学校打电话，后来毕业分配的时候还打过一次，都是大事，她不想在信里说，一定要在电话里说。

电话里的声音断续嘈杂，有些失真，听起来像是另一个人，我在宿舍传达室里，拿着老式黑色拨盘电话，听着我妈妈唠叨，她是晚上跑到我爸办公室给我打的。我能想象，她就在原来天保爸爸的办公室里，关上门来，单手叉腰，得意的样子。

她说，天保爸的事也正式发文了，中组部已经批了，他爸已经搬到厂行政大楼上班了，一个萝卜一个坑，他的坑留给你爸了。

我说，我爸不是说，先是副的，过渡个两年，等老许退了再接嘛。

我妈非常得意地说，一步到位，那老许心里明镜似的，申请退二线了，把位置给你爸了，老许这样一是得了感谢，二是不用坐班了，想来来，想走走。

我问天保姐姐咋样，她语气警觉地反问我说：能咋样，人家回学校上学了，国外的录取通知书都下来了，美国伊利诺伊大学，全奖，7月份去北京办签证。最后，我妈又叮嘱了我一遍，好好复习，六级一把过。

我嗯嗯啊啊地应承着，挂了电话。想说的话，最终还是没有勇气说出来。

我本想告诉我妈，我恋爱了，就是那位家是省城的大眼睛姑娘，姓毕，我们寝室的男生都叫她毕姑娘。在他们的撺掇下，我终于在周末的舞会上，设法制造了和她单独跳舞的机会，和她诉说了衷情。

毕姑娘的大眼睛水汪汪的，像一潭深水，看不到底，她对我眨着眼，几缕秀发挣脱了发带的束缚散乱开来，我花痴地忍不住伸手去她耳后整理，她嗔笑道，你怎么才来说，我等你半天了。

那真是一生中最让人陶醉的时刻，我听不到周围的声响，看不到乱哄哄的人群，世间万物皆不存在，只有我们二人。

可这些，我都没法和我妈说，她指望我去大连呢，而毕姑娘呢，毕业是要回省城的，在她和她家人眼里，哪里都比不上省城。我也和她说了我将来的打算，她低头想了想，说要是大连工作好，她也可以和家人商量下。

如果她也去大连，那就太好了，但是我不能让她和我一样，也去我们厂，工业企业不适合她。在我眼里，她是仙女，仙女怎么能戴着安全帽，穿着劳保服，踩着大头鞋下车间呢？她愿意我也不愿意。

但我妈妈的电话，还是勾起了许多回忆，之前的许多谜题，又如夏季的洪水一样排山倒海涌出来，去找谁打听呢？问天保当然是首选，可我又怕他有啥想法，想来想去，我把电话打到了医院，找人，等，去叫人，再等，终于，海容气喘吁吁地接上了电话。

我刚说话，她就大喊一声：吓死我了！我还以为是谁呢，八百年没人给我打过电话，你以后可别打了。我还以为我爷爷出事了呢。

我连连道歉，说我就是想问问，案子的事啥进展，还有天保姐姐那边，有啥事不？

海容小声又快速地说，我这边有人，不方便，这样，你把号码给我，我一会儿打过去。

很快，海容打过来了，这回声音正常，她说案子没太大进展，盗窃团伙基本一网打尽，有抓也有放的。据说厂领导还去贵林家看望了，夸他妈妈养了个好儿子，问有啥要求不。他妈妈让厂领导帮着把贵林弟弟的工作解决了，那弟弟连技校都考不上，厂领导说特事特办，答应了，进来接贵林的班。

天保姐姐那边呢，据说公安局和保卫处的人找她了解过情况，问她和席宝华的关系，她说就是认识，但不熟，没啥来往。警察也问了天保家人，都说不清楚席宝华是谁，干啥了。估摸着也是为了核实天保姐姐的话，反正后来就没动静了，估计这事就过去了。

我想起刚才她的话，又问海容，你爷爷咋样，他那边都挺好的吧？

她起初没反应过来，立刻答道，没事，还是老样子。又忽然明白了我的问题，犹豫了下，又说，人家不让他干了，说他岁数太大，耳朵背，不合适，我爷爷耳朵才不背呢。话语里含着委屈，又用很小的声说，我爷爷没说那事，就说那晚啥都没听见，一切正常。

十

"五一"时，我的女友说她要回家，但刚确立关系，跟她回去不太合适，我就留在学校了，但在学校里，我也学不进去，炽热的恋情容不下半天的空当，三天不见，我已经被相思煎熬得瘦了一圈，浑浑噩噩地在图书馆里发呆。

忽然一个干巴瘦小的家伙坐到我对面，冲我笑着打招呼，我乍一看不认识，又觉得在哪儿见过，再一定神想起来了：米耗子。

你咋来了呢！我吓得站起来，椅子刺拉拉在地上划出一阵噪音，引来一大波怒视。

米耗子连忙拉我，说咱出去说，出去说。我不情不愿地跟他一起走到外面走廊，找个背人的地方。这小子估计在里面没少遭罪，人瘦得都脱了相，颧骨老高，但还是白得很，他看出我怀着戒心，便解释道，我啥事没有，警察审了半天也没啥，就放出来了。

我还是不放心，问他确实是放出来的，不是自己跑出来的？

他急了，说，你扯啥呢，我真想跑，那也跑不出来啊，再说，我能跑哪去啊？

我想了想，也对，心稍微放下些，又起了怀疑，问他找我干吗，也没多熟，怎么突然来我这儿了。

他让我放心，绝对没别的意思，就是想看看我同学里，有没有想买俄国货的，他有进货渠道，一起在校园里兜售下，利润好说，对半分。

他倒是挺大方，上来就对半分。如果没有之前那些事，我确实不是不可以考虑，但出了这么多事，我可不想跟他有啥来往，我正打算一口回绝，忽然想到之前在家时，我还想找他呢，他这不自己就来了嘛，不如周旋下，熟了后多问问。

我就打马虎眼，答应说先去同学宿舍问问，回头有情况和他说，他很高兴，拍着我的胳膊说，小祥，以后咱俩好好合作，肯定能让你毕业前成为万元户，用上大哥大。

大哥大就是香港录像片里的手提电话，老贵了，我可不敢想，能买个汉显寻呼机，我就满足了。

第二天中午我刚从图书馆回宿舍，他已经在寝室里等我了，跟我们寝室几个人聊得正热乎，一个个叼着烟，喷云吐雾的，看我回来拿饭盒，说别去食堂了，跟他出去下馆子，他请客。

我们找了个附近专做学生生意的小饭馆，从他点菜的犹豫劲儿，我判断他手里没什么钱，但还非要请客。我说要不我来，他感激地一笑，还是声明得他来，最终，我们点了三个便宜菜，要了两瓶啤酒。

在饭桌上，他从怀里掏出几块手表，都用手绢包着，说这是他手头的，我可以问问，八十块，有没有人要，都是苏联海军的军官配表，样子看着是不错，做工有点糙，走得准不准就难说了。我接过去，看了会儿还给他，说假期好多人不在，等一过完假期回来，我在我们系男生宿舍问一圈，看有谁想要，他说好，心满意足地收起手表，捡起筷子大口夹菜吃。

我这时才问他，为啥抓他，咋审问的。

他说当天就来人把他拽走了，关到保卫处，先不问话，人铐暖气管子上，让你弓着腰，半蹲不蹲的，一会儿就受不了了，隔壁还有人在挨揍，嗷嗷惨叫，把他吓够呛，等提审时，乖乖问啥说啥，可痛快了。

我说，就是问你表哥的事呗，他的事你参与了多少，都知道啥。

他说，我参与啥，我表哥啥都不跟我说，嘴可严了，进货底价都没告诉过我，我就是跟着跑腿，听吆喝打下手。

我问他，不是说你哥有团伙，你是不是也是其中一员？

他说，你可拉倒吧，我哥搞啥团伙，就我和我哥俩人，跑跑边境，进点货回来卖，真没别的了。那些捡煤渣的，我和我哥是认识，但并不熟，那些人确实是偷厂里东西，但这警卫都知道，我跟我哥可没参与过。

我说那厂里不都传，你哥就是盗窃团伙的头头嘛。

他说真没有，他和我发誓，席宝华才看不上盗窃那种勾当，但是……他说不下去了，端着酒杯发愣。

但是什么？我问他，他憋了会儿，还是下了决心，说，我在保卫处也交代了，反正也不算啥秘密了，就是出事那天晚上，我哥找了捡煤渣那伙人，说他在厂里发现了一个新的垃圾场，没人注意到，有不少废铁，还有铜，把那伙人馋坏了。

然后呢？我追问道，目不转睛地看着他。

他端起酒杯，喝了半杯龙江啤酒，说，但我哥说，厂里有警卫巡逻，晚上他给那帮人发信号，那些人看到信号，就扒着运货回去的火车进来，捡了东西再扒车出去。

信号？啥信号啊？他们是用大哥大？

哪可能？米耗子笑了，一帮捡破烂的，哪来的大哥大，过年嘛这不是，信号就是发信号弹，十五连发的，过年期间别人看到也以为是哪个上夜班的人放的，不会多奇怪。等在外面的看到了，就动身。

那你哥直接领着他们去不就得了，为啥还要自己先进去，发信号弹，再让别人进去呢？

米耗子说这个问题他也问了，他哥说人多目标太大，而且那里也不是天天都有，他先进去看看，有的话就发信号，没有就不用进了，那些捡破烂的也觉得他说的稳当，就这么商量好了。

那你哥是从哪儿进的？那天是不是你也跟去了？我问米耗子。

他看着眼前吃得精光的碗碟，说他哥没告诉他，他自己也没去，他哥不让。但他后来听别的人说，进去的人被警卫发现了，有一个一直追着他们，没偷成。

一个警卫？我问。

对，一个，巡逻不是两人一组吗？另一个可能去追我哥了。

我明白了，看着他：追你哥的，就是贵林吧。

他点点头。

吃完饭回到图书馆，捧着《大学英语精读》，一个单词我也看不进去，脑海里全是刚才米耗子说的话，那天夜里的情景，像放电影一样，一幕幕浮现在眼前：

晚上大概 8 点钟，席宝华和天保姐姐从技术大楼进了厂里，9 点半到 11 点间的某个时刻，席宝华朝天放了信号弹，捡煤渣的人扒车进来，货车是一趟趟的，过年时尤其少，所以放过烟火后，需要等一段时间，当然也可以步行，从废渣山到七车间那里至少有四公里，走路的时间有点长，还是应该扒车。在这段时间，席宝华和天保姐应该是躲在某个地方。

看到信号弹，巡逻的警卫走过去检查，发现了捡煤渣的那伙人，开始追，那伙人四散逃开，两个警卫分头追。不知为何，贵林发现了席宝华和天保姐姐，追逐中发生了枪战，二人中枪，天保姐姐一人逃走。

这样的话，有几个问题，首先是既然从技术大楼进，为什么不原道返回？

这个问题很简单，技术大楼花园的门是关上的，没法虚掩，会报警，如果敲门呢，长走廊怕是很难让海容爷爷听到，更何况他们也不想惊动海容爷爷。天保家对面的围栏不高，虽然缺口堵上了，但翻过去也很容易，出去后过马路就到了家，这条路实际是最近的，比走厂大门还要近，但这条路的问题就是要穿过一大片荒地，如果有警卫在高处眺望，很容易发现，所以，信号弹的用处是招来人，引走警卫。

但是警卫居然分头追，说明一个人，也就是贵林，发现了席宝华，另一个人去追捡煤渣的人，如果有人和席宝华在一起，贵林是看到了，但他死了，讲不了了，也说明另一个人没有看到和席宝华在一起的人，不然会说出来的。

还有个可能，席宝华是故意跑出来，吸引警卫的注意，为了让和他在一起的人有机会脱身，单独逃走，这个可能性很大。

天保姐姐和席宝华进厂干什么？偷废铁是不可能的，而且他俩也拿不了多少。偷其他贵重金属，有可能，但如果席宝华有渠道，自己就行，不用拉上天保姐姐。所以一定得是天保姐姐能接触到的才行。那只能是二十九分厂军工车间里的什么。

能是什么呢？如果是天保姐姐能接触到的，为什么一定要带上席宝华呢？他一定要起作用才行。

撬锁？我想起了天保拿钥匙打开二十九分厂办公室的情景，也不需要，天保姐姐可以轻易在家搞到钥匙，另配一副。

这个问题，我实在想不出，而且，我一直是假设那天和天保姐姐一起进去的，是席宝华，如果真是他，那他们到底是什么关系？如果是他们俩，为什么警察和警卫们没有查到脚印一类的线索呢？

为了能和米耗子继续交流下去，我打起精神，放假结束后，在男生宿舍里真问了一圈，还颇有几个感兴趣的，都是军事迷，一说是军表就来劲了。我当时觉得，如果不是卖得贵，完全可以有更多顾客，但我的同学还是穷的多，花几十块钱买块表，大多数人接受不了。

米耗子乐颠颠儿来了，带着表，一晚上卖掉八块，熄灯后，站在宿舍外的路灯下，他拿着钱，数了两遍，点出十张十块钱的，递到我手上，我愣了：八八六十四，收入六百四十块钱，利润一人一半，我一百他一百，那就意味着是两百块的利润，够高的。

他又数了一遍自己手里的钱，掉眼泪了，说他妈妈得了肾炎，厂医院透析，前几天没钱交费给赶出来了，他明早就回去交钱。

虽然我并不相信他这个人，但此刻，我相信他的眼泪，我把手里的一百块钱又放回他手里，说算我支持的，给你妈看病用。

他眼泪又下来了，哽咽着说，那我替我妈谢谢你了，小祥。

我问他，你表哥，跟天保他姐，究竟是啥关系？

他止住哭，撸了把鼻涕，稳定了下情绪，清清嗓子说，我哥和她是同一年上的工大，又是老乡，一个厂的子弟，来往挺多的，我哥第一学期回来还说让她和我家人见面啥的，但人家女孩不乐意，人家就没想明确关系，后来我哥不是给开除了嘛，他俩就更不可能了。我听我哥说过，这个女孩心特别高，给自己规划得老远了，毕业就要出国，一定要离开这里。

那你这意思就是他俩处过对象，后来黄了呗，对吧？

米耗子说，应该是。女孩对外从没承认过，但我哥特别认真，一直放不下。你不了解我哥，他属于那种越是难越想挑战的人。

我问他，你哥因为啥被工大开除？

他说，学校里有个外教，岁数不大，以谈恋爱为名，老祸祸女生，我哥和别人一起把那老外给揍了，正常我哥也不至于，我估摸着，那些女孩里，可能有天保他姐。但具体有谁我哥也没说过，他是怕影响女孩名誉。

米耗子说完，很是遗憾地说，我哥真的是可惜了，高中参加省里计算机大赛，得了一等奖，去工大计算机系每学期都拿奖学金，为个女生退学了，太可惜了。工大多难啊，咱五中一年才有几个能考上的。

我一下想到了在天保家里看到的那张照片，两个人，穿着一样的情侣衫，笑着，那就是恋人的样子，我现在和毕姑娘合影的话，也会是一样的笑容。

如果那外教祸祸过天保姐姐，关系已经结束的话，那她不可能抽屉里还保留着那张照片，更不可能让老外帮她办留学。所以，席宝华揍老外，与其说是义愤，不如说是嫉妒，是情人的嫉妒。

我最后问他，你哥哥和天保他姐后来还有联系吗？就是你哥离开学校后。

米耗子神秘一笑，说，我哥不和我说这些，但我知道，他们一直还有联系，而且还是很不一般的联系。

哦？你怎么知道的？你有没有跟警察说过这些？

米耗子说，我说过他们有联系，但警察好像没太在意，他们把我哥家翻个底儿掉，仓房里的煤池子都给挖了，啥也没找到。但我是出来后才确定他们的关系不一般的。

哎哎哎，你赶紧说，你是怎么发现的，根据啥？

米耗子掏出一张照片来，递给我，是张很小的竖版彩色照片，很厚，颜色像油画一样浓重，画面很暗，在路灯下，很难看清，我仔细辨认，勉强分辨出画面来：

是一个女孩的背影，双臂伸开，做拥抱状，站在一列火车前，就是二十九分厂厂房外的那列火车，因为那个迷彩苫布我认识，还有那两根伸出的管子，那是炮。

那女孩穿着的，是件白色的大衣，戴个毛线帽，就是天保姐姐去洗澡那天的打扮。照片拍摄时，女孩可能是不知道的。

米耗子怕我看不明白，赶紧解释：这是二十九分厂车间外面，看到没，那女孩，就是天保他姐，衣服我认得，我在外面见过她。这个是用一次性相机拍的，美国宝丽来，一卷能拍八张。

你是后来才找到这张照片的？我问他。

答对了！他拍拍我肩膀，说道：这个夹在一本武打小说里，这小说是我偷偷从我哥那拿的，拿来后我扔家里一直也没看，警察查我哥家查得细，但来我家就简单看看，没发现这张照片，我是前几天收拾东西才发现的，这个照片的拍摄时间，肯定是今年过年前，你看这炮，还有这后面的枯树枝，明显是冬天。

我想起天保说迷彩苫布是部队去年刚装备的，即使照片没有具体时间，也还是可以推断出是今年过年前。

想到这张照片可能引发的后果，我把它捏得紧紧的，眯起眼睛说，我拿回去再看看，这里看不太清。

哎！米耗子一把从我手里抢过照片，适才可怜悲伤的面孔不见了，换了副凶狠的嘴脸，不能给你，这个我还有用呢。

他能有什么用呢？我回到宿舍，摸黑洗脸刷牙上了床，翻来覆去地睡不着，米耗子刚才路灯下那副表情，让我觉得，他并不是个耗子，有了机会，他也会变成一条疯狗，或者野狐狸。

6月份的时候，我们考完了六级，我感觉考得不错，然后是专业课考试，考前猛突击一阵，学业的繁忙让我忘记了之前发生的事，米耗子再没找过我，我后来偶尔想起，还有点纳闷，想他难道不应该趁热打铁，找我继续开展业务吗？但他一直没有登门，我也就很快忘记了，他的业务，还有天保姐姐的事，对我来说，都远不如当下的考试重要，更比不了我和毕姑娘的热恋重要。

毕姑娘算是接受了我做她的正牌男友，她说放暑假时，我不妨跟她回家待两天。我可以住她亲戚家，有空房，她领着我在省城转转，去看看松花江，还有太阳岛，有一首老歌就是唱的太阳岛，也算是全国闻名的景点了，我长这么大还没去过呢。我给我爸班上打了个电话，汇报了下我的计划。当然我没说毕姑娘，我只是说和几个同学一起。我爸很赞同，只是提醒我注意安全，出门在外要低调，远离是非。

十一

天保姐姐和席宝华为什么要一起行动，他们究竟想拿什么东西，我是在一个偶然的机会下，找到了答案。

考完期末考试，大家闲下来，都去机房玩，进屋脱了鞋，找台电脑，只要不玩游戏，看机房的人是不管你做啥的。有的同学学五笔打字，学 WPS，有的学 C 语言，我呢，主要是背单词。

这个背单词软件，是我校一个计算机系的老师自己写的，在我们学生里推广，找人试用。我觉得还不错，很有效，拷了一版，每周都来背两次。一个个单词在屏幕上停留几秒，之后给出中文意思，背完一组还有小测试，检查学习效果。两个学期下来，我已经初步背完了托福的基本七千词，想着再多背点新单词，临放假前，我就去教研室找这软件的编写老师。

进他屋里时，老师正摆弄一台方盒子仪器，就在电脑旁边，我打了个招呼，问这是啥东西，他说这是教研室刚买的存储器，用磁带存的。

磁带？我说现在不都是用软盘吗？五寸盘，三寸盘，我们每人都有一盒。他说软盘其实不好保存，磁带更稳定，存储更安全。

是什么样的磁带呢？我问。

他按下按钮，取出磁带，递给我，就是一盘普通的磁带，和我们平时用的歌曲磁带外表完全一样。我说这不就是平时录歌的普通带子吗？

他说对，普通磁带就可以，但是机器要用特制的机器，才能读出数据，普通录音机读不了。

我灵机一动，问他，如果是录好数据的磁带，用普通录音机播放，会是什么样？

他笑了，按下那台方盒子的按钮：用这个播，用录音机播，都是一样的声音。他说。

嘀嘀——嗒嗒——嘟——和我在那盘姜育恒录音带上听到的，完全一样。

我惊得久久说不出话来，原来天保姐姐的那盘磁带，是用来录制数据的，书架上那么多盘，录的都是数据！

是什么数据呢？只能是在二十九分厂技术组的计算机房里录来的，还有天保爸爸房间的计算机里。

老师看我有些异样，问我怎么了，有什么问题吗？

我忽然想起那些计算机，都没有软驱的，便问老师，这个机器，是怎么接电脑的？是不是得拆开机箱才行？

老师说不用啊，机箱后面有打印机接口，把打印机线拔下来，把这个插上去就行了。

二十九分厂技术组计算机房里，是有打印机的。

我想到了天保姐姐大衣口袋里的随身听，再看看眼前桌面上的磁带机，明白了，这是同样的东西，有着同样的功能。

我手里拿着的，是一盘六十分钟的磁带，我问老师，这样一盘磁带，能录多少数据？

老师想了想，说这得看机器，也看什么数据，比如咱们一般用的三寸盘，别看不起眼，就 1.44M，可以存五十万汉字，打印出来厚厚一大摞。所以一盘磁带，如果用的机器好，压缩比高，大概可以录 10M 的东西，存储许多文档和文件。

一盘都能存很多，那天保姐姐书架上那么多盘，岂非是很大的数据量？

我当即有了判断，席宝华是学计算机的，天保姐姐找他，就是为了让他帮着进入二十九分厂技术组的电脑系统，帮着录制数据。

可这些我怎么去求证呢？去问天保姐姐？她一定不承认，怎么可能承认呢？

终于放假了，我和毕姑娘一起去了省城，在松花江畔，在太阳岛上，是我们花前月下、成双成对的身影，相爱的话说了一万遍也说不够、听不够，即使无话可说，四目相对，也是满身的幸福和无尽的快乐。我曾经问过她一个问题，如果情与法有了冲突，该怎么办？她不解地问我，你是香港电视剧看多了吗？《法网柔情》还是《赤脚绅士》？我说我很少看电视剧，太费时间，看个《英雄本色》《江湖情》那还可以。她说，这得看具体情况吧？家人捡到钱没上交，你去举报，那有点过分，但如果家人杀人放火，你不去举报，那也很过分。

我不知该怎么和她说好，虽然恋人之间应该无话不谈，但把自己的烦恼一股脑地倾诉给对方，是在消耗别人的精力，我更愿意给她带来欢乐。我想了想，说，家人杀人放火去举报，有的人可能是出于正义，更多的人可能是怕最后连累到自己，我觉得总是考虑正义的人还是挺少的。

毕姑娘迷惑地看着我说，不懂你为啥说这些，你想做什么就去做吧，我都没问题。

在省城的最后一天，我和她说去看看在工大上学的高中同学，毕姑娘那天正好和家里人有事，得了她准许，我坐上公共汽车，来到工大。

工大是个非常大的大学，跟一般大学不同的地方，是大马路横穿学校，所以校园里就有公共汽车，这让我觉得很新鲜，辗转打听，我找到了天保姐姐，我记得她马上就要毕业离校了，我来得很巧，她再过几天就回家了。

见到我，她有点意外，但还是礼貌接待，说话很有分寸，既不见外，也不是多亲密，我约了她去外面咖啡馆坐坐。坐下后，我随便要了两杯咖啡，她微笑看着我，等待我说明来意。

来之前，我排练过好几版谈话，要么绕来绕去，再到主题，要么先闲聊，找破绽，冷不防地提出一个问题，看她反应，但都觉得不合适，效果不会好，她比我大两岁，但成熟很多，玩小伎俩，怕是骗不过她的眼睛，所以，我选择了最后一种：和她讲一个故事，就是我的推测。

故事从工大学校讲起，两个同一工厂的子弟考入同一所大学，谈起了恋爱，但女生并不愿意公开这段恋情，因为有更重要的事等着自己，后来女生和外教好上了，可能是真心喜欢，也可能是为了出国，男生因爱生妒，把外教打了，被开除回家。女生留在学校，大四时在外教的帮助下，考取了国外的大学，得了奖学金，即将出国留学，但是，念书需要花钱，找人帮忙需要有代价，而代价是，帮外教搞一套敏感的军品数据。

女生回到家乡，得到了被开除的前男友的谅解，在被开除的男生帮助下，过年期间潜入军工车间的办公室，侵入计算机系统，录取了大量数据，在出来时，被工厂警卫发现，男生为了引开警卫的注意，故意往另一个方向跑，和追上来的警卫互相开枪，双双死亡，女生脱险，回到家，公安机关问讯后过关，带着数据回到学校，交给外教，圆满完成任务。

我讲述故事时，语气平静，不激动，不夸张，天保姐姐全程专注地看着我，面色如常，只是讲到男生和警卫双双死亡的时候，她眼里忽然有东西闪烁了一下，旋即恢复，故事讲完，她笑着说，讲得不错。如果没猜错，这里的女生是我吧？

我说，对，不然我也不会突然跑来当你面讲故事了。

她两手往外一摊，说，你说了这么多，可有什么证据吗？没有证据，这不只能是个故事，或者说，一个笑话吗？

我说，证据很多，比如那天你和席宝华从技术大楼进去的，海容爷爷看到了。其实海容爷爷没看清那男人是谁，我这里也是使诈了。

她点点头，又问，我怎么进到技术组里？办公室都是有锁的。

我说，这个太简单了，天保他爸身上就有钥匙，你很容易找机会配一副。

她笑了，说，这个问题确实有点幼稚，那还有一个，天保知道，那天晚上我在家，我衣服和鞋都在家的。

我还没回答，她自己说了，我可以穿另一套衣服和鞋走，对吧，你一定这么想的，那天天保喝多了，迷迷糊糊的，也弄不清楚。

我点点头，她又想起一个问题，抿嘴笑道，你太高看我了，何德何能，让一个男生为我跑前跑后，半夜进厂偷东西，再说了，这么机密的事，我应该自己做，为啥找人一起？

这个问题我早已经想好，立刻回答道，你是文科生，他是学计算机的，没有他的帮忙你根本进不去电脑系统，天保说过，二十九分厂技术组的计算机是有内部网的，一般人是进不去的。至于他为啥这么帮你，因为你们还在恋爱，至少你是让他这么觉得的，让他以为你只是为了出国才跟外教在一起，跟他才是真爱。你一直在利用他！我有意把"利用"这两个字说得很重，寄希望于能够凭此击穿她的心理防线。

天保姐姐脸上温柔的微笑不见了，眼睛里这一刻有泪花闪现，她哑着嗓子，冲我低吼道，不许你这么说我！你不知道我做了多大的努力！她尽力不让眼睛里的泪珠掉下来，扭头看着窗外，侧颜立体，额头宽阔，鼻梁笔直，下巴圆润，如雕塑般完美。她眼神空洞，好像过去的事又出现在眼前，喃喃地说：为了爱可以不顾一切，他，我，都是这样的人。

我想起爸妈在出事那天早上说的德语翻译的事，一下有了新想法，探询地问，所以，你和席宝华是真爱，和外教是逢场作戏，你是为了出国才这样，你出去后，也会把席宝华办出去？

天保姐姐冷笑一声，我为什么要告诉你？你只要知道，多少人为了出去会不惜一切代价就行，那个外教，威廉姆，那么多女孩扑他，因为他帅？得了吧，还不是都想借机会出国，他就是个乡巴佬，一身毛，一股味，恶心极了。说到这里时，她露出厌恶的神情。

我不知该怎么说，因为我从没有想过，一个人可以为自己的前程，做这么大的牺牲，我能想象，她在外教面前一定是一个逆来顺受的女仆，而在席宝华面前，则是高贵的公主，谁会愿意一直当女仆呢？谁不想当公主呢？

我们俩陷入了尴尬的沉默，她一直看着窗外来往的车辆，不理睬我。我也一直没有说话。来之前我曾暗暗希望，她会有力地驳斥我所有的猜想，还自己一个清白，让我为自己的胡思乱想而惭愧，但她没有，这让我又失望，又难过。

好一会儿，她转过头来，笑吟吟地问我，你说我录数据，那最关键的问题，数据在哪儿？没有这个，前面那些都是不作数的。

我就在等她这个问题，我拿出自己的随身听，放在桌上按下播放键，从耳机里隐约传来嘀嘀嗒嗒的噪音，我说，这个就是证据，这是我从你的磁带上翻录的，这些都是数据。

她笑了，笑容有些僵硬，说，这就是噪音，以前在广播站翻录姜育恒歌曲的时候弄上的，你拿它当证据，太没说服力了吧。

我斩钉截铁地说，这不是噪音，这就是数据，这么重要的事，你当然得事先做试验，试验也不会就是简单录几分钟，而是实打实地录满一盘，再检验能否正常读出数据。只是这些数据没什么价值，后来录歌又都洗掉了，但没洗干净，留了个小尾巴。

我按了快进，播放，又快进，又播放，全是一样的噪音，我说，这个，是你出事后，去医院时，我在你家里找到录音带，重新录制的，我们学校机房里新进了设备，可以读取数据，读出来了，都是二十九机房的文档数据。

她的笑容在脸上停滞了，又片刻松弛下来，恢复了温柔的模样，目光如水，声音慵懒，像撒娇一样对我说，真没办法，被你抓到了。

实际上，说最后这句话的时候，我心里是捏着汗的，因为我只是把最初翻录姜育恒歌带末尾的那点噪音重复录制，占满了整个录音带，我当然也不可能用这个在学校机房里读出数据来，这完全是我编的谎话，但我只有这个武器。

她忽然笑了起来，用手捂住嘴，手指像嫩葱一样洁白无瑕，良久，才恢复平静，面容潮红，一面问我，那你打算怎么做？

我说，劝你自首，争取宽大。

她又笑了，笑得更厉害，头趴在桌上，身体直颤抖，好像我刚讲了一个多么可笑的段子，良久抬起头，眼睛里笑得都是泪水，手抚胸前，感叹说，好久没有这样了，实在是太好笑了。一边说一边还在笑，好不容易停下来，神情平静地看着我说，幼稚！我为什么自首？我是有多傻？

我说，你要是不自首，我就自己把录音带交出去，那就是等人来抓你了。

她冷冷哼了一声，脸色沉下来，你不会的。

我为什么不会？你为什么觉得我不会？

因为你不敢。她说，你没有那个胆量。

笑话！我有啥不敢的？我口气强硬，不肯示弱。

她用纤细的手指打着手势说，我给你分析下，如果你交出去，会发生什么事。首先，我的家人会知道，然后你的家人也会知道，我爸爸会受牵连，但是以他的人脉和厂长的关系，这件事他并不知情，他应该能得到比较宽大的处理，比如从厂里下来，回二十九分厂或其他分厂当头头，我爸肯定因此恨透了你家，会想尽办法，找人也得把你爸撤了，你爸能回去当段长就不错了，很可能只能当个老工人，五十来岁了，在别的分厂也找不到地方。然后……

她伸手打断了我要说的话，继续说下去，然后，你爸被提早下岗，买断工龄，几万块钱打发了，从此郁郁寡欢。其次，你想通过进厂再去大连肯定不可能了，由于我爸的影响，你连本厂都回不去，最后，你妈妈积郁成疾，早早得病死了。

这句话太恶毒了，我实在不敢相信，这是从她嘴里说出来的，她那么温柔恬静，但是，她说的确实也是有可能的，我妈是个极为要脸面的人，这事肯定会把她气个半死。

从小到大，我爸妈教育我的都是人要善良，但他们从没想到社会上有那么多的丑恶，当我们这些秉承善良的人遇到那些丑恶之时，我们该怎么做？以德报怨？以恶制恶？他们从没教过我，很可能他们自己也不知道。

天保姐姐站起来，拿着包，走到我旁边，弯下腰，在我耳边说，小祥，乖，听姐姐的话，忘了这一切，你的前程，你爸妈的后半生幸福，都会因你的稳重而得以善存。我也会永远记得你的好的。回头去了美国，姐姐给你寄歌带。

她口吐芬芳，体香如麝，我在那一刻，头晕目眩，等清醒时，她人已经走了，只留下桌上印着红唇印的咖啡杯。

从省城回来后，我回了家，毕姑娘没有跟我回家，她说还不到时候。我刚到家，便听到了一个意外的消息：就在我见到天保姐姐之后两天，米耗子和天保姐姐两个人在松花江双双落水死亡，据说捞上来时，两个人死死抱在一起，不得已只好把两个人的手指掰断才下葬。

这个消息上了省城和我们市的日报，人们众说纷纭，目击者说看到两个年轻人黄昏时在江边争吵，男人追着女人，最后一起失足落水。7月正是汛期，松花江涨大水，没人敢下去，第二天才在下游某个桥洞处捞上来两人的尸体。有人说是恋人殉情，有人说是见色起意，但我知道，这是一个复仇的故事，是一个勒索未得逞而最终走向毁灭的惨剧。米耗子的照片，便是他勒索的工具，但他没想到天保姐姐会那么刚硬，会和他正面对抗，最终的死亡，也维护了自己和家人的体面。

很多年来，我时常会后悔，如果当初我收走米耗子的那张照片，就不给他，那后面的结局就是完全两样了，没有人会死，所有人都会得偿所愿，我的一念之差，影响了这么多人的命运，这让我每次想起，都觉得脊背发冷，悔恨难熬。

最后的故事索然无趣，我爸爸在二十九分厂厂长的位置上顺利干到退休，我毕业后进到本厂设计院，通过天保爸爸的运作，两年后转去大连分部，天保也去了大连分厂。我们分别在大连结婚生子，爸妈退休后来到大连，和我一起生活，对了，我和毕姑娘没有成，天保倒是和海容结婚了，海容后来在大连开了一家韩国餐厅，生意还可以。女儿死后，天保继母一度有些精神恍惚，后半生信了基督教，非常虔诚。

有一个细节，我一直没有讲，我想留到最后，因为我也是很久后才从天保那里得知的。那是很多年后在大连，有次家庭聚会，又喝多了，我和天保两人酒后醉醺醺地在街上走，看着天上的星星，有一搭无一搭地说起了往事，渐渐就说到了1993年春节的事。

天保停下来，摇摇晃晃地看着我说，我是后来才听说的，席宝华和贵林两人的死亡场景，是冯眼镜前阵子和我爸说的。

我俩脸都要贴上了，他的酒气全喷到我的脸上，他说，贵林一共开了五枪，第一枪应该是鸣枪示警，后面四枪都打到席宝华身上了，三枪要害，一枪是腿。席宝华的猎枪一共只有两颗子弹，都打出去了，一枪打在贵林身上，一枪打的头。

太凶狠了，这两个人，都是狠人。时隔多年，听他讲这个场景，还是让我感到震惊。

但是，天保趴到我肩上，在我耳边轻轻说，现场应该还有一个人，但因为第二天围观的人太多，把现场破坏了，分不出脚印了。

哦？何以见得还有一个人呢？我问，声音有点颤抖，我脑海里浮起了天保姐姐的样子，温婉清丽，永远停留在二十出头。

是个老警察分析的，天保低声道，那个老警察觉得，可能是两人互相开枪，都被对方打伤了，这时，出现了第三个人，这个人分别捡起枪，把另一边的人射杀了。就是说……

我忍不住替他说完，用贵林的枪，把席宝华打死，再用席宝华的枪，把贵林打死，或者顺序相反。

天保下巴放在我肩膀上，往下点了点，表示同意，又过了好久，才说，这只是一种推测，但因为证据不足，最后没有被采纳，所以，找了个各方面都能接受的结论，把案子结了。

我感觉全身都浸入了冰水中，手脚都没有了知觉，天保一直趴在我身上，大半身的重量，都压给我，让我久久喘不上气来。

原刊《当代》2023 年第 4 期

作者简介：

安大飞，本名王雨萌，"70 后"，生长于黑龙江，工厂子弟，现居北京。2022 年开始在豆瓣阅读等网络平台发表小说。系首次在文学期刊发表作品。

小说以一起被目击的"绑架案"为引，抽丝剥茧，揭露出一桩隐案与一段婚姻过往。背景设定在新疆，在群山与河流的见证中，书写人心的复杂残酷，立意辽远，文笔洗练。两位女性角色互为镜像，独具异域风情，为故事增色。"失踪的女人"和"消失的妻子"命运暗合，悬疑之下是对现实生活的观照及伦理问题的思索。

——网易"戏局onStage"编辑　赛梨

比群山更久

张瀚夫

1

7月，我去南疆采风。从塔什库尔干回喀什，车走到白沙湖的下方，天空开始落下灰色的雨，山峰被云雾笼罩住。

荒郊野岭，竟然小规模地堵起了车。透过车窗往前看，红色的尾灯在密集的雨滴后渐渐连成一条蜿蜒的竖线，像是湿漉漉的伤口。司机把车停在层层叠叠的山前，我下车抽烟，站在一条溪流边，听雨水打湿自己的帽檐。更远处，粗细不一的另外五道溪流拱起红褐色的土地，山峦隆起，延伸到了被雨激起的尘烟之中。

因为刚从帕米尔高原下来，我一直头晕耳鸣，堵车的场景像是一场幻觉，让我有些困惑。司机这时跟我说要往前走走，看看是啥情况。我听了个大概，烟吸到三分之二，囫囵点头。看他披上一件黑色的冲锋衣，猫腰步入雨幕。

我的正前方是一辆改装过的牧马人，气势磅礴，似乎是为了越野而生，但却没怎么越过野，周身油光锃亮。这车矛盾的气质吸引了我的目光，紧接着，一声辨不清男女的呜咽从车后座闪过，顺势，后门猛地弹开，一个被反捆着双手、嘴里塞着红布的长发女人跌下来，慌不择路地翻下路基，朝着原野上晦暗不明的六道溪流奔去。

看到这一幕，我的大脑一片混乱，愣在原地，直到牧马人的司机也下了车，开始追逐女人，我才意识到自己可能已经成了一场绑架案的目击者。

好巧不巧，堵塞的车流在此时有了向前涌动的迹象。我向前后看，其他车内的乘客似乎都未看到我刚刚看到的，他们面无表情，按响喇叭，只想要尽快驶离这里。我再望向远处，只听到女人声嘶力竭的尖叫，似乎被男人扑倒在了路基下方。我掏出手机，没有信号。

怎么办？等司机回来再一起救人？够呛。听女人的惨叫声，男人似乎已经放弃绑票，转而谋杀了。我心一横，翻身下路基，在河滩上捡了一块石头，一边小跑着过去，一边高喊，干什么的，我报警了！我期望有人能听到我的呼喊，一起见义勇为。可我是个老烟枪，又身处高原，肺活量严重不足，跑出去十几步，就面临着一个两难的选择——要么喊，要么跑。边跑边喊是不可能了。我选择了跑。

那是一片滩涂，湍急的水流应该是叶尔羌河微小的一支。其后，棕红色的山峦在我的眼前剧烈晃动。我跑得足够近了，看到男人一手攥着匕首，一手抓住女人的头发，我来不及思考，下意识地将手里的石头掷出去，却正中女人的额头。女人应声倒地，正欲下刀的男人下了个空，狐疑地转头看向我，刀尖也指向我，问，你想打谁？我实话实说，想打你来着。男人朝我走过来。

男人强壮得像是一头野牛，跑是肯定跑不过他，我赶紧弯腰又捡了块石头，做好战斗准备，同时回头望向公路，希望能看到援军。果然，司机带了几个人正朝这边跑。我瞬间有了底气，拉开架势，想要跟男人过几招。可男人也看到了援军，他转头就跑，涉过溪流，最后隐身于一片山间的松林之中。

司机大哥看我没事，赶紧给女人松绑，看着脑袋上的大青包感叹：这绑架犯，下手真狠哪，不是个东西。我说，可不是，我眼瞅着那么大一块石头扔脑袋上了。那什么，赶紧送医院吧。

此时距离喀什市区还有两个小时的车程，女人的生命体征一切正常，只是因为我那一下失去了意识，估计有点脑震荡。跟警方和医院协调过后，我跟司机决定开车把她带到喀什的医院做进一步的身体检查，警方会兵分两路，一组来开走那辆牧马人，一组在医院跟我们汇合。我看着司机把女人抱上车后座，在心里暗暗决定，一定要把接下来的一切费用都掏了，将功补过。

因为下雨，两个小时的车程开了三个小时。司机一直很警惕，到休息站都不敢停，生怕遇到绑架犯的同伙。我却觉得整件事都很蹊跷，回忆起来，感觉有哪不对，至于哪不对，又无法言说，无法讨论，就像是一张藏在毛玻璃后的拼图被打散了，你看不见每片拼图的内容和整张拼图的趋势，便无从拼起。

在雨将停未停的时候，女人醒了。司机最先透过后视镜发现了女人的凝视，她比想象中镇定，似乎已经知道了我们不是坏人。但她却始终凝视着坐在副驾驶位、正昏昏欲睡的我。我想完了，扔石头那一下算是结下仇了，就想活跃一下气氛，问她，你咋样了？女人伸手摸了一下额头上的大包，白了我一眼，似乎在说你明知故问。司机哪壶不开提哪壶，问，砸你脑袋那是谁啊？我赶紧岔开话题，对女人说，我是个编剧，从北京来新疆采风的。你是哪里人，叫什么？

女人依然在凝视着我，似乎在借由凝视这一行为汲取着什么。她应该有三十多岁，辨不出人种，但五官立体，非常漂亮，又透着粗粝的气质。听见我的问话，她暂停了凝视，之后垂头陷入短暂的思考，再抬起头，她说：欧翁瓦卓蔻，比群山更久。

司机一蒙，问，你叫欧翁瓦卓蔻？女人操着一口并不熟练的汉语说：不是，我来自欧翁瓦卓蔻，我的名字是比群山更久。

司机偷偷用胳膊肘撑我，低声说，完了，这姑娘让石头砸傻了。我却陷入了更深的恍惚和恐惧之中。因为我真的认识一个叫"比群山更久"的女人，只不过是在李白的一首诗里。

2

你端着一杯酒，轻手轻脚地接近李白。

那是一部电影发布会后的餐会，人群熙攘，五星级酒店宴会厅的棚顶高远，缀着金灿灿的灯，灯光又落进每个人手中的高脚杯里。

你的目标明确，因为你在见到她的时候，心里感到了久违的悸动。李白那时候只有二十六岁，却已经是被多方瞩目的女诗人。这不仅仅是因为她与古代的诗仙同名，更是因为她细腻的笔触和美丽的容貌。很多议论喧嚣扰攘，说李白就是个网红，靠的不是才华，而是面皮。你并不同意，因为你第一次读到她的那首《数羊》时，还未见过她的样子，就已经被深深迷住了。

> 山中的爆炸惊死了三十二只羊，
>
> 尸体沿河渠排列，死亡缓缓归港。
>
> 萨满也自河中来，在羊间踏出湿漉漉的悼词，然后跪下，
>
> 她撑起羊头骨的法杖，诵出雾霭。
>
> 我只有三十只羊，牧羊人说。
>
> 那两只，黑与白，来自何方？
>
> 萨满惊讶地抬起头，
>
> 她还以为牧羊人的第一个问题。
>
> 是山中爆炸的来由。

你的头脑中闪过《数羊》里的全部诗句，鼓足勇气，靠近正微醺的李白。你说，那个牧羊人到底有几只羊？李白笑了，说，你是第一个用羊来跟我搭讪的人。你继续装傻，说，哦，那别人都是怎么搭的？李白说，他们都好奇山中

的爆炸是怎么发生的。

那一晚，你以知名编剧的身份成功要到了李白的联系方式。你对她说，你之所以跟牧羊人站在一起，是因为编剧需要让绝大多数人感同身受。萨满的视角虽然猎奇，但这个世界上还是牧羊人占了大多数。这段文字是你通过微信敲过去的，半晌，李白也回过来一行字：你错了，是羊占大多数。

自此，你总是梦见李白，在金色的灯光下，白皙脖颈上的碎发有着棕红色的光泽。她转过脸，背景里的宴会厅迅速向后退，你看到她那穿着暗红色晚礼服的倩影立于一道雪山下的溪流旁，死去的羊围绕着她。

从前，除了叙述故事，你似乎从未迷恋过什么。直到现在，李白和她的诗，成了你最大的瘾。

3

晚上十一点四十五，我们到了喀什第一人民医院。因为天黑得晚，盛夏的深夜就像傍晚，烟火气和天光都未完全褪去，深蓝色的碧空如洗。比群山更久却一直咳嗽，看起来比我的烟龄更久。

果然，走到医院大门口，她管我要烟抽，我让司机大哥先进去挂急诊，遮着风给她点了一根细支的雪莲，并叮嘱她赶紧抽，抽完好进医院检查身体。警车在这个时候驶进了医院停车场，我下台阶去迎，跟警察同志汇报公路上目击的绑架事件，警察同志听完抬起头，问，受害人在哪呢？我说，就在那呢，在医院正门口。

转过头，医院正门口空空荡荡，司机大哥刚拿着收据单子走出来，跟我面面相觑。喀什的黑夜在此时才真正降临。

这种情况让我再次陷入了恍惚之中，警察同志也觉得蹊跷，他们带着我跟司机大哥查了医院大门前的监控，果然看到比群山更久偷偷溜走的画面。但这女人作为一个被害者，反侦察手段比罪犯都厉害，专找监控盲区走，七扭八拐，就消失在了夜幕之中。

此时，警察的手机响了，另一组人报告说，我给的位置上根本就没有那辆气质矛盾的牧马人。警察问我，这个被绑架的女人，叫啥名？我犹豫了一下，说，比群山更久。警察们看我的眼神突然变得复杂起来。压力给到了我这边，我开始冒汗，甚至怀疑是自己的精神出现了问题，幻想出了一场诡异的绑架案，好在司机大哥出来解围，信誓旦旦地说，我也见到她了，就叫比群山更久。

警方跟我一样挠头，但还是给我跟司机大哥做了笔录。从派出所出来，已经是后半夜了，我俩找了个酒店，办理入住。我感到困倦不堪，盯着酒店前台上方挂着的六个时间不同的表盘。表盘下面城市的英文掉色脱落，我在一瞬间绞尽脑汁，思考哪个才是我身处的时间。不真实感自帕米尔高原蔓延过来，我回忆起比群山更久对我说过的话，不多，大都迷雾缭绕。

她说她来自什么蔻？我问司机大哥，司机大哥说，翁什么蔻。我说，不对，翁前面好像还有个欧。就在我俩东一嘴西一嘴地瞎猜时，前台女孩接茬说，欧翁瓦卓蔻吧。

我一惊，赶紧说，对对对，你知道这地方？女孩点点头，说，他家的抓饭、大盘鸡、拌面好吃。我跟司机大哥再次发蒙，看着女孩掏出手机，点出外卖软件，上面一家提供外卖服务的餐厅招牌被女孩用双指放大，我看到紫色的霓虹灯管在湛蓝色的碎瓷砖上拼出 onggorakv。女孩再次重复：欧翁瓦卓蔻，锡伯语，是忘不掉的意思。吃一次，就包你忘不掉。

第二天中午，我们按照导航扎进喀什的老城区，穿过红墙和鸽群，找到了这家位于游客聚集地的忘不掉餐厅。我跟司机大哥有两天没好好吃饭了，嗅着烤肉香，迎着一个夕阳红旅行团的亢奋喧嚣，拼力挤了进去，与拿着长枪短炮的大爷大妈坐在了一个桌旁。

吧台后有个背影很像比群山更久，我盯过去，注意力追随着她在桌子间快速移动，待她转过身，拿着菜单走到我的旁边，问我想吃点什么，我才知道自己认错了人。

点菜吃饭，狼吞虎咽。在此期间，我再次思考了一下目前的状况。于我而言，比群山更久被谁绑架，因何被绑，都不重要。我只是好奇她与李白那首诗之间的联系。我不相信纯粹的巧合，这之间必定存在机缘，而明晰这些机缘，能让我更加了解李白的人生，以此永远不停地怀念她。

一桌的老年人突然鼓起掌来，我侧身回头，看见四个穿着新疆传统服饰的姑娘走进餐桌之间的空地，音乐响起，她们开始跳舞。排在最后一个的，就是比群山更久。

司机大哥也看到了她，低头问我，要不要报警？我说，我想先跟她聊聊。

忘不了餐馆的歌舞表演似乎永无尽头。为了吸引游客进来吃饭，在长达几十分钟的时间里，四个姑娘从演奏乐器，到邀请大爷大妈离席共舞，花样翻新。在新疆，这样的工作并不是强颜欢笑的应付，而是真心实意的狂欢。包括比群山更久在内的四个姑娘越跳越忘情，能看得出来她们是真的喜欢舞蹈。我不忍打断，一直看到结束，比群山更久跳得脸颊潮红，绽放着笑容，朝食客们鞠了一躬，然后拎着裙子自侧门走出餐厅。

我跟司机大哥说，你再点点儿啥，多吃点，我请客。说完就起身走出侧门，门外是一个背街的院落，一条狭窄的巷子将院落与游客攒动的主街连接起来。此时已经有游客沿着巷子溢进了院落中，但相比布满了摊贩和店面的老街，这里依然算是宽敞而清净的。院子里只有一个本地人在葡萄架下纳凉，还有三五个孩子在与院落相连的小广场上争抢一个足球。球飞过来，比群山更久拎着裙子踢回去，这一幕被游客收进了取景框中。

比群山更久也坐到了葡萄架下，我过去，抽出了一根细雪莲递上去。比群山更久这时才看见我，她愣了一下，朱唇轻启，衔住了烟。

我俩面对面坐着，吐出烟雾。我问她，没啥事了吧。她没说话，点了点头。我看到她戴的头纱之后已经没有了淤血或是肿块，在心里感叹她恢复能力的强大。我又问，为啥跑了？她说，你最想问的应该不是这个。

我在一瞬间感到如释重负，又生出一种不断被这个女人看透的羞耻感。我甚至想起了李白，她好像总是能明晰我最深切的欲望，有时候甚至比我自己都看得更清楚。

我安静地把烟抽完，熄掉，终于鼓足了勇气，问，你认识李白吗？

比群山更久盯着我的双眼，逐字逐句，很认真地说，我认识她，我也认识你。我认识世间万物。

我冷静地思考了一下她说的话，微笑着点点头，又点了一支烟，双眼移向碧蓝的天空，心里已经对目前的状况盖棺论定——完了，真给人姑娘砸傻了。

此时，一个留着大胡子的光头男人站在餐厅后门，招呼比群山更久：久儿啊，下一场了，赶紧的啊，别磨叽。比群山更久掐了烟，拎着裙子钻回餐厅。我听光头男人的口音是东北人，走过去凑近乎，说，老乡。光头男人问，你是哪的？我说，我祖籍是哈尔滨的。你呢？光头男人说，我祖籍广东汕头。

不真实感再次袭来，我在一瞬间分不清是别人疯了，还是我自己疯了。我有点冒汗，但还是故作镇定，问老板，那你东北话咋说得这么好呢？老板说：我媳妇儿是东北人。我给老板发了根烟，问，刚才那个跳舞的是你媳妇儿？老板说，她？可不敢。她精神有点问题。

我心说，果然，这件事情里得他 × 有一个疯子。

在餐馆老板的讲述下，我渐渐得知了比群山更久的故事——她曾是一个女萨满的养女，从小生活在山林之中。直到女萨满去世，比群山更久便走出深山，来到了喀什讨生活。她喜欢跳舞，虽然没系统学过，但有热情，因为颜值高，跳起舞来观感上不错，便一直在喀什老城区的各个餐厅里用舞蹈赚钱。说是赚钱，管吃管住她就干，是个不爱说话，但很容易开心和满足的女人。至于精神上的问题，老板的描述是，她跟人的话不多，跟花鸟鱼虫、小猫小狗的话不少。嘴里总是嘀嘀咕咕，声称自己能听懂世间万物的语言，并能预知它们的一切。

我问不出什么新的信息，告别了老板，走出餐馆，就看见司机大哥蹲在老街的树荫下，神情紧张，我问，咋了？司机大哥伸手指向街边的巷口，我看到那里停了一辆经过改装但又没什么越野痕迹的黑色牧马人，大灯朝向忘不掉餐厅，像是一双窥视的眼睛，视线穿透了餐厅的砖墙，正在寻找自己不慎丢失的猎物。

4

你在跟李白婚礼的当天才知道她有新疆血统。

那是一场传统的中式婚礼，亲朋好友悉数到场，包括李白那个已经患了老年痴呆的母亲。他们纷纷步入富丽堂皇的厅堂，与你一同面对聒噪的司仪，观赏鲜花，伸手拿走喜糖。大屏幕上的翅膀在带着浓妆的李白身后缓缓张开时，他们爆发出惊呼和掌声。你全程陪着笑脸，一杯杯敬酒，颈椎僵直，不明白这种盛大的意义是什么。

你俩计划旅行结婚，但对于目的地却有些分歧。你想出国，去意大利。可李白想去新疆。这场争论发生在你俩典礼的间隙，要敬酒了，李白的婚纱要换成旗袍，你的西装要换成衬衫。换衣间有些逼仄，樟脑球的味道不停蹿进鼻子，你一边咳嗽一边问李白，为啥非得去新疆？李白的婚纱脱到一半，露出雪白瘦削的肩膀，她问，你又为啥非得去意大利？你答不上来，但本能地，你觉得自己受到了某种嘲讽。讨论戛然而止，推开换衣间的门，觥筹交错的场面迎面扑来，你一个趔趄，差点摔倒在宾客面前。

李白的母亲叫言河，那个时候她刚刚确诊老年痴呆，还不算严重。酒过三巡，她想上台讲话，你有些害怕，但不好阻拦，攥着酒杯的手指渐渐发力，指节有些乌青。李白则站在你的身旁，伸手揽住了你的胳膊，你获得了力量，觉得事已至此，应该不会出什么岔子，言河也确实没说什么胡话，她深情地描绘了自己的整个家族，并点明了李白的新疆血统，而她从小到大，又从未回过新疆。你听到这，惊讶又愧疚，伸手握住李白的手，对她耳语：我们就去新疆。

可变故忽然而至，你们的机票酒店都订好了，你写的一部电影却要提前开机。李白也知道这部电影对你的重要性，但情绪明显低落，开始长时间的沉默不语。你们商量先退订机票和酒店，等你杀青，再一起出发，不料到了原定出发的日子，你却在开机仪式上收到了李白的微信，她只发了一张照片，似乎是在登机的过程中拍摄的——有机翼和舱门沉在晨曦里，其后是空无一物的天空。

你有些着急了，赶紧给李白打了个电话，关机，你估计她已经开始了航程。果然，再收到她的消息，她已经到了乌鲁木齐。

虽然李白的表现没有任何不悦，但你却被她一个人的蜜月旅行影响了，在片场魂不守舍，工作频频失误。你总是想打开朋友圈刷一刷，看李白到哪了，玩了什么，吃了什么。李白也不负众望，几乎在朋友圈全程直播了自己从南疆到北疆的旅程，并巧妙地避开了所有可能会显示出是她一个人在旅行的画面——李白一直都想得很周到，避免他人跟自己难堪。但她越这样，你就越难堪，甚至想下跪，想躺进片场的道具棺材里以死谢罪。

一个月后，你还没杀青，李白已经回来了。她来探班，请全剧组的人喝星巴克，看上去心情不错。你原本焦躁内疚的心情逐渐缓和。晚上，你跟制片人请了假，带她去远离片场的市区开了间不错的酒店，你道歉，她笑，你们喝酒，她在醉后肆无忌惮地挑逗你。你们做爱，黎明时分，你看到窗外的太阳缓缓升起，这是在新疆也照耀过李白的太阳，它伸长发光的触手，摸进屋里，将李白身上那些从新疆粗粝的空气中带回的晒斑和淤青指给你看。

那个时候，你还没有意识到李白的变化，李白说她新写了很多诗，但有一首，你非听不可。她以往总能背出自己写的诗，但那个时候却忘了，需要翻出随身携带的记事本——那算是一个征兆。

新诗的名字叫作《比群山更久》。李白赤裸着美好的身体，踮着脚尖，拎起还剩个瓶底儿的酒，喝了一口，垂眼在本子上看了一下，然后直视着你的双眼，轻诵道：

我和她相遇在崩塌里，

还没到末日，光线依然存在。

崩塌的背景音是呼麦，

正传播的不只是病，还有锈和机器。

前者让我濒临死亡，后者让她站在与山相反的方向。

她让我吃下一枚硬币，以做庇佑。

她说末日将临，要跨过六条燃着的河流。

我问她叫什么名字，她说我叫，

比群山更久。

你听完这首新诗，脑子尚未清醒，问李白，她是谁？是单人旁的他还是女字旁的她？李白并未回答，她骑在你的身上，再次意乱神迷，俯下身的同时，在你的耳边喘息，然后重复那首诗的最后一句：她说我叫，比群山更久。

当时的你不会想到，那是李白最后一次给你念诗。她很快就会陷入彻底的混沌之中，而你对此将无能为力。

5

我让司机大哥报警，自己则横穿过人流熙攘的老街，靠近了那辆停在窄巷里的牧马人。

我点了根烟，背对着车，装作不经意往后看——车里没人，巷子里看上去也没什么埋伏，只有几个刚放学的孩子经过。我擦着车边挤进巷子，双手罩在车窗上往里看，再次在心里确认，这就是之前比群山更久逃出的那辆车。

鬼使神差，我特别想跟绑架者聊聊，因为我敢保证，他比我更了解比群山更久。我用手使劲扳了一下那辆牧马人的门把，车子开始爆发出一阵警报声。

我后撤进巷子深处的拐角，看那个男人从隔壁的小吃店跑出来——他还是戴着墨镜，看起来风尘仆仆，钻进窄巷，查看自己的车。我左思右想，下了决心，刚要从拐角处走出来，就看见男人拉开副驾驶的门，从车里抽出了一柄长刀，夹在腋下，又翻出一张《喀什日报》，将刀包裹起来，然后拎着，关上车门，大步穿过老街，直奔忘不掉餐馆而去。

我冒了冷汗，知道绑架犯的行为要升级了。有了之前混乱的经验，我犹豫是不是要在此刻再次介入这件事。人各有命，我已经救了她一次，还要再救一次吗？

不知为何，我突然在这个节骨眼上想起了李白的那首《比群山更久》，里面有一句是"她说末日将临，要跨过六条燃着的河流"。我脑子一热，再次回忆与比群山更久相遇的那一刻，她被捆着双手，没有向堵车的司机们求救，而是本能地狂奔向公路下的六道溪流，以及六道溪流后那巍峨的群山，就好像那里才是最安全的地方。

我闭上双眼，那六道溪流开始燃烧。我张开双眼，决定帮助比群山更久。即便这可能会让末日降临。

司机大哥不知所终，我一边满大街地寻找趁手的武器，一边紧盯忘不掉餐馆的正门。树下堆着几块砖头，有了上次的惨痛经验，我不敢再用，转身拎了把铁锹，放在手里掂了掂，有点沉，怕影响发挥，我扔下铁锹，又在另一家饭馆门口捡起了一个空的乌苏啤酒瓶，终于感觉趁手。就在此时，我听到忘不掉餐馆里爆发出了一阵骚乱，中老年旅行团落荒而逃，有人惨叫，杀人啦！我咬紧牙关，攥紧乌苏，逆着向外流的人群，冲进餐馆。

让我感到意外的是，餐馆一楼并未有任何凶杀的迹象。我听到二楼传来了杂乱的脚步声，便顺着后厨旁的狭窄楼梯往二楼爬，与此同时，我听到了男人那带着困惑和愤怒的质问，你都知道什么？

比群山更久并未回答，似乎正在忙着躲避攻击。我登上楼梯，看到男人已经将比群山更久逼到了窗边，他的墨镜掉了，被自己一脚踏碎，他痛哭流涕，似乎被比群山更久看透了最隐秘的罪过。

比群山更久很冷静，她像是某种不通人情的动物，睁着双眼白比例极低的黑眼睛，盯着男人不断落下的每一滴眼泪，用并不熟练的普通话说，羊角坡，倒车。你从倒车镜里看到了一个黑影消失在车轮下，你赶了几天的路，以为那是幻觉，并未下车，直到听见羊叫的声音，你才想到自己可能压了人。

男人安静听完，停止哭泣，看起来虚脱无力，但依然扬起了长刀，《喀什日报》飘落下来。我一看情况不对，也扬起了乌苏酒瓶子，我吸取了上次的教训，尽量稳准狠，直接将酒瓶砸碎在男人的后脑勺上，男人应声倒地。

比群山更久对于我的突然出现并没有感到意外，她似乎早就看到了这个结果，视线落在我手中仅剩的半截瓶子上，有些迷恋地看着碎玻璃锋利的边缘。她就像是刚跳完了一支舞，拎着裙子跨过被我敲晕的男人，在经过我身旁时，她面无表情地低声说，有一天，你也会站在他站的地方。

我一蒙，问出了曾经问过李白的一个问题，他是谁？是单人旁的他还是女字旁的她？

警笛声在此时划破了喀什依然明亮的傍晚，我怕比群山更久再跑，想要拉住她，转过身，却发现她已经消失在了楼梯的拐角，像是从未在这个世界上出现过。

6

婚后的第四年，李白确诊了阿尔茨海默病。那一年你三十五岁，李白三十七岁。

你措手不及，难以置信，不断咨询医生，反复问同样的一个问题：她这么年轻，怎么可能？不同医生的回答都差不多，他们说年轻人得阿尔茨海默病不常见，但不代表不存在。而且李白的母亲就有这病，遗传的概率很高。

跟你相比，李白对此的反应却并不激烈。她开始休息，将活动和工作推掉，精心布置你们的家——因为你俩都很忙，常年不着家，你在顺义买的那套两百多平方米的平层一直冷冷清清。现在李白有了时间，她开始买古董家具，买一些小摆设，买大束的鲜花和千奇百怪的花瓶，并将自己对于诗意的直觉倾注在原本灰白相间的家中。她说她要对你做一件残酷的事——即便她将来会忘记一切，但她不允许你忘记她，因为这个家里到处都会是她的影子。

她还会尝试写诗，这也是唯一能让她的情绪产生波动的事情。她会去露台，把通向室内的那扇门关上。这个时候的她会忘了字怎么写，为了不让思路断裂，她掏出手机，打开录音功能，然后大声念出自己的灵感。你会去偷听，隔着门点上一根烟。门上有一扇棕红色和绿色拼接的马赛克窗，你能看见李白破碎的身影来回踱步，吐出同样破碎但是依然美丽的句子。

李白病情的发展比所有人预计的都要快，她本来打算在露台铺上自己亲手挑选的地砖，但只铺了一半，她便忘记了这件事。手机语音备忘录里原本断断续续的诗句，也变成了不知所谓的呓语。到后来，你打开李白的手机录音，只能听到长久的沉默，中段偶尔有车鸣鸟叫，最终以一声叹息作结。

你转过头，看到李白就站在你的身后，她听完了自己的沉默，泪如雨下，她却说自己不知道为什么会哭。你抱住她，紧紧地搂着，亲她的额头，轻声说，这也是一首诗。

那是你这辈子最难忘的一天，你搂着她在客厅的沙发上睡着，看那扇通往露台的马赛克窗户由明变暗，再被晨光映亮，李白睁开眼，看见你之后显出了片刻的迷茫，你在她的双眼里看到了一个小女孩的不知所措，她有些疑惑地问你，爸爸，妈妈在哪？

虽然李白在问出那个问题之后很快就恢复了正常，但你依然慌乱地躲进了厕所，号啕大哭起来。你觉得生活正在崩塌，把水龙头拧到最大，妄图用水声掩盖自己的哭声，但并未奏效，当你打开厕所门的时候，你看到客厅空空荡荡，你以为李白在露台上，去找，却只看到铺了一半的地砖。你慌了，赶紧把脸擦干净，奔出门去找。

那天傍晚，通过全家人的努力，你终于在机场找到了李白。她还穿着家里的衣服，冻得有些流鼻涕。她没带手机和钱包，却执意要去新疆，并与安保人员起了争执。你拉过瑟瑟发抖的李白，把你的外套披在她的身上，对她说，先回家，我再跟你去新疆。李白用力把头抵在你的下巴上，你看到棕红色的长发向下流淌，她说，那不是我家，我的家里不应该有一个大哭的人。

后来你咨询过李白的医生，医生不建议在这个阶段带她出远门。你同意了，却错过了带她出游的最后机会。正因如此，在后来如梦魇般的五年里，你总是做同一个梦，你梦见你带李白去了新疆，你俩站在乌鲁木齐的一座立交桥上，看着仿佛海市蜃楼般的天山山脉在城市的边缘升起。你被这景色惊得丢了呼吸，并攥紧李白的手，转过头让她看，却发现李白不在那里，你攥着的是一个陌生女人的手，她自我介绍，说她叫比群山更久。

这样的夜晚会以你的惊醒作为结束，你睁开双眼，才能把呼吸捡回来，紧接着捡回来的是你的意识和认知。你会看到身边依然睡着的李白，看到卧室落地窗外北京五环上的车灯。你意识到这里不是新疆，并看到连绵不绝的痛苦正在包围李白，但好在她意识不到，所以那些痛苦转头向你看来。

7

这次我打得恰到好处，警察冲上二楼的时候，俯身躺在地上的男人才悠悠转醒。我大呼，抓他，他是绑架犯。但不意外的，警察同志把拎着半截乌苏的我也摁倒在地上。直到报警的司机大哥跟着上来，我的嫌疑才被洗清。

相比警察，男人似乎更怕比群山更久，所以当被戴上手铐时，男人看上去终于解脱了，迅速丢盔卸甲，承认了自己的罪责——他是一个向导，在新疆组织自驾团队走无人区的路线。疫情之前，自己刚贷款买了一辆牧马人。疫情防控期间，生意不好，他被债务围困，就在半个月前，他接了单大活儿，赶紧着牧马人去无人区探路，制定路线，没想到久未行路，识路的能力变差，他从无人区开进了牧区，并无意中压死了一个放羊的男孩。

那个地方叫羊角坡，羊比人多。男人看四下只有羊群，并无人影，便将已经断气的男孩搬进后备箱，开车找到一处嶙峋的山崖，将男孩抛了下去。他感到罪恶缠身，心跳近乎停滞，但他自认没有别的办法——他有家要养，有债要还。自己的新生活刚要开始，绝不能被这一脚踩错的油门葬送掉。

但男人依然心虚，他将车开回城市，找到自己熟悉的改装车厂，重新替换了可能会沾到肇事现场痕迹的零部件，并精心地洗了车。他认为自己瞒过了天和地，直到他遇见比群山更久。

喀什是自驾团队集合的城市。中午吃饭，一行人凑巧来到忘不掉餐馆，一边吃抓饭和大盘鸡，一边观看歌舞表演。男人被同行的游客怂恿，上台共舞，在这个过程中，比群山更久拉住了男人的手，两人像是分针和时针一样围绕着一个原点旋转。台下的游客爆发出了尖叫和掌声，男人却在旋转中，看到比群山更久的眼中渐渐溢满恐惧。

比群山更久猛地抽回手，停止了舞蹈，然后拎着裙子逃走。游客面面相觑，只有男人心中升起不安，他追上去，跟着红色的裙摆冲出餐馆侧门，将比群山更久逼进窄巷的角落。他问，你怕什么？比群山更久的回答让他毛骨悚然，她说，羊都看见了。

男人像是发疯了一般地抓住比群山更久，摇晃她的身体，质问她，你都看见了？你看见什么了？比群山更久不再说话，但漆黑的眼珠里却不断流露出对男人的鄙夷。

原定的计划被男人临时取消，他像是深陷梦魇之中，不顾后果地解散了自驾游团队，之后将比群山更久推进了自己的牧马人里。据男人供述，比群山更久在这个过程中并未反抗，就好像她早就知道自己能在喀什到塔什库尔干的公路上获得解救。

男人一直说他并不想害命，他只是不知道自己该怎么办，只是觉得不能让女人泄露他的秘密。但我亲眼见过发生在路基下的追杀，以及他手中的长刀。所以我对他不想害命的说辞持怀疑态度。

录完了口供，警方开始寻找比群山更久的下落，跟上次医院门口的失踪一样，这次的寻找也困难重重，无疾而终。我在午夜被放了出来，天终于黑了，司机大哥在派出所门口等我，我跌跌撞撞，身心俱疲，脑海里一直反复冒出比群山更久对我说过的那句话：我认识她，我也认识你。我认识世间万物。

我又想起与比群山更久的相遇，她被反捆着双手，直奔溪流和群山而去，我仓皇施救，将石头掷向她的额头。

李白说过：我和她相遇在崩塌里。我不敢再多想，每多想一步，脚下的土地便摇摇欲坠，长久以来我为自己建立起来的认知和观点都将缓缓崩裂，陷入万劫不复的境地。

司机大哥递给我一支烟，点燃，问我，咱到底还采不采风了。我说，不采了，我还想跟比群山更久聊聊，你在新疆人脉广，能不能找着她？

我俩在喀什的街上边走边聊，司机大哥觉得那女人邪门儿，不愿再掺和这事。我表示理解，心中并未有一丝失落，甚至感到解脱——有些事情，我虽然趋之若鹜，却还没有真正做好准备去经历，哪怕是与人再次聊起李白。

走到一处十字路口，我与司机大哥告别，打算自己买机票，从喀什直接飞回北京。我看着司机大哥越走越远，感觉自己在新疆落的锚被突然拔起。我不知道应该往哪走，就坐在马路边，看眼前一栋陌生的建筑亮起灯火，猜测李白在十年前的那次新疆之旅时是否也来过这里。

比群山更久就在此时出现了，她骑了一辆电动车，换上了 T 恤和短裤，好像早就知道我的方位，一路追踪而来，刹停在我的面前。她说，我们还有话没说完。我不敢抬头，仿佛骑在电动车上的是一个灼目的神明。我说，说完了，我明天一早就走，机票都买好了。她说，李白给你留过一句话，你不想知道？

我再次被击中，脑子里的回忆断成淋漓的雨线。我浑浑噩噩地接过她递来的头盔，戴在头上，骑上电动车的后座。她拉着我在喀什的街道上疾驰，晚风是热的，将类似李白死亡之前的潮湿气味吹过来。我不得不屏住呼吸。

8

李白的家人和你的家人都劝你找一家高规格的疗养院，让李白住进去，接受专业人员全天候的照顾。这样你就自由了，你还年轻，处于事业的上升期，本该前途无量。你看着李白混沌的双眼，拒绝了家人的建议。

李白曾经那么爱这个家，你不可能将她从中驱逐出去。你下定了决心，立刻掏出手机，推掉了大部分的工作，带着李白离开了医院，开车回家。你购买了一切可能会用到的工具，在家中各处安装了防撞角，在瓷砖地面上铺了厚厚的地毯，在浴缸和马桶上方装了把手。你囤了很多成人纸尿裤，每天早上起来第一件事就是给李白梳头——她开始大量脱发，虽然憔悴，不言不语，但你知道她很享受你的手指在她发间穿过的时刻。

你信心满满，照顾了她五年。在第六年，你陷入了非常强烈的痛苦之中。你仔细辨别这痛苦的源头，发现其并不来自劳累，而是过去的记忆。在记忆中，李白很美，身材苗条，五官立体，讲究穿着。最重要的是，她才华横溢，甚至比你还要优秀。如今，你需要面对的李白口不能言，丧失了认知的能力，原本线条分明的身体变得苍白臃肿。她有时傻笑，有时会突然尖叫，但无法再说出诗句，也无法再巧妙地反驳你的愚蠢了。

你为她擦屎擦尿，每天定时翻身，睡前将她抱进浴缸，为她擦背，洗头。你也开始变得落寞和迟钝。曾经，电脑是你每天都会大量使用的工具，现在，你一个星期都开不了一次机。你害怕看见电脑里你们以前的生活，你写的剧本，李白写的诗，你们在世界各处留下的合影，你本能地认为，那是另外一个世界的故事，与你已经毫无干系了。

露台上的地砖，你早就替李白铺完了。阳光充足的上午，你会推动轮椅，让李白在露台上晒太阳。你会跟她讲，她以前是多么喜欢这套地砖。每天你都会编造她喜欢这套地砖的理由，你为李白设计了一连串跌宕起伏的冒险。但她一直没有回应，不笑不哭，直到你在某场臆造的冒险中提到了新疆。

你说，李白，你忘了吧，你第一次看见这块地砖的图案，是在喀什的一间博物馆里。地砖来自千百年前，图案都风化破碎了。你凭想象力复原了图案，发现它讲的是一个诗人的一生。你觉得这个诗人就是你的前世，便拍下了图案，像是拆解拼图一样将图案拆分成几百块，之后找到了一个厂家制造成了地砖。你说你的露台上藏着自己前世的秘密。这秘密开始于新疆，也结束于新疆……

李白听到这，突然笑了，她含糊不清地想要说些什么，你喜出望外，以为李白短暂地恢复了正常，并期望能从李白的口中听到哪怕一句不完整的诗。这一刻对你来说无比重要，因为在长远的六年里，你第一次触摸到了曾经生活的轮廓。

可李白只吐出了一阵意义不明的音节，然后她抓住你的胳膊，闭上双眼，身体微微颤动。你意识到她失禁了，失望和倦怠加倍袭来。你不让自己继续思考这生活的尽头究竟在何方，抱起李白，走进浴室，打开暖风，开始往浴缸里加水。

之后就是你对警察反复说过的供词，你出去取浴巾，浴室门却被李白反锁了。你花了六分钟撞开门，就看见了李白那浸泡在雾气中、已经溺亡的尸体。

9

我坐在一个矮桌旁，隔着啤酒和馕坑烤肉，看比群山更久狼吞虎咽。她不顾我的震惊和恐惧，继续说，之后就是你对警察反复说过的供词，你出去取浴巾，浴室门却被李白反锁了。你花了六分钟撞开门，就看见了李白那浸泡在雾气中、已经溺亡的尸体。

之前的一个多小时里，我听比群山更久详细地描绘了我与李白的十年生活，从我们的相遇，到热恋，我们结婚，而后李白患病。有些细节我都已经忘了，比群山更久却绘声绘色地讲述了出来，仿佛她有着一只长在天上的眼，一直圆睁着，俯瞰我跟李白的人生。

我说不出话，额头布满汗珠。我听到比群山更久在咽下了一口肉之后，继续说，你是这么跟警察说的，但咱俩都知道，你撒了谎。

我有点虚脱，抬眼瞄向大排档中其他的食客，他们似乎并没注意到我们的谈话。我调动所剩不多的勇气，才敢再抬眼看向比群山更久，说，你胡说八道。

比群山更久说，你洗干净了李白身上的粪便，最后给她梳了一次头发，然后溺死了她。你想让她逃离这种痛苦的生活，你也想让你自己逃离这种痛苦的生活。你选择性地遗忘，不断欺骗自己，久而久之，你可能也相信了自己撒的谎。

我再次闻到了李白死前的味道，洗发露，沐浴液，还有将死未死的朽气。我开始干呕。

比群山更久说，最重要的一件事还没跟你说。很多年前，李白来新疆，见到了我。那时候我还不叫这个名字。我帮她预知了之后的人生，并如实告知。那时，她避免死亡的方法多种多样，离开你就是最好的选择。可李白告诉我，即便她人生的尽头如此不堪，她依然决定跟你一同走过去。她那晚喝得大醉，写了首诗，我从那首诗里得到了新的名字。她拉着我的手，跟我说，如果能在之后的人生里遇见你，要对你说一句话。

我似乎被一股无形的力量按在了比群山更久的对面，我望着她神秘的眼眸，无法克制地颤抖。我在等待那句话。

比群山更久慢慢地说，李白要我告诉你，她爱你，但你不会因此获得她的原谅，你在余生，都会活在磅礴的、毫无诗意的愧疚之中。

我忘了那一晚是如何结束的，只记得自己喝了很多的酒，比群山更久不知何时消失在了我的视线之中。我甚至都不知道她是否真的存在过。我绝望地大口呼吸，站起身，掏出身上所有的钱结了账，然后歪歪扭扭地走在喀什的街上。我遇见了一个同样喝得歪歪扭扭的男人，他长得像我，也像那个绑架犯。他颓丧地坐在路边，挽起裤腿查看，并对我说，大哥，前面有一条狗，见人就咬，你小心点。

我麻木不仁地略过被咬伤的男人，扎进一片黑暗，走了不知多久，我在一条短街上听见了风吹过尖利牙齿的哨音。我转头，与那只长相凶残的大狗四目相对。它并未蹿上来咬我，它对我的惩罚显然不止于此。它只是死死地盯着我，安静无声，我却从它的眼中看到了鄙夷。

我看着狗，缓缓下跪，接着痛哭流涕。我突然明白了李白留下那句话的意义。狗已经得知了真相，羊也得知了真相，六道溪流，红褐色的峰峦，世间万物，连绵不绝，全都知晓了我的罪恶。我被裹挟其间，最终将流向没有李白存在的群山之中。

原刊网易"戏局 onStage"微信公众号　2023 年 11 月

作者简介：

张瀚夫，男，1988 年出生于黑龙江省哈尔滨市。现居北京。青年编剧，小说作者。深受流行文化和 20 世纪 90 年代好莱坞类型片影响，创作思路广泛，喜欢书写具有东北地域特色的悬疑、科幻、奇幻类型故事，并始终坚信无论故事的外壳如何鲜亮，内里的人心才是最值得被描绘的。著有中篇科幻小说《自向天歌坠落》，中篇小说《锋刃难融》，短篇小说《狠冬》，长篇科幻小说《游民》等，多部作品售出影视改编权。

《琴师》讲述一把古琴前世今生的故事。它是大淹国最好的琴师师瞽用断木和幼师筋脉做成的一把琴，也是师瞽唯一留下来的一把。它与师瞽对古琴的理解、对人生境界的理解、对人性的理解交织在一起。因为搁置的时间不够长，不足以冲淡古琴记忆里的骨血，背叛了国家的乐师李东阳凭借残缺之躯奏响了古琴，而让古琴与人世间的祸端联系在一起。时间由古代来到当下，这把身世充满传奇色彩的古琴意外在拍卖行出现，经过张季德辗转联系，即将在卡达斯岛交易时，却因火山爆发而葬身火海，两者之间产生了千丝万缕的关联。

——《雨花》编辑部主任　向迅

琴　师

孙亚波

上

一

师瞽从一场噩梦中惊醒，月光穿透山谷的薄雾，如散漫的尘埃，落在被汗水浸湿的藤榻上。他披件薄衫，走到院中。山里的夜静极了，偶有一声鹤鸣于林间升起，旋即消融于墨染的夜色。院中暗香盈动，风月清朗，一片浮云从澄澈的夜空飘过。师瞽无法看到这些，他是个盲人，只有在梦境里，他才能穿透苍茫的夜色，看见头顶上空诡谲的漫天星斗。

梦魇渐渐退隐到黑暗里。师瞽听见石阶上苍苔恣意生长的声音，阴冷的山风拂过山谷里的植株，那是柳杉、香樟、紫薇、黄檀，拂过罗汉松身上的深深沟痕，进入院中，扫落了石案上的几片落叶。

案上摆着一张古琴，风的长发拂过琴弦，发出一个微弱悠长的颤音。

师瞀侧耳听了一会儿，露出满意的微笑。这是一张刚刚制好的新琴，琴长四尺、宽六寸，选用山里上好的桐木，通体髹一层朱漆，鹿角灰胎，系以七根蚕丝弦。

"东阳先生来了？"

"来了，已走到院外的石阶，师傅。"琴童小青点燃一只灯笼，挂在琴案侧方的树丫上。师傅虽然目盲，心里却似乎长着一双灵眼，外面最细微的草动风吹都瞒不了他。

二

每年九月十五，是他们约定的日子。

师瞀每年只做一张琴。适逢此日，东阳先生便会来到谷中，以自己谱写的新曲试琴。

李西铭，字东阳，出身江南古琴世家，自幼习琴，禀赋绝佳，师承琴僧释则完，早年以一曲《古风》名动全国，有大淹国第一乐师之称，为丽阳公主荐任乐府司丞。

东阳先生步入院中，身穿一袭白衣，风姿俊秀，如明珠在侧，朗然照人。

他走到琴边，端详良久，又抚须赞叹了片刻，便坐在了石凳上。白皙纤细的双手轻触琴弦，就像柳叶划过水面。明亮的旋律随即在山谷里响起，那音色清脆通透，像黑暗中点燃了一道微弱的烛光，轻柔中带着空灵和煦的暖意。

师瞀听出，这支琴曲，讲述的是自由和极乐的生活。东阳先生年少成名，又深得公主信任和护佑，此时正志得意满，前程远大。曲风虽与这山间的隐逸之风不同，但也别有一番情趣。

东阳先生一曲奏罢，沉吟半晌，转身向师瞀深鞠一躬，说道："此曲名曰《殷明》，我曾试琴无数，但都未能奏出曲中况味，有先生之琴，此曲才算找到了归宿。"

师瞀面无表情："先生谬赞，此琴清亮有余，但浑厚不足，所以算不得真正的好琴。"

东阳先生说："离国公子堃炎正以重金收购天下名琴，此琴若能随我下山，先生定能名扬天下。"

师瞀没有理会，只是让小青将琴抛下了山涧。

东阳先生阻挡不住，盯着岩崖呆立了半晌，才悻悻离去。他知道，师瞀是当今天下最好的琴师。但他太过苛责，哪怕一丝细微的失误，都会把琴销毁。山涧下摔碎的琴尸不计其数，而其中任何一把都足以让他扬名天下。大淹国无人知道师瞀的名号，只因他至今没有一把完整的琴存留于世。

三

小青最不愿意的，是陪师傅寻找琴材。

这些年，师瞀走遍了这谷中的每一个角落，他总是在大雨滂沱之时，从雨水拍打树木的声响中，找寻最佳的材质。遇到满意的木料后，师瞀也并不急着砍伐，而是在树旁卧下，不停地与它对话，有时竟历经月余。"只有时辰适合了，方可伐材。"师瞀告诉小青，"这过程不可或缺，否则，琴中便会透出一股怨愤之气。"

谷中奇木众多，但在师瞀心目中，真正上好的琴材极为罕见。觅材的途中，师瞀时常让小青在一棵树上画个标记，等待合适的时机。

师瞀对小青说："你抬起头，看那棵崖壁上的松，是一棵绝世的好料子。"

小青向山顶望去，悬崖峭壁间，果然有一棵古松，从一块石头的缝隙中旁逸斜出。但小青觉得那棵松树长得实在不起眼，也算不上伟岸。远远看去，只能看到一大块粗瘿的树皮，基部坐在崖间一块凸出的岩石上，因主体粗壮不堪自重，根系有些松动。但它却似有灵性一般，从身体中间长出一根新枝，让树体倾倒，压在另一块石头上，根系在两块石头间恣意疯长，像一只巨大的爬虫。

小青说："这棵怪树，长得实在丑陋，给我做个便器我都不要。师傅却觉得好，只是不知怎样才能伐它下来。"

师瞀叹息道："现在太早了，它还太小，心气浮躁，若能再等上数百年，让它的习性耗得温良，必能造出一把绝世之琴。"

小青笑道："师傅真会说笑。师傅是仙人，自然能够等到它成材那天。小青可是无缘看到了。"

四

沉寂一年，石案上又多了一张新琴。此琴以柳木为材，琴身黄褐，造型温润雅致，规矩有法。

东阳先生抚琴的时候，似乎山泉都停止了流动，百鸟不再啼鸣。在东阳先生的弹奏中，师瞀恍若又进入了梦乡。对师瞀来说，这些梦境，就是茫茫黑夜里的明灯。他曾梦见自己的前世，梦见自己来到人间的第一声啼哭，在月光下奔跑在村后的大雪里。师瞀知道，正是这些梦里的积雪和月光吞噬了自己内心的黑暗。但他从未梦到自己的母亲。

此刻在他梦境里出现的，是另一个女子。

那女子正赤足走在金花点缀的深红织锦上，一袭素白长裙，乌黑飘逸的长发如缎般垂落腰间。虽未施粉黛，但肤若凝脂，面如芙蓉，身材纤细羸弱，一颦一笑都发出摄人心魄的柔情。在大淹国，大概只有丽阳公主才拥有如此出众的美貌。师瞀又看见一个衣衫不整的男子，在公主的殿前饮酒抚琴，箕踞啸歌，醉态轻狂。那人，赫然竟是东阳先生——师瞀恍悟：这其实并非自己的梦境，而是李东阳弹奏的琴曲正在讲述的故事。

一曲弹罢，李东阳立起身来，站在虚空中，微闭双眼，像在品尝一杯陈年美酒，过了半晌方才说道："与其说是我在弹琴，毋宁说是此琴在驱使着我，引导我的手指拨弄琴弦，有种身不由己之感。以我毕生所学，竟无法领悟如此玄妙的琴曲。"

"抚琴修的是心正，心不纯又何怨琴身，抚琴如此，世事亦然。东阳先生才智超群，必然能够悟出此中真谛。"

李东阳听了师瞽之言，沉思了片刻，面露愧色，他向先生深鞠一躬，便匆匆离开。

李东阳走后，师瞽隐隐有一丝担忧。他觉得此琴发音过于凝重，又让小青将其扔下了山涧。

五

在谷里隐居久了，师瞽发现，自己的肉身其实也是一座山谷，甚至比外面的山谷更加深邃神秘。那些内心里突然涌动的绝望和悲伤，常常让他不知所措。他想到自己制琴的技艺和人到中年的命运，也许只有摆脱这肉身的束缚，把自己敞开在阳光与风的歌咏里，才能真正抵达那至高至美之境。

师瞽近来的睡眠也越来越少。在他那些似真似幻的梦境中，他有限的记忆仿佛与这山谷中的树木一同生长。那些他看不见的秘密，如一首未曾弹奏的琴曲，隐藏在树木的年轮里。以前，他利用梦境来观望星空和草木，而现在，梦中更多呈现的，却是泥沙俱下的人间，生活的卑微与浩瀚。

此时，他正梦见淹国国君被公子堃炎羁押在大殿内，在叛军的淫威下，丽阳公主咬舌自尽，而李东阳跪在公子堃炎面前，双手捧着一张玄黑之琴……

"东阳先生来了。"小青唤醒了沉睡中的师瞽。盲人琴师走出梦境时，像是打了个趔趄，呆呆地缓了半天神儿。

李东阳如期而来。小青骇然发现，仅仅过了一年，先生突然苍老了许多，走在石阶上，像一枚随风而动的落叶，一头黑发已变得灰白，眼眶深深地凹陷，目光浑浊委顿，已不见了往日神采。进了院子，李东阳话不多说，便径直走到琴边。

这张新琴通体乌黑，琴材选的是山下弃墓内的一截千年老败杉。以棺木为材，小青觉得甚是晦气，但师傅却说，这是难得一见的好琴材。

与往年的轻柔欢快曲风不同，这一次，东阳先生用的是另一种技法。琴曲起承部分依然婉转低缓，烛火的映照下，李东阳枯瘦的指骨关节处突出一簇绿色的火焰，那是丽阳公主赠送的宝石戒指。他不停地抹、挑、勾、剔，那火焰像燃烧不息的泪水，讲述着悲痛与死亡的幽邃之美。很快曲调逐渐变得匆促，像是两军开始决战，声动天地，乐师的十指在琴弦上加速跳跃，如溪水汇入了狂暴的江流，又像怀疑与背叛一般来势迅猛。

骤然，琴上响起一个爆裂变音——琴弦断裂了，曲声戛然而止。

但那断弦之声居然恰到好处，似乎乐师预谋已久，让断弦产生的变音作为整首乐曲的终止音符，整首曲目浑厚古朴，荡气回肠。

李东阳不愧是天下第一乐师。

过了许久，师瞽仍沉浸在对琴曲的回味中。他还未决定是否将此琴扔下山涧，李东阳已抱着琴，长跪在他面前。李东阳近乎失魂落魄，恳求师瞽将琴赠予自己，再勿扔下山涧："我从没见过如此完美桀骜之琴，弹完此曲，我也未能将其驯服。假以时日，它必能指引我，谱出更完美的琴曲。"

师瞽知道，刚刚梦中看到的情景，正在真实世界里发生。李东阳为保不死，不惜叛国，要把这张琴献给公子堃炎，而丽阳公主将会死去。

师瞽感到一阵晕眩，仿佛站在深渊的边缘。

六

远山仍在无声地起伏，像隐隐约约的惊雷。

小青日日陪着师傅在草棚中枯坐，为师傅描述山谷黄昏的闪电和变幻莫测的乌云。小青并不害怕闪电，她更害怕闪电过后的隆隆雷声。

师瞽对小青说："如果遇到比打雷还可怕的事情，你就到屋后的岩洞里躲避。"小青不知道什么是比打雷还可怕的事情。她依偎着师傅说："只要师傅在，小青就不会害怕。"

暴雨越来越大了，闪电伴着巨大的响雷一阵阵袭向山谷，雷声在山谷里回荡，久久不能停息。师瞽感觉周身的血液都在奔涌，甚至有一种将要卸掉重负的快感。

他让小青回到屋里。等雷雨停了，院子里已不见师傅的踪影。

小青找了几天，终于在山下找到了师傅。此时师瞽躺在一只幼狮的尸体上，已经昏迷不醒，怀里抱着一段漆黑的木头，远远看去，像抱着一只巨大的爬虫。小青看着那树皮似曾相识，抬头望向山崖，果然崖壁间的那棵古松已经不见了，石间只留下被烈火焚烧的痕迹。古松被闪电击中，树冠和树根都焚烧殆尽，只剩这一截被烧焦的主干，坠落到山谷里，山下一只正在避雨的幼狮成了它的陪葬品。

师瞽整日整夜抱着那截断木，抱着它内部的梦境与火焰，聆听它的呼吸，把身体里积攒多年的月光安放在它的睡梦里。他与整个森林与日月星辰对话。终于，在梦境里他与母亲相遇。来吧！回家的时辰快要到了。

师瞽以这截松木为材，狮身上的筋脉为弦，又做了一张新琴。但这张琴几乎未经雕琢，样式如此古怪，不合规制。

师瞽对小青说："制成此琴，不知是福是祸。记住师傅的话，万万不可弹奏。假以时日，让它接受露水和雨雪的滋养，才能冲淡它记忆里的骨血。"

小青问："那究竟需要多少时日？"

师瞽想了想说："师傅也不知道。"

七

没有人看见李东阳是如何进到这山谷里的。

大淹国君在朝臣拥戴下，平复了离国的侵犯，公子堃炎在被俘前自缢而亡。李东阳因叛投敌国，被斫去了双手双足，国君勒令其以乞讨为生。

凭借这一截残躯，不知道是什么信念在支撑着，他再一次爬上了这陡峭的山谷，来到这张新制的琴旁。

师瞽在屋内，听着外面的风声。夜雾升起来了，像在身体里弥漫。他忽然发现，自己已经很久没有做梦了。

李东阳血肉模糊的身体上只挂着几段残破的布条，他爬到石凳上，像一根人肉段子。此时他已失去了双手，无法像以往那样抚琴。

小青记得师傅的提醒。师瞽叹了口气，让小青依旧点了盏灯，挂在琴旁的树枝上。

山谷里一片死寂。

李东阳呆呆地端坐着，像个死人一般没有任何动静，血水在他的身体下沿着石凳不住滴落。

师瞽此时一脸平和，像在期待着什么。

——山谷里陡然发出一个微弱的音符。

在小青的记忆里，从未出现过这样的声音。她不敢相信自己的耳朵，找了半天，才确信，正是那截木头发出来的。那音符像一次微弱的心颤，又像一声沉闷的呻吟，让她感觉惶恐不安。

李东阳既已失去双手，又是怎么弹琴的呢？

小青壮着胆子，走到院子里。她被眼前恐怖的景象惊呆了：案前的李东阳面目狰狞，血淋淋的唇齿间竟隐隐透出一丝笑意。他从残破的衣服里吃力地伸出一根东西，搭在琴上。小青发现，那是一截惨白的手骨。

琴上发出了第二个音符——与之前的音符不同，这次的音色洪亮博大，怪异可怖，像一只庞然巨兽刚从噩梦中惊醒。那截松木只有三尺见长，不想竟能发出如此洪亮之声。但这音符并未在谷中引起任何异动，相反却愈发变得死寂。仿佛被施了魔法一般，万物都沦陷在时间的沼泽里。

那音节过了许久也未散开，却也不似回声，而是音节自身的铺陈。像一片暗黑的阴影，要吞噬它经过的一切事物：石凳、茅屋、山路上的香草、苔藓，草丛里的蜘蛛和毒蛇，甚至远方的山脉。

那截滴血的白骨仍在不断地触碰琴弦。每一次拨动，都似乎在唤醒一个亡灵。山谷里充满了冤魂的哀号，豆花般的笼火也在剧烈地摇摆不定，终于掉落在院中的枯草上，燃烧成熊熊烈焰。众多亡魂拥挤着想要逃脱这山谷，那些惨叫声互相纠缠，绝望而疯狂，烈火般席卷了整个山谷……

小青惊恐地望向师傅，师暬仍旧面色平和，似乎早已预感到要发生什么……

下

中国古琴研究会副会长张季德先生，在最新一期的佳士得拍卖清单上，发现了一把奇怪的古琴。从图片看，似乎略具"蕉叶琴"的一些特征样貌，但又不是特别准确。乍看上去，更像是一截未经雕琢的黑木段子。在他家祖传的《历代琴谱》中，从未见过如此奇怪的古琴体式。出于职业的敏感，他意识到这截木头并不简单，可能具有一定的研究价值。

他联系了拍卖行，想了解一下古琴的详细情况。但拍卖方告诉他们，这张古琴的藏家已申请撤拍。据说是被一位买主私下购得。碍于保密条款规定，他们不便透露藏家的基本信息，只说是一位年轻的德国贵族，目前居住在太平洋卡达斯群岛上的一幢私人别墅里。拍卖方还说，这张古琴有史可稽，藏家拥有相关评估报告，还持有哈佛大学高分子物理研究机构出具的鉴定书，利用精密仪器对木头的碳分子进行分析，认定它至少不会晚于西汉。

通过领事馆一位外交官朋友的辗转帮助，张季德终于找到了古琴藏家穆勒先生的联系方式。通过电话和电子邮件，他了解到了这件藏品的更多信息。

穆勒先生的爷爷民国期间在中国生活多年，热衷于研究中国的蛊毒巫术，在民间收购了许多瓷器和古玩字画，后来都辗转运回了国内。老贵族生前藏品无数，但唯独对这把古琴情有独钟。据说晚年得了阿尔兹海默病的老贵族坐在轮椅上，整天怀抱这截木头发呆。

穆勒说，他曾经看过爷爷遗留下来的日记。日记里详细记录了家族每件藏品的来历。这张古琴购于中国云南一个古老的道观，一次老贵族在山上搜集蛊虫草药，偶遇观内火灾，他舍命救下了青云道长，后又拜道长为师学习太极拳。从道长口中，得知观里藏有这样一把古琴。道长说，这张琴在观里少说也有上千年的历史，但由于无人擅琴，所以一直闲置在侧房。自从这张琴到了观里，大灾小灾连年不断。历任道长都有将琴请走的打算，但碍于观内不准擅卖私藏的道训，谁也不敢轻举妄动。青云道长念及老贵族对自己有救命之恩，便以极低的价格将这张古琴卖给了他。据说，从那以后，观内便摆脱了厄运，香火甚是旺盛。

穆勒先生说，他父亲让他拍卖这些藏品，并不是害怕厄运。在他老家莱比锡古老的城堡里，墙上挂着数百位列祖列宗的画像，这些老祖宗不是被砍头就是被暗杀，这似乎成了他们家族的古老传统。甚至，他们家族的族徽就是烈焰上的一把斧头。穆勒先生说，作为家族的成员，他们可能都逃避不了这样的厄运。但他并不感到害怕，无论怎样的命运，他都会坦然接受。之所以拍卖这些古董，主要还是因为自己不喜欢。和他的爷爷不同，他的父亲酷爱足球，而他更热衷于收藏红酒。

张季德说，如果穆勒先生不介意，是否可以到他府上面叙？穆勒先生在电话里停顿了片刻，之后说，他在卡达斯岛上刚开了一个酒吧，可以品尝到很多正宗的红酒，还可以观赏太平洋美丽的海景。届时，他将带着他的古琴，让张先生现场鉴赏。穆勒先生说他非常喜欢中国文化，在收到买家的定金之前，他可以低价卖给中国朋友，让古琴回归自己的国家，这也是他乐意见到的。

张季德兴奋得一夜未眠，他给古琴研究会的几位同事打电话，筹备购琴的款项。

当天上午，在宾馆的电视里，张季德看到了铺天盖地的关于卡达斯岛火山爆发的报道。一座沉寂了上千年的小火山，突然毫无征兆地喷发，尽管规模很小，但也摧毁了岛上的数十处建筑，人员伤亡情况不详。震惊之余，张季德拨打了穆勒先生的电话，但电话始终处于关机状态。

事后，据幸存的用人回忆，穆勒先生一早就起床了，心情大好，说是要见一个重要的中国朋友。大家看到他拎着一个古怪的箱子，小心地放在车子后座上。他一个人驾车外出，再也没有回来。

张季德先生于 2015 年死于间质性肺炎。他生前撰写的文章里，曾多次提到这段经历。他后悔没有提前几天联系穆勒先生，或者，他应该改变见面的地点，坚持在穆勒先生的私宅见面。这样，一件珍贵的国宝古琴，就能避免葬身火海的命运。

原刊《雨花》2023 年第 6 期

作者简介：

孙亚波，江苏沭阳人，1998 年开始发表作品，创作主要以小说、诗歌为主。作品散见《鸭绿江》《短篇小说》《天池》《百花园》等刊物。

小说讲述了一个时间循环的故事，但作者采用的并不是惯常的"重生"套路，而是设定为扮演游戏角色，围绕"能否拯救吴广厦"的悬念，将悬疑和科幻融为一体，读来酣畅淋漓。

——《青春》编辑　张范姝

十七岁夏天

大头马

1

画面中处在焦点位置的那个短发、把我们学校夏季校服穿得最帅气的男孩叫吴广厦，他周围那几个面目模糊、让人过目就忘的家伙你们不用记住，只用知道是我们学校最有名的校园地下乐队"The Band"（乐队）成员就好。他们当然也是吴广厦最铁的朋友，记住这个身份，你就会理解为什么此刻他们笑得那么开心，因为你要是吴广厦的朋友，你也很难会不高兴。

对，我今天要说的这个故事就是有关吴广厦的，关于他怎么成为我们学校永远的传奇，还有，他短暂而灿烂的一生。

可能没有一生那么久，毕竟我和他认识也不过就是高中三年，我知道他是谁，但他可能从来都没记住过我。很难说我们认识，只能说，我曾经是他的同学。

还是说吴广厦吧。此刻他们几个在学校教学楼后头废弃的乒乓球台那块儿，笑得那么开心，还有一个原因，就是今天是我们在这个学校待的最后一天了，再过三天，不管我们愿不愿意，都要奔赴高考的独木桥。那会儿不像现在，我们可以出国，可以学艺术。除了高考，我们没有别的选择。对我这样成绩差劲的学生来说，高考基本上就是没戏。可吴广厦呢？他肯定没问题，拿过数学奥赛金牌，成绩虽然不是全校第一，但考个名校基本就是板上钉钉的事儿。他是那种典型的学习和玩儿两不误的学生，除了保证基本的成绩，他的时间都花在乐队上了。今天下午第三节课结束，我们高三部就会被召集到学校讲堂，聆听校长最后一次讲话——高考誓师大会。

但我知道这场誓师大会不会顺利进行。在进行到十分钟左右，也就是 5 点 20 分的时候，The Band 里叫花花的那个女键盘手会负责拉起讲台上酒红色的帘幕，乐队的所有老哥们早已一一就绪——他们一向管自己使的那些家伙叫老哥们。吉他手、贝斯手、鼓手会满脸紧张而亢奋地站在那里，而吴广厦呢，会很酷地抱着他最喜欢的那把吉他站在舞台中间。他们会在那里演出他们自己的歌，如果我没记错的话，那首歌的名字叫《虚空雷神兽》。

这就是此刻他们在那里笑得如此开心的真正原因。现在是下午第二节课课间，再过一会儿，他们就要开始按计划执行他们 18 岁前最后一场疯狂的闹剧。实际上，今天的课已经没有什么内容了，每节课的主题都是忆苦思甜、挥手告别、美好祝愿。

所以今天的课我压根就没去。

至于我是怎么知道这一切的——

这得从吴广厦的事故说起。

你大概已经对吴广厦有了一些了解，他除聪明幽默、长相不俗、成绩优异、人缘好之外——他是个很少感到忧虑的人，他几乎总是快乐的，他的生命力是那么旺盛，热爱一切事物，让人很难相信他会在 18 岁这样一个年纪突然出事。谁都不相信，包括我。但即便知道了他出事，我也还是嫉妒他。我嫉妒他的一切，他的乐队，他与生俱来的好脑子，他的光环——他的光环让人很难不去注意到他，也让人很难发现其实他也是一个有缺点的人。

他的缺点我很了解，冲动、鲁莽、盲目自信，以及，他其实没那么擅长音乐这件事儿。他写的歌是还行，但编曲着实差了一截。他们那个乐队演奏的东西，在我看来也就是小孩子过家家，骗骗高中生还行，要拿出去演出就有些丢人现眼了。我会这么说不是因为我嫉妒他，我嫉妒他很多方面，唯有这点我知道得很清楚，因为写歌是我唯一擅长的事。曾经有一回，我路过教学楼后面那排石砌的乒乓球台，听到他们在排练，我试着上前指出他们的错误，他的错误。

"嘿。"我说。

他们没听见我的声音。我不得不提高了音量："喂！"

"怎么了？"那个叫胖子的鼓手停了下来。

"你们，你有一个和弦弹错了。"我说。

吴广厦回头看着花花和另一个吉他手——他叫瘦皮，用眼神询问，你们谁弹错了？

"不，"我不得不又上前一步，好让吴广厦明白我是在和他说话，"我是说你，你有一个和弦弹错了。实际上……"

他看了我一眼，我们对视了两秒——大概是这辈子除了开学相互介绍的时候，我和他唯一对视过的两秒。然后他微微一笑。他周围的乐队其他成员（也许还包括站在一旁看他们排练的几个低年级女生）都哈哈大笑。好像那个犯错的人是我，而不是他。

"同学。"我听到有人在身后喊我。

我回头，然后就看见了她，和我在开学典礼上头一次见到她、我现在记忆中的她、我那三年坐在教室角落视线斜角直线最远处在窗边被光笼罩的她，都没什么不同。每次见到她的时候，我的心跳都从未低于每分钟98次。这次也不例外。她非常温柔地递给我一张传单，淡蓝色的，是她自己设计的。"同学，"她冲着我一笑，"下周乐队有个小型演出，来看呀。"

只有她不会叫我"菜鸟"，尽管她也不知道我是谁，不过我已经很感激了。其他人要么就是喊我"菜鸟"，要么就是喊我"喂"。没有人知道我也是有名字的。

嗯！我是一个菜鸟。如果你仔细回忆，你会发现在你待过的每个班级，都有这么一个不起眼的同学。成绩差，没有朋友，没有兴趣爱好，不擅长任何一件事，老师从不会让他回答问题，相貌与其说难看不如说你从来就没记住过他的长相。他总是举止怪异，任何一个集体活动都会被排斥在外，没有人愿意和他说话，哪怕他偶尔会冒冒失失地突然和你说上一句莫名其妙的话。"那个人是个菜鸟。"你们极少提到他——比如对转校来的新同学介绍班级情况时，你们会这么告诫新同学，"离他远点儿。"

我就是这样一个菜鸟。我这样的菜鸟除了被同学们长大后永恒地遗忘，还有一种命运，就是在若干年后的同学聚会上突然出现，成了一个有份还不赖的工作，带着位还不错的妻子，可以礼貌待人，并且假装曾经也是班级一分子和大家追忆校园生活往事，仿佛那份回忆和大家没什么不同的，正常人。这时就会有一个还记得我曾经是谁的同学端着酒杯冲我欣慰地一笑："你变成了一个正常人哎。"我也会举起酒杯和他碰一杯："谁又不是呢。"我们一饮而尽，仿佛多年前那些敏感和不堪，也随着我们的青春永远地消失了。

如果你没有想起来这样一个人，那么我建议你找出毕业照，挨个儿检视那上面的每个人，如果有一张陌生的面孔你怎么都想不起来他是谁，那就对了。那个人肯定也是个菜鸟。

那是我和吴广厦唯一一次说话。他其实压根就没把这件小事放在心里。你看，就算我指出了他的错误，他也没有气恼或是嘲笑我，他总是很有礼貌，就算我后来做出了很多更过分的事，他都没有往心里去，他甚至都没有注意到。我相信就算是我直接给他一拳，他也会阻拦住要帮他的哥们儿："我没事，别这样，算了吧。"然后拉起揍了他一拳却被反弹倒在地上的我："怎么了？是不是有什么误会？你没事吧？"然后哈哈一笑，就把这事儿抛在脑后了。他是那么豁达，尽管他这一份豁达是因为他的人生总有更重要的事吸引他的注意。他从不计较这些小事，像我这样一个不起眼的家伙，他就更不会和我计较了。

这就是我讨厌他的缘故。

而且我那句话还没说完："你有一个和弦弹错了。实际上我觉得这个和弦就不该这么写。"我把那首《虚空雷神兽》的乐谱修正了一遍，趁没人注意时塞进了吴广厦的课桌。我估计他不会看的，就算看见也只当是不值一提的玩意儿随手扔了。

我相信尽管当时他没觉察自己的这个错误，往后总有一天他会发现的。往后总有一天。

现在距离他们实施那个计划还有不到半个小时，我仍然待在家里。"你为什么不去上学？"我其实挺希望有人这么问我一句，我爸或者我妈，可惜他们总是每天很早就出门了——他们经营着一家早点铺子，就在学校不远的地方。卖完了早点，他们会接着卖点儿饺子、面条之类的小吃作中餐，晚餐也是一样。铺子往往会经营到深夜，因为学生下了晚自习，总会去吃点儿夜宵。这生意就可以从早做到晚。我从来没去吃过，所以没人知道那家颇受欢迎的小吃摊和我有什么关系。我去不去学校，我父母不会知道，老师也不会给我家打电话。我猜我早就被世界给放弃了。就像我被数学、物理和化学统统放弃了一样。我不是没有上进心，也曾试着去报过补习班，可这都没用。我知道那些复杂的公式对我来说，大概就相当于巴赫的琴谱对你们来说一样：没这个命。

我有一把很破的吉他，是我爸传给我的，红棉。估计你们都没听说过这个牌子。不去学校的时候我就会一个人在家弹这把吉他。和吴广厦用的那把马丁比，音色当然差了不止一个档次，我也不想催眠自己音乐技巧和爱音乐的心远比装备重要。没得比就是没得比。哪怕我弹得比吴广厦好再多，没他那张脸、没他的好人缘、没他那个命，我也没法让人看到这一点。大家只会视而不见。"哟，想不到你也会弹吉他？"曾经有次我一个人留在班里打扫卫生时，忍不住偷偷摸了两下吴广厦放在教室后头的那把吉他——那天他忘了带回去，The Band 的胖子回来帮他取时正好撞见我在弹。其实我挺了解这胖子的，他也是个真正爱音乐的人，所以才听进去了。"没，我就是随便弹弹。"我把吉他还给他，然后匆匆走了。

过了好一段时间，这胖子才会在一次他们的聚会上提到这件事："你们知道那个菜鸟，其实会弹吉他吗？""哪个菜鸟？"花花会问他。"就是那个，前一阵老给广厦使绊子的那个。""哦，就是想追李亦宁的那个？"瘦皮问。"啊？他还想追李亦宁？"胖子问。"是啊，太可笑了。我都不知道他是故意的还是……""所以才说那是个菜鸟嘛。""你们聊什么呢？"吴广厦回来了。"没什么。"

他们说的我干的那件蠢事是当我决心追求李亦宁之后干的无数件蠢事中的一件，但只有那一件被他们目睹了。当时我试着写了一首歌，准备在李亦宁生日那天弹给她听。我事先练习了一个月，还准备了一系列惊喜。只是没想到当我趁着吴广厦还没下课，提前塞了张纸条在李亦宁的课桌里，告诉她"有人放学后在讲堂等你，有东西想给你看"后，走进来的却是李亦宁，以及 The Band 的瘦皮和花花。而当时我正在讲堂里准备弹那支曲子，谁承想红棉偏偏在那时出了问题，六根弦一根接一根崩断，我的嗓子也突然哑得跟公鸭似的，那首歌唱起来有多难听你们可以想见。瘦皮和花花已经开始疯狂大笑，李亦宁还算有耐心地听我唱到了最后。原定此时会响起的礼花炮没按预想的那样绽放五颜六色的碎纸片，而是喷出了各种颜色的颜料，还好全喷在了我身上。饶是如此，也吓得他们尖叫不已。而最后落下来的条幅，上面本应写着"李亦宁，祝你生日快乐"，却直接掉下来砸中了我。当我晕晕乎乎地恢复反应，想展开条幅时，她早已被那两人拉离了现场。"一个菜鸟，竟然还想玩音乐？""太危险了！我们快走。"所有的惊喜最终果然都变成了"惊喜"。

当时我还没有气馁。如果我知道这一切都是徒劳……即使我知道这一切都是徒劳，也许我还会再这么做一次。我希望当我回首人生的时候不会因为做过什么事而后悔，也不会因为没做什么事而后悔。

我已经说了很多，现在是5点整，我没剩多少时间了。所以我得抓紧跟你们说说吴广厦是怎么出事的。

吴广厦在做任何重要的事情之前都有一个小小的习惯，无论是在他去考试还是参加比赛的时候，他都会用自己的随身听听一盘磁带。那盘磁带是李亦宁送给他的，里面灌录着她喜欢的歌。那时他们还没有确定关系，只是每天会不约而同地一起散步回家。那段路每次都是他推着单车，她挂着耳机。有一次他忍不住问她："你在听什么？"那时他们还不熟。所以当李亦宁没说话，而是直接把耳机塞到他的耳朵里，手指又不小心碰触到了他的耳垂时，他的脸一下子就有些发烫，心跳也不可抑制地狂跳起来，紧接着他就被拉赫玛尼诺夫第二钢琴协奏曲覆盖了。这之后，那盘磁带就成了他做重大事情之前必须要听一小会儿的定海神针。

再过一会儿，当他和伙伴们在讲堂后台布置好一切，伺机待发的时候，他会和同伴们打个招呼，让他们按计划准备就绪。然后，他会一个人从讲堂后门走出去，掏出随身听和那盘磁带听一会儿——

就是在那一刻。

他会看见一个足球向自己砸过来，那是不远处操场上的人不小心踢飞的。他会有惊无险地闪避掉那个球，然后冲着操场上栏网里头的人一笑，捡起它，退后三步，抬起右腿，把球踢回去。

就是在那一刻。

他会在球踢出去的时候被正在讲堂上方修葺这栋百年建筑的某个角的工人不小心掉下来的漆桶差点儿砸中，漆桶擦身而过，溅起来的油漆会在他右裤脚留下白色的一抹。

就是在那一刻。

他会因为被流淌到地上的油漆滑了左脚而失去重心向后倒去，又因为手被缠绕在身上的耳机束缚住了而无法抓住讲堂台阶边上的扶手，直接倒在后面那个凸出来的尖锐的石块上。

就是在这一刻，后脑和连接颈动脉的部位会直接受到最大的冲击，他会当场死亡。

吴广厦就是这么出事的。一个意外。一个看似意外实际也是意外的意外。一个谁都不愿意承认也无法相信的意外。一个小小的意外。没有任何错误，没有任何人在此过程中可能承担责任，甚至包括那名建筑工人，因为后门本来是被拦住的。如果不是因为吴广厦他们的恶作剧行动，不会有学生靠近这里。

而我会知道得这么清楚，是因为我就是这么出事儿的。

2

嗯，吴广厦就是我。或者说，吴广厦就是另一个我。

我是出事儿之后才发现原来世界是这么运转的：在这里，每一世的内容都一样，就好像一个大型角色扮演游戏。这游戏自然有无穷多的副本，无穷多的支线，无穷多的剧情。可所有的内容都是恒定的，就是一盘游戏而已。当你出事之后，你就会跳回游戏的开始，随机被分配到另一个角色，开始一个新的命运。当你玩这个角色时，这个角色的人生就是你的游戏主线。

当我从吴广厦的命运主线里结束之后，我被分配到的新角色是，菜鸟。我不知道这个游戏的设计者写的代码出了什么问题，让我接连玩的两个角色命运线竟然挨得这么近。近到我几乎是眼睁睁地看着另一个玩家在我面前扮演我之前的角色，上演一出出我如此熟悉的剧情，拥有一段我永远不可复制也不可再来的美妙人生。也许你会说，吴广厦出事出得这么早，有何美妙可言？可你不会知道，吴广厦短暂的一生是那么愉快，充满了那么多闪闪发光的记忆，拥有那么多朋友，还有那么多和李亦宁共同走过的轨迹。即便我明白对我来说，此生这位菜鸟的命运才是我的主线剧情，可有吴广厦的人生记忆作对比，我知道，他才是永远的主角。而我，只是一个无名之辈。一个，菜鸟。

我消失了。我又活过来。我从一个嗷嗷待哺的婴儿，慢慢长大，熟悉了我的家庭，学习认字，上幼儿园、小学，然后是初中。生命起初的那些年，我就像一个真正的新生者一样长大成人。我没觉得自己的生活有什么不对，除了我知道自己相貌普通，小学时就开始不可遏制地发胖，缺乏体育能力，掌握不好数学题，到初中就戴上了眼镜，也因为性格内向而没什么朋友，我觉得一切都还可以。那时我还没有被人当成菜鸟，大家只觉得这是个平常的孩子。我这一世的父母对我要求不高，他们除了没太有时间关心我，就只由着我平庸。我只是一直隐隐觉得有什么东西在我脑中乱窜，直到有天我在家里翻出了那盘磁带。当拉赫玛尼诺夫的钢琴曲在我耳畔响起的时候，我的噩梦就开始了——

我不知道这个游戏的设计者写的代码又出了什么问题，之前的记忆随那盘磁带一起留给了现在的我。我开始慢慢想起我是谁——我曾经是谁。这些混杂模糊的记忆让我真正苏醒，但这时我都还没有意识到吴广厦和菜鸟有什么关联。因为那个吴广厦的记忆里，实在是没有菜鸟这位人物的存在。

一开始我感到难以理解，继而是兴奋。如果说每次的游戏内容都一样，那我就是知道未来的人了！我慢慢看着世界上那些大事在我身边、在电视上、在人们的口耳相传中逐一再次上演：2001 年 9 月 11 日那天，在那两架飞机撞上纽约的世贸双子塔之前，我就在班里黑板上写下了此番"预言"。可是在同学们看到前就不知被谁擦掉了。同一年，沪指猛跌，股市一片滑铁卢。我试着警告父母在那之前就把股票卖出，可他们只是当我的话是小孩的胡言乱语。

慢慢地我发现，虽然自己知道了未来的一些事情，但并不能改变命运。而我的这些行径，让我逐渐被大家当成一个疯子。嗯，他们还没觉得我傻，只是觉得这孩子总是会说些谁也听不懂的莫名其妙的话。

我带着吴广厦的记忆，虽然我知道在那辈子里，我有许多天生的优等装备，而且它们不随着记忆在这一世同样赐予我——我不知道吴广厦在上学时为什么做那些题目会毫不费力，为什么不会因为同样的小事而郁郁寡欢，为什么能够大胆和喜欢的女孩说话，但我除有一些羡慕之外，也没什么太过哀叹的。毕竟人是平等的，我玩过了那个简单模式的副本，再玩一个困难模式的好像也没什么不公平。也许下辈子我玩的是超简单模式也没准儿呢。

直到我父母咬牙出了借读费让我念了那所高中——我本来以为他们在经受了股灾的洗礼后不会再出这么一笔钱，可他们大概还是比我想象得对我更有所要求，我和吴广厦的命运线终于交叉了。

当我坐在班级最后一排看见他走进教室，带着清爽的阳光，一尘不染的校服，嘴角的微笑，同每个新同学打招呼，我才大梦初醒般目瞪口呆。

我勉强从吴广厦的记忆里找到了这个时刻：当时"我"走到最后一排和那个胖胖的发型有些可笑的男生说"你好，我叫吴广厦"时，他像个菜鸟般看了我半天，然后摇摇头，说："不，我才是吴广厦。"

不，我才是吴广厦。我才是那个"安得广厦千万间，大庇天下寒士俱欢颜"的吴广厦。我不是一个菜鸟！

悲剧到此时才真正开始。

曾经那些让我安心玩菜鸟这个角色的美好记忆的安宁，在我目睹那些记忆在我面前重新上演的时候全都变成了疯狂的嫉妒和不甘。凭什么那个人此刻取代了我？！那个校园明星、老师的宠儿、呼风唤雨的家伙明明是我啊！那聪明的头脑和横溢的才华，明明是我拥有的啊！还有……还有……那个有一头长发和腼腆的笑容，只要路过她就会被她身上散发出的混杂着洗发水和青草地气味所打动的女生，是我心跳的频率，是我刻骨铭心的眷恋。而我只能眼睁睁看着那个全然陌生又无比了解的另一个我，牵着她的手，徜徉在校园里每一处隐秘的小路，制造着对他们来说全新的此刻。和她的记忆是我作为吴广厦的记忆里最清晰的部分。我深刻地记得他们是在什么时候交换了第一张纸条，什么时候开始不约而同一起回家，又是什么时候在天文台观星时一起交换了秘密的愿望。

我痛苦无比。

我怨恨。我怨恨游戏的设计者如此安排。我怨恨得丧失了理智，我想要夺回属于我的一切。可我该怎么做呢？

我试着去破坏。在那节我知道他们将交换纸条的生物课上，我冷眼看着他们交换了眼神，我知道她将首先递过去那张写着"你爱看什么书？"的纸条。我等待。等到吴广厦写好那张有答案的纸条捣捣同桌的胳膊，准备传回去时，我举手大声喊"老师，有人不专心听讲"。可那天生物课老师竟然没戴她的助听器，愣是没听见我的话。我的喊叫只是让吴广厦的手迟疑了一秒，纸条就接着被顺利传了回去。

在他们一起回家的路上，我偷偷尾随在他们身后，想要找到合适的机会冲过去给吴广厦制造一个难堪，但就在我的右手偷偷抓起口袋里的那把玻璃弹珠接近他的时候，却被在学校旁边开小吃铺的我爸撞见，硬是让我赶紧给那段时间在医院挂吊瓶的我妈去送饭。

在天文台，我提前一天溜进去把天文台的望远镜弄坏了。但第二天学校竟然引进了更高倍数的望远镜，我无奈地看着他们走进天文台，站在黑暗的角落里气得浑身发抖。

我最终明白了，就像我之前做的那些想要改变未来的事情一样，我恐怕也无法改变吴广厦和李亦宁终将在一起的命运。

我继续陷入一天又一天痛苦的折磨中。慢慢地，我放弃了破坏的念头。如果不能破坏他们，我何不努力改造自己呢？

我开始疯狂学习，上各种补习班，试图让成绩提高一点儿。我给每一个同学送礼物，请他们吃饭，提前告诉他们试卷的内容，想要赢得他们的好感。我每天早早起来，跑五千米，希望能够减掉一点自己的肥肉。我去理发店让发型师重新给我换个看起来好点儿的发型……

我发现，尽管我必须很艰难很艰难地去改变自己，但好像还是有那么些效果。考试进步了十分，减肥减掉了十斤，发型虽然看起来还是无可救药的可笑，但那也是另一种可笑。我改变了自己一点不是吗？尽管只是一点点。

并且我发现，其实菜鸟也不完全是一无是处。当我翻出父亲的那把红棉时，厌恶和惊喜同时跌宕让我犹豫了一会儿，只是一小会儿。等我弹起那把吉他的时候，我就知道至少有一点是属于我的——音乐才能，以及交织着过去的和现在的对乐曲的渴望。我开始想吴广厦是多么可笑和自大，竟然会把自己的乐队取名叫"The Band"。我曾经是多么无知和狂妄的一个人啊。

于是我在默默努力和忍受着毫不费力地当着人生赢家的吴广厦的光环中，蛰伏着。我相信只要我继续这么努力下去，总有一天我会夺回属于我的一切。就这样，不知不觉，我竟然度过了三年。

直到高三下学期，有一天我看见了吴广厦和李亦宁争吵的那一幕——在我是吴广厦的日子里，我从来也不曾料想到每天放学的时候，在我和李亦宁回家的路上，后面一直都暗中尾随着另一个人。我突然想起来了，为什么我会把这段记忆抹去？为什么我会以为我和李亦宁一直都感情很好？并不是这样的。

我得到了梦寐以求的学校的保送名额，而李亦宁，以她的成绩来看，虽然也会考上一个不错的大学，但她肯定无法和我去同一所大学。我和她都深知这一点，可从来都没有点破过。直到高考不断逼近，她的心理压力越来越大，尤其是在倒数第二次模拟考试中发挥失常后。那天她终于忍不住问我："我们不会去同一所大学的对吗？"

我先是一愣，默默点了点头。然后是一段沉默。然后她说："那我们以后呢？"

"我不知道。"我说。

争吵就是这么发生的。她当然也知道我不会放弃保送的名额，可她也没想到我竟然连一句安慰的话也没有。是啊，我们已经在一起学习三年了。所谓的心跳和浪漫，都早已变成一种相伴相随的寻常。隔阂其实早就产生了——

我知道作为菜鸟的我的机会来了。在此之前，我和吴广厦从不正面接触，即便我在他周围晃悠，他也从来不曾注意到我。我也无意再争夺他命运中那些无可更改的东西。三年让我的心态平和了很多。我已经知道吴广厦身上那些光环下的东西，他其实并不像我过去的记忆中那么完美。他的缺点几乎和他的优点一样多。我不再羡慕他什么了。我也开始慢慢觉得菜鸟没那么糟，甚至开始感到些许自信。

那次路过他们乐队的排练，我实在是有些无法忍受吴广厦弹着错误的和弦还志得意满的样子，才忍不住指出了他的错误。他的反应我自然是知道的，可以另一种视角看着他满不在乎地微微一笑时，我还是感到有些恼怒。为什么我曾经竟是那样一个目中无人的人？！

李亦宁发传单给我的时候，我看到了她眼中的疲惫。我知道那段时间吴广厦其实都没怎么在意她，尽管她还是无怨无悔地为乐队做义务劳动。那一刻，不是我痴心妄想要让李亦宁爱上我，而是，我想为她做点儿什么。

我希望当我回首人生的时候不会因为做过什么事而后悔，也不会因为没做什么事而后悔。

现在，我是为了另一个自己没做的那些事而试着去做些什么。

她生日的那天我知道吴广厦其实什么都没准备，甚至连一个蛋糕都没有。我这才准备了那一系列的惊喜。我还去做了许多吴广厦没有做但应该去做的事，比如，陪她去电影院看《指环王3》；在她生病发烧没能参加最后一次春游的时候，给她制造一些小小的快乐；当吴广厦早早结束了自习得回家干别的无聊事，不再和她一起放学回家的时候，继续陪她回家。

这些事有些我是明着做的，有些是暗中进行的。我后来发现那些明着做的事总会意外弄巧成拙，只好不断调整策略，不动声色地去做。可它们对李亦宁其实没什么影响，只有我知道每天放学她是平安到家的，可这并不能减轻她心中的孤独。我看到她独自回到家门口，偷偷擦眼泪的情形。我冲动般想要上前递给她一张纸巾，却被树枝勾住了头发，差点摔了个跟头，起身时她已经上楼了。

我终于明白了，我只是在减轻自己的内疚和悔恨。其实不管我怎么做，都没有人注意到我的努力。

3

那盘磁带在我和吴广厦再次相遇之后就找不到了。

我明白它回到了吴广厦的手里。

好在那盘磁带我已经反复听过成百上千遍，里头的每一首曲子我都知道。MP3出现的时候，我央求父母给我买了一个，最小容量，刚刚好能放进那盘磁带的内容。那是我唯一向父母提出过的请求。我把那些曲子拷贝到了MP3里。高三的最后一段时间，我沉寂了。或者说，我放弃了。我必须接受命运的安排，接受吴广厦这个人的生命和我其实只是两条平行线，它们永远无法交叉。

最后一次模拟考试的时候，我出乎意料取得了一个还不错的成绩。当然谈不上好，但看上去似乎勉强能上一所大学，还不错的那种。父母高兴坏了："原本打算让你没考上就来帮我们开店，现在看似乎不用了。"我也突然觉得有些快乐。在高中痛苦的三年，我几乎没照过镜子。我痛恨镜中自己的那张脸。这时却走进卫生间洗了把脸，抬头看了看自己。我惊讶地发现我变了，我瘦了不少，这张脸比我想象中的自己成熟了许多，也不那么像一个菜鸟了。

那天我在教室外头听见 The Band 他们商量誓师大会的恶作剧——其实我知道他们那个计划的详细内容，每一步我都很清楚，但我还是莫名其妙停住了脚步。

"所以你们以后都准备怎么办？"我听见吴广厦问。

"不知道，我可能会复读，下一年我得专心了。"瘦皮说。

"你呢？"

"我觉得上了大学我肯定会谈很多恋爱，乐队的事嘛……等我再遇到个你这么好的主唱再说吧。"花花说。

"胖子？"

"我……我不知道。"

他们闲聊了一阵，就各自散了。胖子正要走出教室，吴广厦又叫住了他。

"胖子，我觉得你可以试着考一下音乐学院的。"

"我应该考不上吧。"

"不，你是我见过最有天赋的鼓手！肯定可以的。"

"可我父母……"

"他们有没有见过你打鼓？"

"没有。"

"誓师大会的时候家长不是也来吗？到时好好发挥，让他们见识一下，自己的儿子是个天才！"

"嗯，我知道了。"

"加油。"

胖子准备走，可又转身对吴广厦说了句什么。我没能听清，但我知道他说的那句话是什么。

"加油！为了我们共同的青春。"

为了我们共同的青春。这句话好像再次唤醒了我的某部分遗忘的记忆，我突然想起来吴广厦为什么如此看重这个恶作剧了。他知道自己被录取的是物理系，以后的道路怎么走都不会再和乐队有关了。他也知道自己和李亦宁的未来，知道自己没有做好一些事。所以他打算用这最后一场演出来表达和挽回一些什么。也许还有，鼓舞。也许还有，告别。也许还有，怀念。

胖子也走了之后，我听见他一个人弹起了那把马丁，还是那首《虚空雷神兽》，我惊讶地发现他修正了那个弹错的和弦——他重新写了它，不，他应该是看到了我写的那版乐谱，而采用了我的版本。

我出现了一点小小的混乱，为什么我不记得这件事？还是说，由于吴广厦的不愿意承认，主动选择性遗忘了这个细节？无所谓。总之，他还是重新修改了它。

我突然感到非常想哭。我想抱着吴广厦大哭一场。所有的怨恨和嫉妒都在此消解，我意识到我不是讨厌吴广厦，我只是非常非常孤独。我多么想和吴广厦坐在一起，像好哥们一样聊聊天啊！我想告诉他，你曾经做错过什么，你又用你的热情影响过别人什么，你的青春曾在谁的心里划下过阴影，又像灯塔一般为谁指明过陆地的方向。

我做出了一个决定。我决定最后一次反抗命运。我希望当我回首人生不会因为没做什么事而后悔。

现在是 5 点 10 分，我的故事已经讲得差不多了，我知道再有几分钟吴广厦就会从讲堂的后门走出来。我要救他。

几分钟前我已经从家里出来，现在我正站在讲堂后门的位置，从这里我能清清楚楚地目睹吴广厦是怎么死的。

我没法赶走操场上踢球的学生，也无法让讲堂上的建筑工人停止施工，我知道这些都是徒劳，包括那块我无法搬动的石头。我只能等在这里，在那一刻到来前阻止事情的发生。为了不让他看见是谁救下的自己，我事先戴上了一个布老虎的头套。

5点19分。我看见他了。他走了出来，掏出了随身听，戴上耳机。

就是此刻，那个足球果然飞了过来。我冲上前，抱住了那个飞来的足球。我接到了！

下一步是，漆桶。当它掉下来的时候，由于吴广厦没有退后去踢这个被我抱住的球，漆桶只是在他身后几步远的地方倒地。吴广厦仍然站在原地，沉浸在音乐声中。

我看了眼表。5点21分。

这么说，我成功了？！

我不敢相信似的跳了起来，扔掉了那个足球，然后向吴广厦走去，想要给他一个拥抱！

可就在这时，他看到我却好像吃了一惊，见我向他走去，不禁后退了几步。我连忙大喊让他别往后走，他却听不见似的——他戴着耳机，当然听不见！我心想自己怎么会这么蠢。

我冲过去想要拦住他，可来不及了——

他踩中了漆桶，向后滑倒。倒向那个石块。

就是在这一刻，后脑和连接颈动脉的部位会直接受到最大的冲击，他会当场死亡。

我赶到他身边的时候，他仅存一丝呼吸，似乎在喃喃着什么，我俯身去听，这才意识到自己戴着头套！他就是因为我戴着头套才被吓了一跳！

我只是让他的死亡推迟了一分钟，一切还是不可避免地发生了。

他看见是我的脸，有些困惑，然后慢慢露出了笑脸。我听见了非常虚弱的一个声音："管若诚，是你啊。"

他竟然知道我的名字?!

我号啕大哭："吴广厦，是我。对不起！"

校园回荡着我的哭声和一声声的"对不起"。

我看见血从他的脑后流出来，顺着石头缝流到了地上，然后缓缓漫延爬行。

"吴广厦，对不起，对不起，对不起……"

"别说了。"他笑了笑。

我听见他最后说的话是，"为了我们共同的青春"。

我呆呆地跪在地上，看着他合上了眼睛。

为了我们共同的青春。

我似乎听见了讲堂里传来有节奏的鼓点声。我知道这是胖子他们在发出信号，演出开始了。

为了我们共同的青春。

我擦干眼泪，站起来，平复了一下心情，深吸一口气，然后从讲堂后门走进去。我拿起了吴广厦靠在后台的那把马丁，重新把头套戴上。戴上头套的时候，我发现口袋里鼓鼓囊囊似乎多了个什么东西，我掏出来一看，是那盘磁带。

我终于明白为什么另一个自己会带着这盘磁带了，这是那个被我所忽略的菜鸟放回吴广厦的手里的。那个菜鸟希望无论吴广厦的这段记忆美好还是糟糕，都能够带给另一个自己。因为他想永远地记住一些什么，他的爱情，他的友谊，他的人生。

我身上有一个吴广厦，也有一个菜鸟。吴广厦的另一面永远是菜鸟，这是两个注定会循环回绕的角色，这是这个游戏的一个小漏洞。

我向着亮光处走去，那里是聚光灯所在的舞台，从此刻开始，吴广厦的记忆中止了，他不知道这场演出将会多么精彩，我会以他的身份替他完成这个演出。不会有人知道是一个菜鸟替他完成了对自己青春的缅怀。他将作为一个传奇永远地活着。

这份记忆我会替吴广厦记住，这不是他一个人的青春，而是我们共同的青春。演出结束后我会提前溜出讲堂的后门，把那盘磁带再次放回到随身听中。然后，不管能不能玩好它，我会继续按照这个菜鸟的命运线玩这一盘游戏。

这个菜鸟的角色名是，管若诚。

原刊《青春》2023 年第 8 期

作者简介：

大头马，本名王亦馨，1989 年生。南京市第三期"青春文学人才计划"青春作家，出版有中短篇小说集《谋杀电视机》《不畅销小说写作指南》《九故事》，长篇小说《潜能者们》。作品散见《收获》《小说选刊》《花城》《十月》《小说界》《上海文学》等。

小说以牧羊人失踪前后发生的事，以及失踪后两位民警为寻找牧羊人并最终将死者找到为线索，串联起了草原牧民的生活原生态。警察对一户贫困牧民人家的帮扶，他们努力地将死者的三个孩子一一安妥，期间的故事生动而感人。小说中的警察形象亲民、可爱，三个孤儿的生活让人感慨。关于死者是怎么死的，有多种解读的可能。该小说以另一种方式书写正能量的故事，给人以新鲜的体验。

——《中国作家》编辑　陈集益

牧羊人失踪案

海勒根那

一

　　那场白毛风雪下了半天零一夜，雪一停就接到报警，不是这家丢了牛羊群就是那家刮走了马群。这还不说，第三天傍午，乌诺尔嘎查的一户牧民打来电话，说他父亲额日斯下雪头一天走的，至今没回来，手机也处于关机状态。我们做基层民警的没有哪户牧民不认识，额日斯不仅酗酒，而且是出了名的赌徒。前些年病恹恹的老婆终于受够了他的气，丢下三个孩子撒手往生去了。打那以后，额日斯更无法无天了。报警电话是额日斯的大儿子芒来打的，芒来十七八岁，因为这样的家境早早地辍了学——事实上，额日斯老婆走后，是这个半大少年在支撑这个家，领着弟弟和妹妹过活。

　　"他走时没说干吗去了？"我问。

　　"他拉羊走的，说去镇上卖羊。"芒来说。

　　"拉了多少只羊啊？"

　　"十三只羊，是我帮他装的车。"

"没准又去赌了。"我安慰他。

"可是，可是拉羊车停在半路上了……"

我挂了电话，提上大衣，一边招呼警员小张。两人忙不迭地开车上路了。

积雪得有一尺厚。去乌诺尔嘎查要走五十公里的水泥路，然后下道走六七里自然路，拉羊车就停在刚下公路的雪原上。我和小张查看了一下车况，油没缺胎没瘪，估摸是雪深把车轮陷住了。装羊的两层车厢空空荡荡，驾驶室脏兮兮的，除了酒瓶子就是烟盒。小张翻了一下座椅垫，拾到一部廉价的手机，电池早就没电了。

额日斯家还住着蒙古包，旁边没完工的两间砖房是额日斯老婆活着时盖的，到现在仍搁置着。一辆老掉牙的"蹦蹦车"旁系着一匹枣红马，马背上满是霜雪，不远处有两座牛粪垛也被白雪覆盖着。听到汽车声，芒来钻出蒙古包。

"啥时发现那辆车的？"我问芒来。

"下过雪第二天，快到中午的时候。"芒来表情窘窘的。

蒙古包里光线很暗，唯有炉火照亮着陈设。看到我和小张，芒来的弟弟"黄毛"像老鼠见猫似的躲闪到角落去了——这个十五六的少年可不是省油的灯，因为小偷小摸没少踏进我们所的门槛。毡包里有股烤煳的尿臊味儿，那是炉筒边的一床被子发出的，上边湿漉着一大片"地图"。又瘦又小的妹妹乌日娜直愣愣地望着我和小张，蜡黄的脸色像蜡笔涂的。看到我瞧那床被子，她赶忙用身子挡了起来。

"这么说，你阿爸该是下雪那天晚上回家来的，把拉羊车停在半路了。"我从炉子里铲了一块火炭点了烟吸起来，烟雾随着灰尘飘浮在一束光线里。

芒来低着头不吭声。

"那天雪夜你打开户外的灯光了吗？"我问。

"开了。"芒来说。

小张找到灯开关，试了试，又去外面检查灯光的亮度。他进屋问："开了一晚上吗？"

芒来点点头。

铲雪车是我和小张下午调来的，把额日斯家的冬营地差不过翻了个遍。除了从雪地里铲出一顶羊羔皮帽子，其他一无所获。在帽子的顶部有一个焦黑的破洞，那该是枪弹留下的弹孔。我拿去让芒来辨认，确定帽子系额日斯当天所戴。这是个重要物证，我把帽子放在塑料袋里，又驱车走访了几户临近的人家。散居的牧民几平方公里一户，距额日斯最近的也要五六百米，牧主叫巴依尔，老人长了一副猫头鹰似的嘴脸。他放牧一辈子，耳聪目明，草地上每天发生的事儿都逃不过他的眼睛。不过，那天夜里，老人说他压根就没听到什么枪响。

"别说枪响，就是狐狸在远处打个喷嚏我也能听见。"老人强调。

"那您注意到一辆拉羊车的车灯了吗？它肯定晃来晃去的。在公路边上，距离这儿有六七里地。"我问。

"这个可难为我了，隔着这么大的雪，"老人摇头，"我这双眼睛大概也只能望到两箭射程那么远，除非我的脑门上再长一只都蛙·锁豁儿（传说中长有千里眼的祖先）的眼睛。不过，额日斯家的灯我看到了，他家点的是户外灯，我以为是给黄毛那小子留的呢。可后半夜我给羊牛添草时，雪花掉到地上，像从天空散落下来的蝗虫，一大片接大一片地飒飒响……那会儿远近都没有一点灯光了。"

"会不会停电了？"我问。

"这可没有，"老人说，"我守着电灯起了五次夜去照看雪中的牲畜，一宿都没睡。"

人没了，横竖也得有个尸首。事出蹊跷，我和小张决定返回镇上再摸摸额日斯卖羊那天的情况。临走，小张唤黄毛到身边来，他的额头上有条疤痕，像趴着一只大毛虫。那是有一次他偷了邻居的钱，他老子用火铲打他留下的记号。

"前段时间，镇上的好多摩托车丢了后视镜，知不知道是谁干的？"小张问他。

黄毛紧张兮兮地挠着鸡窝头说："这个，这个可跟我没关系……"

"没说是你，我问你知不知道是谁偷的？"小张说。

黄毛龇龇牙说："我最近没去镇里。"

小乌日娜仍目不转睛地观察着我和小张，这小姑娘的眼神可不像八九岁儿童的眼睛，它有种说不清的灼灼，要把人望穿了似的。我问芒来："你和弟弟不读书，怎么也得送妹妹读书啊。"芒来说："巴镇小学的校长找来几次了，嘎查达（村长）也来过。"我问："怎么的？额日斯不让去吗？"芒来摇摇头。这时小乌日娜突然开了口，用蚊子那么大的声音问我："阿爸不在我就能上学了吗？""孩子，阿爸在与不在你都有上学的权利。"我试图教育孩子。"可是我想去上学，"她说，"叔叔，你们能治好我的病吗？""你怎么了？姑娘？"我摸摸她脏脏的脸蛋，乌日娜垂下了头。"乌日娜她、她一直尿床……"芒来说。

二

回镇里已是二半夜，这个点儿饭馆基本打烊了。小张住单位宿舍，新处了个女朋友，本来约好晚上一起吃饭看电影的，结果泡了汤，他不得不到我家里将就一顿。他见一池子的碟盘都没洗，就帮我洗刷。我煮羊肉挂面。他刷完碗，我一盆面条也煮好了。两人都饿急了，一阵狼吞虎咽，很快就剩下了汤水。

"一个男人的家真不叫家，"小张把沙发上的灰擦了擦，搭个边坐下来，"听说嫂子这么多年一直没嫁人，你就多说几句好话，为了宝丽玛，复婚算了。"

"夫妻之间的事儿，哪有那么简单……"我狠抽了几口烟，苦笑道。

"多长时间没看到女儿了？"小张问。

"又有半年了，还是暑假的时候见了一面。"我一边答，一边捶着腿。折腾一天，老寒腿又酸又痛。

"宝丽玛应该上初三了吧，你这个当爸爸的得多关心关心她。"

"我倒是想关心。亲生女儿，在一个镇上住着，距离不到两里地，可一年也见不了两次面。再说见面她也不和我说话啊，除了玩手机就是看书本，问一句答一句，基本没话说。"

小张还想劝我，被我打住了，问他："小孩尿床不是大毛病吧？"

他说："估计受凉得的，冬天住蒙古包本来就不保暖，再说一个没妈的孩子，额日斯又是个酒鬼……"

第二天，经技术科鉴定，额日斯帽子上的那个洞确实是弹孔，系半自动猎枪所致。动了枪的事情可有点大了，我让小张先把这事压几天，毕竟这是在我们所的辖区发生的案子，等有了头绪再上报。从旗公安局出来，我让小张去办案，我则想找一家医院问问小乌日娜的病情。

中午的时候，小张打电话给我，说额日斯来巴镇那天的情况基本摸清了。这时我也刚好从医院出来，两人约好到所里会合。

小张先按通话记录捋出了额日斯的行踪。当天，额日斯拉羊去镇上，先到的屠宰场。据屠宰场老板图门说，额日斯给他卸下来十只羊，因为几年前额日斯向他借过一笔钱。经图门一算，这些羊正好能顶账。额日斯急了，说："当时欠你没有这么多，怎么会顶十只羊的钱？"图门拿出算盘扒拉着给额日斯看，说："当时确实没这么多，可你几年不还，利滚利就多了。"额日斯看不明白算盘，他与图门争辩，脸红脖子粗的，脖筋都绷起来了，说："就指望卖了这几只羊去买年货呢。"图门说："可你欠了这么多年的账也不能不还啊。"额日斯说："好歹你得给点钱，要不我就拉别处卖去。"图门没办法，只好掏出五百元给了他，说："就当我给孩子们的压岁钱，你别又拿去喝酒了。"额日斯揣了钱，猛踹油门，骂骂咧咧地走了……

我打断小张："芒来不是说十三只羊吗？怎么少了三只？"

小张说："我也奇怪呢，可图门一口咬定是十只羊。你听我往下说——额日斯出了屠宰场就去乌兰础鲁饭馆吃午饭，刚要了一屉布里亚特包子，就进来几个老乡，都是一个苏木的老相识，就拉扯在一起喝酒。这当中，诺敏嘎查一个叫牤柱的牧民，一上来就对额日斯不太友好，乜斜着眼瞅他，喝酒也不与他碰杯子。额日斯那天本来气就不顺，几瓶白酒下肚，两人就扭打在一起了。额日斯抄起瓶子给了牤柱一家伙，一边骂：'×他妈的，你们谁都想欺负我！'"

"额日斯打破了牤柱的头？"我惊讶地问。

"是啊，"小张说，"饭馆老板亲口说的，而且流了不少血。"

牧区人打架一般就摔蒙古跤，大不了挥拳头，动酒瓶子的真少有。我让小张马上驾了车，去寻诺敏嘎查的牤柱。这个家伙我知道，年轻时是条癞皮狗，而且是那种记仇的狗，会偷着下黑口。

正走在路上，芒来打来电话，说他弟弟黄毛又离家出走了。小张问他因为啥走的？芒来说他们兄弟俩吵架了。黄毛一天啥活儿都不干就知道打游戏，芒来说他不听，气急了踢了他两脚，黄毛就和芒来动手了。两人打在一起，最后还是芒来力气大，把黄毛压在了身下。黄毛对芒来喊："额日斯那个老家伙都失踪了，你别想管我，我他妈现在就离开这个家……"临走，鼻口流血的黄毛还偷拿了家里仅有的一点钱。

放下手机，小张叹一口气说："芒来可真不容易。"又回头问我，"对了，医院怎么说的？"

我说："医生说小乌日娜这个病叫遗尿症，病因很多，从心理上说，这样的患儿一般都缺少家庭温暖，脾气古怪，孤僻，不合群。"

"这个对路，"小张说，"可是这些病因中，别的都好办，缺父母关爱这事也没辙啊。"

"咱多想想办法吧，小姑娘怪可怜的。"

终于摸到牤柱家，这小子日子过得倒挺像样，打草机、捆草机应有尽有，三间房红砖蓝瓦，牛羊圈收拾得也干净，一看就是过日子的人家。院里有三条高大的四眼狗，见到警车就围过来狂吠。我和小张天天走在牧区，都不怕狗，下了车"咯唠咯唠"地与狗对叫一阵，三条狗摇起了尾巴，一副解除警备的样儿。正巧，牤柱骑着摩托回来了。这小子壮得和一头牤牛似的，把摩托车胎都压瘪了，头上歪扣着棉帽子，见到穿警服的我俩，表情一愣。

进了房间，牤柱老婆正用雕花的模子制作奶豆腐，小张示意他老婆回避一下。

"最近又惹祸了？"我自己拿了暖瓶倒奶茶喝。

"没，没有的事儿。"他支吾着。

"把帽子摘了我看看。"我说。牧区的奶茶都很清淡，高粱米汤似的色泽，喝起来略有点咸味儿。牤柱瞅了瞅我，不得不把帽子摘下来。

"头上的纱布是怎么回事？"我问。

"别人给、给打的。"他说。

"谁打的？"我又问。

"乌诺尔嘎查的额日斯。"他答。

"嗯，所以你报复了他，对不？"我接着问。

"这个可没有，"他摆着双手说，"我牤柱多少年都不打架了。"

"我就不信你让他白打了一酒瓶子。"小张说。

牤柱白了白眼睛说："你们都知道了？"

"要不也不会登你的三宝殿。"小张说。

"我、我俩真没干别的，后来，只是去洗了个澡……"

"牤柱，你最好老实点儿，他打破了你的头，你还陪他去洗澡，你骗鬼呢？"小张把奶茶碗蹾在桌子上。

牤柱眨巴眨巴眼睛说："这个确实，我陪他去的小东北浴池……"

小张问："然后呢？"

他说："然后就各回各家了……"

小张气歪了鼻子，伸手抓了他头上的纱布，猛地一拽，牤柱疼得龇牙咧嘴，哎哟哎哟直叫。我示意小张松开手。"别敬酒不吃吃罚酒。"我递奶茶给牤柱，让他润润嗓子。

"说了，你们千万别告诉我老婆。"牤柱捂住脑袋说，"额日斯这个犊子，他动了我镇上的相好，我才找他的麻烦，没想到他竟然用酒瓶子打了我……我本想用刀子捅了他，可我不是年轻时的我了，我有老婆有孩子，但是这口气我得出。我先让他带我到医院包扎，又要了他三百元钱，还觉得亏得慌。我想他既然动了我的女人，我就要他补偿我。额日斯当然知道我是什么人，他怕我背后报复他，最后、最后只好带我去了浴池……”

“然后呢？”

“额日斯在单间睡着了，咋叫都不醒，我看天气预报要下大雪，就赶紧穿了衣服，留下他一个人结账，自己从浴池溜出来，一路骑着摩托冒雪回家了。”

本来以为钓上来的是条大鱼，没承想是条泥鳅。牤柱后来将他几点几刻到的家，半路遇到了谁，都一股脑说了。这些，他老婆和邻居都为他做了证明……

“牤柱这小子真够可以的，这种事也能讹诈，亏他想得出来，”回镇子的路上，小张跟我闲聊着，“你说，额日斯是不是被‘小东北’图财害命了？”

“小东北”是浴池老板，三十出头，过去是我的线人。我摇摇头，“要是额日斯身上有一千只羊的钱，倒有这个可能。”

“牤柱可说了，他走的时候，额日斯还在里边睡觉呢。”

“好吧，那咱就顺藤摸瓜，查个究竟。”

三

黄毛正叼着烟卷和几个不良少年在台球厅里戳杆呢，被小张逮个正着。吃晚饭的时候，小张带黄毛一进门，吓了我一跳。这个少年把一头乱糟糟的黄头发染成了火焰山，跟哪吒似的，一只耳朵上还戴了个硕大的耳环。

“咴咴，你这是要和孙大圣斗法去呀？”我禁不住乐了。

黄毛歪扭着身子，抓耳挠腮立在那里。

"还不坐下来吃饭？"我推给他一个凳子。

饺子端上来，我又让老板炒了一盘尖椒干豆腐。

黄毛跟小张说："警官，能要瓶饮料不？"

小张给了他后背一巴掌，说："喝白开水，要什么饮料呀。"

我喊服务员过来，对黄毛说："想要什么就要什么。"

黄毛问："咋的？你俩不是要送我回家吧？"

我说："先吃饭，吃完再说。"

盘子里剩最后两个饺子，我都夹到黄毛的碟子里，一边吧嗒着烟屁股，一边问他："你这么小的年纪，不上学也不回家，天天在外面瞎混，那不完了吗？"

"那我能干点啥呀？"黄毛眼馋地看着我吸烟。

"咋的，犯烟瘾了？"小张顺手递给他一根，被我挡了回去。

"不行去学汽车修理吧，当个学徒工，学会一门手艺，成人后也有口饭吃。"

"修汽车？"黄毛撸了撸鼻子，"浑身油污，我可不干。"

"那你想干点啥？"小张冲他立眉立眼。

"要不，我学理发吧，"黄毛将了将头上的"火焰山"，"闲着没事还能打游戏。"

"也行，"我站起身穿衣服，"明天就让小张叔帮你找个靠谱的理发店。"

在所里待到半夜十一点多，我跟小张说："差不多了，你带两个人去吧，稳妥点，抓两个现行回来。"

小张麻利地开车去了，没出一个小时，把人带了回来：两个披着长羽绒服的女人，光着大腿，趿拉着拖鞋；另有两个男人岁数挺大，竖着衣领压低着帽子。询问室里，辅警为他们做笔录。女的垂着长头发遮着脸，半夜见了能把人吓到的那种。

午夜，"小东北"被传唤来，脚还没踏进办公室，两条烟先从腋下递出来，"朝副所，小弟给您添麻烦了，知道您抽烟，拿两条孝敬您，咱别撕巴。"边说，边拉开抽屉塞到里面。

我喊小张进来，小东北又要与张警官握手，遭拒。

"浴池老板拿两条烟要答谢一下大家，拿去给弟兄们分了。"我对小张说。

"朝副所，这个使不得，里边的烟可是'带人头'的……"他做了一个数钱的动作。

"这种烟太冲，我抽不习惯，"我把"带人头"的烟丢到他怀里，"有一个牧羊人，七号那天下大雪时失踪了，当天下午去你店里洗浴，小东北你知道这事儿吧……"

"您说的是那个洗澡不给钱的牧民？个儿有我这般高，高颧骨，留着黄胡子。怎么，他失踪了？"

看来他印象深刻。

"正想问你呢，他在浴池睡着了，醉得人事不省，你们把他拖出去喂狗了？"

"哪能呢，所长，就是到我那儿住半拉月我也得供吃供喝呀，现在啥社会了……"

"刚才你说他洗澡没给钱？"我打断他。

小东北咽了一口吐沫说："既然人命关天，我也不藏着掖着了……"

据小东北供述，那天牧羊人睡醒一觉起身要走，可满兜翻不出一分钱来，按"行规"也不能这么放人哪。小东北叫了两个兄弟，把他扣在店里。那会儿牧羊人还没醒酒呢，红着眼睛话也说不清，听半天才听明白，他说他连浴服都没脱，在浴池睡一觉怎么要那么多钱？小东北和他解释：就像你到饭店点了一桌子菜，然后说你一口没吃，就不买单了吗？再说，你那个朋友还加钟了呢，你知道不？牧羊人愣着眼睛，闷声抽了一根烟，跟小东北说，他有三只羊，在镇上放着呢，问能不能用羊抵。羊也能变现啊，小东北立马带着人拉上额日斯，几个人一路来到斯琴烧烤店的后院，那儿真有三只羊咩咩地叫呢。额日斯叫他们把羊抓走，一个肥白的女人出来不干了，指着鼻子骂额日斯。两人在外面闹腾了好半天，额日斯站都站不稳当，被女人连推了几个趔趄，最后一个仰八叉跌坐在地上……

小东北不耐烦了，他跳下车和女人说："大姐，这位大哥把羊放你这儿了，你没给钱就不算买，不过现在他欠我的钱，要用几只羊抵，你明不明白？所以今儿个这几只羊我得拉走。"说着话，两个小弟不容分说，拎起羊就往车上装。女人没辙了，加上雪越下越大，寒风刺骨，最后她把额日斯和他的三只羊一起轰了出来，叫他有多远滚多远，以后再不要登她的门了。

女人就是烧烤店老板，见男人的便宜就占的主儿。我想起忙柱那天交代说，忙柱和额日斯就是因为这个女人争风吃醋。

"你们抓了羊之后呢，额日斯去哪儿了？"我问。

"当时正下大雪，我也不能把他一个人丢在大道上啊，天也快黑了，我问他去哪儿，要不要去浴池住一宿。牧羊人说啥也不去，他怕我们再找他什么麻烦，让我们把他送到拉羊车那里，他要开车回牧区。看他喝了那么多酒，我可是真心留他……后来我们是眼睁睁看他上的车，打了好几次火才把车打着，冒着雪往郊区的方向走了。那会儿路灯还没亮，冒烟咕咚的雪很快就把他的车淹没了……"

我和小张面面相觑。

"说说你的浴池的事儿吧，"我用手指敲了敲桌子，"是你关门整改，还是明天我们派人给你贴封条？"

"我们自己整改，自己整改，不烦劳政府……"

四

那几天，额日斯的案子一直没有头绪。小张办事倒利落，很快就在我们派出所对面给黄毛找了一家美发店当学徒，那也是我们常去剪头的地方，和几个理发师都熟络。这个安排挺妥帖，美发店就在眼皮底下，也好关照这个少年。

我给乌诺尔嘎查的嘎查达打电话，邀他第二天见上一面，有些棘手的案子还需要发动群众。

第二天一早，我和小张开车到市场买了一袋子土豆、半袋子洋葱和十几棵卷心菜，放在后备厢里，准备给芒来带去。牧区吃蔬菜困难呢。

天气苦寒，冷雾压在半空，有股煤烟味儿，草地白茫茫一片，路过的羊群反倒显得乌涂涂的。进到芒来家营地，小乌日娜正在牛粪垛旁往篮子里装牛粪。她还没粪篮子高，那两座牛粪垛与她相比好似两座雪山。见到我俩，她还是那副窥探的样子。小张上前帮她提了粪篮，她小手冻得像被开水烫了一样红。我蹲下身来，想给她暖暖手，她先是拒绝了，把手藏到身后，又试探着伸过来。我把她的小手握在手心里，像握到了小冰块。我想起女儿宝丽玛也是这么大时与她妈妈一起离开我的，心底油然生起一种父亲的怜爱，我把她抱起来，她的体重像只兔子一样轻……

毡房里温度也低。肥头大耳的嘎查达背着手，说："一个大活人，说不见就不见了，莫非被狼叼了？"

"你们这里不会有狼群吧？"小张问。

"早就没有了，"嘎查达斩钉截铁地说，"我和村民都说过了，让他们都留意着，这几天再发动一下大家，多到周围找找。"

"有没有和额日斯结怨的？"我问。

"这个倒没听说。"嘎查达说。

芒来从后备厢卸了蔬菜，精神状态看起来好了许多。他把妹妹的被褥拆洗了，晾在拴马桩的横绳上，毡房也弄得比上次整洁。刚刚嘎查达给了芒来两百元帮扶款，那是集体经济出的钱。嘎查达腆着一口锅似的肚皮说："好好干，小伙子，旗里正脱贫攻坚呢，来年春天先把你家两间砖房封了顶，再装修装修。房子撂荒这些年，都怪你阿爸不务正业。"

"现在有多少牲畜呢？"我问芒来。

"六十多只羊，还有一匹马。"芒来答。

"不瞎折腾好好经营，三两年就能发展起来。"嘎查达说，"村委会再帮跑跑贷款，买上几头西门塔尔牛，小日子会越过越好的。到时芒来再娶个媳妇，家里多个帮手，好日子都在后面呢。"

芒来的脸因为害羞而越发红润。

先前没一点声息的乌日娜这会儿冒出一句："要是阿爸回来了怎么办？"

这话把我们问住了，是啊，若"胡汉三"又回来了，这个家又没希望了。

"可我想，额日斯他回不来了……"小姑娘自问自答着，她把目光从我们的脸上移开，定定地望着篮子里的牛粪出神。

嘎查达说苏木有个会要开，起身告辞。我送他往外走，顺便与他私下聊聊小乌日娜的事儿。

"芒来还没成年，又要忙里忙外，怕照顾不好妹妹啊。"我说。

嘎查达勉强挤进车里，一边启动发动机，一边说："有什么好办法没，要不送她去儿童福利院？"

"对了，乌日娜有没有什么旁系亲属？比如叔叔或者姑姑，能帮着带带这孩子。"

"她倒是有一个舅舅叫哈斯，在镇上教书，过去因为额日斯对他姐姐不好，哈斯没少和那个酒鬼吵架。姐姐没了以后，哈斯更与这个家断绝了来往。现在这种情形，不知人家肯不肯带啊！"

我思量了一下："不行我带着芒来和乌日娜去一趟镇上。"

"也好，有道是娘亲舅大。"嘎查达挥了挥大手与我们告别。

芒来留我和小张吃午饭，才知临近中午了。我倒真想和这两个孩子多待一会儿，小张也来了兴致，说："也好，正想让你们尝尝我的手艺。"

小张和芒来烧火做菜，我闲来无事，踱步到外面想再寻些蛛丝马迹。击中帽子的那枚弹壳还没找到，在一尺厚的雪原里要想找见小拇指大的东西，确实如大海捞针。

乌日娜骑着枣红马去看羊群了，刀子似的冷风吹裂了她黑红的小脸，裹挟着她小小的背影，在马背上一耸一耸的，转眼不见了踪影。

雪地真干净，像一张偌大的白纸。我拿起锹堆起雪人，厚厚的雪已经冻实，铲起来像一块块雪砖。我想起上一次堆雪人还是女儿宝丽玛童年的时候，那会儿安娜和我还没离婚，宝丽玛满身霜雪，说："外面太冷了，咱们让雪人进屋暖和暖和吧。"我和安娜都被逗笑了。"孩子，雪人是没有脚的，没有脚就不能走路，所以也进不了屋子里呀。"我蹲下身和她说。"我们给它做两只脚不就行了？"她说。"可是它太胖了，比北极熊还胖呢，连咱家的门都塞不进。""那怎么才能让它瘦下来呢？""嗯，明年春天它就瘦了，到时咱再请它到家里去……"

那时的家真幸福，我想着这些。可后来是怎么破裂的呢？那时我还年轻，正做刑警，除了工作忙就是"狐朋狗友"多，整天不着家，晚上回来往往后半夜，有时办案子一走好多天。安娜说她怕黑，和宝丽玛整晚开着灯，其实那灯也是给我留的，每晚就这么亮着，一直亮了好多年。可有一天夜里我早早回家时，这盏灯却关上了……安娜说，灯是宝丽玛关的。宝丽玛跟妈妈说："你天天给爸爸留灯，爸爸也不早回来，以后就关掉吧。"就在那天晚上，安娜正式和我提出离婚。她说自己已经习惯了黑，不需要再开灯了……

小乌日娜骑马回来的时候，一个雪人已经堆好了，我用蔬菜给它做了眼睛、鼻子和嘴巴。小女孩惊奇地看着它，在这之前她可能从没有见过用雪做的人，她摸摸这儿碰碰那儿，看它两手空空，便把自己提的马鞭子插在它手里。"真好玩。"她说着，眼神里流露着一个孩子该有的童真。

零星的雪花就是那会儿飘下来的，轻如鸿毛落在头脸上、身上，毛茸茸的，能看清每一根纤毫。

"打过雪仗吗？"我问乌日娜。

"雪——仗？没……"

"很好玩，下雪天，我和女儿宝丽玛经常玩，想不想做这个游戏？"

乌日娜点点头。

"好，等着瞧。"我喊小张出来，他刚一露头，我便抛过去一个雪球，不偏不倚，正中他的额头，乌日娜禁不住咯咯地笑，一场雪仗就这样开始了……小张和芒来以蒙古包为掩体，我和小乌日娜躲在勒勒车后，雪球像炮弹那样飞来飞去，一旦击中目标就会引来一片欢呼。不多时，每个人身上都抛满雪屑。我这个胡子一大把的汉子也忘记了年龄，仿佛回到少年。小乌日娜为我递送"炮弹"，我负责冲锋，一会儿又被他俩的火力压回来。那会儿，雪花也跟着凑热闹似的，雪片越下越大，扑簌簌地漫天炫舞，把整个乌诺尔嘎查都湮灭了，落在芒来和小乌日娜的欢笑声里，又被两个孩子的笑靥融化掉……

小张做了四个菜，洋葱炒土豆片、油炸土豆丝丸子、爆炒卷心菜和土豆炖卷心菜羊肉汤。我知道这是小张绞尽脑汁凑合出来的，芒来和小乌日娜却吃得香，肚子都撑得鼓鼓的。

听说我说要拉他俩去见舅舅，芒来显得很高兴，赶忙换了件干净的蒙古袍。小乌日娜好像对舅舅没有什么记忆，不过她是第一个爬到车上去的，问："会看到学校吗？朝克图叔叔（她不再叫我警察叔叔了）？""会的，"我说，"舅舅就在学校里教学。"小乌日娜满脸憧憬。

许是打雪仗累了，车开出十几分钟，乌日娜就在车上睡着了。芒来把妹妹的头放在他的腿部，让她的身子蜷在后车座上，我脱了大衣递给芒来，示意他给妹妹盖好。

"朝叔叔，你真是个好人，"芒来说，"我们有你这样的阿爸就好了。"
我望着寒风凛冽的窗外，一阵酸楚涌上心头。
"我也不是个好父亲……"我像说给芒来听，也像说给自己听。
"我永远不会忘记额日斯拿套马杆追撵我时的情景，"芒来叹息着说，"有一天，他又用鞭子打了额吉（母亲），我浑身颤抖，每一鞭子都像抽在我身上，甚至比打到我还要疼。我疯了似的冲进包里抓起哈纳墙上的猎枪，那是额日斯打猎用的，跨出门槛的一瞬，额日斯正要骑马远去，我举起枪朝他胡乱地扣动了扳机，'嘎'的一声枪响，他的帽子像只野鸭那样飞了出去，子弹再低一点就要了他的命……"

"帽子上是你打的弹孔？"我和小张惊讶道。

"是的，我想那时我打死他也不会后悔。"

我盯着芒来，车里沉寂了片刻。

"……丢了帽子的额日斯在马背上待了好半天才缓过神，他疯了似的打马向我追过来。我丢下枪撒腿就跑，额日斯随手抄起蒙古包旁的套马杆追赶我，套马一样套我。我拐过草垛，一会儿顺着沟壑跑，一会儿又钻红柳林，额日斯勒紧马嚼子紧追不放。有几次枣红马险些被他勒倒，接连打着吐噜噜的响鼻……终于，我被他一个甩杆套到了肩头，随后一个跟头跌倒在地。额日斯就这么用套马杆拖曳着我往家的方向走去，我嗅着马蹄蹬起的尘土，头和后背摩擦着地面，口鼻满是血腥味儿……走了一段路，额日斯停了下来。他下了马，提起我的脖领子举起拳头要打我，'你竟敢朝你老子开枪！'可他的拳头终于没落下来，最后恨恨地把我丢在那里……那年我刚好十三岁，个头快有他一般高了。"

"他为啥打额吉？"

"还不是因为赌博输了，又要抓羊去还债，额吉阻拦他……额吉生前最信奉绿度母多罗观音，念了一辈子心咒经。她说观音能救八方苦难，每次去阿尔山庙都要手捧哈达，专门去烧香……可额吉还是受了那么多苦：放羊，接羔，拾粪，生火，照看三个孩子，里里外外的活计都是她一个人做；阿爸额日斯酗酒赌博，又懒惰成性，把所有的家底都输光了。说实话，我特别恨额日斯，他不是个好男人……自从我用枪打了他，他才意识到我长大了，第二天就把猎枪藏了起来……可安稳日子没过多久，也许观音觉得额吉受尽了苦，要让她解脱，便接她往生了……我把额吉埋葬在高高的山坡上，把铜铸的观音和那串磨白了的佛珠放在她身边。等我把泥土抚平、草皮回填，我的额吉就像没来过这个尘世一样……"

芒来流下了眼泪，无声地抽泣着，小张回身递给他面巾纸。

"……额吉死后，额日斯倒是消停了，就像折腾累了的蛇终于蜕了皮一样，从那以后真像换个人似的，不吵了也不闹了，也不出去赌了，一天沉默寡言，只剩下喝酒，喝得比以前更甚。额吉没了，家里的活计也只能他干了，每天起早贪黑，像赎罪似的拼命干活儿。可他常年泡在酒里，身体浸坏了，经常一病不起，后来我不得不辍学回家帮他。说起来，那几年他也挺可怜，哑巴了似的一天不说一句话，喝多了酒就盯着相框里的照片瞅。有一次我好奇，想知道他究竟瞅谁呢，顺着他的目光探去，原来他在看我的额吉，那是额吉年轻时的照片……"

五

芒来的舅舅是那种不苟言笑的男人，一身中山装，带着职业的严谨，见到芒来和小乌日娜没有想象中的冷淡或者热情。我和小张详细介绍了情况，哈斯舅舅这才拉起两个孩子的手，向我俩一再道谢。

"先让乌日娜在我这里住些天，舅妈正好是医院的护士，可以带她看看病，"哈斯舅舅说，"其他事情还得等额日斯有了消息再说，我不想和他犯话。"

我明白了哈斯舅舅的意思，又争取小乌日娜的意见。乌日娜对舅舅还感陌生，大概也没有心理准备，想了好半天，最后还是摇了摇头。

临别，哈斯舅舅让我们等一下，自己匆匆去了超市，回来时提了两大包尿不湿，递与芒来，嘱咐他好生照顾妹妹。

等我再次去乌诺尔嘎查，是临近春节的时候。我和小张买了一堆吃的喝的，又特意给乌日娜选了件新毛衣，顺便接上"黄毛"，送他回家过年。

那次，我又遇到了哈斯舅舅，他带来了自己的妻儿。那个男孩与乌日娜年龄相仿，乌日娜叫他哥哥，两人玩得不亦乐乎。我们喝茶的工夫，乌日娜和哥哥又跑去骑马，哈斯舅舅怕出危险，急忙追出来。后来三个人一同跨上了马背，哈斯舅舅怀抱两个孩子，放马向远处奔去，直到消失在白雪映衬的、红彤彤的夕光里。看到这一幕，我不由得眼角湿润。

转眼春暖河开，冰融雪化……

那天我和小张正开车去办别的案子，突然接到芒来的电话，他的声音变了腔："额日斯找到了，你们快快来吧……"

"在哪儿找到的，是死是活？"

"在家里，你们来了就知道……"

警车开得比风还快。到了芒来家的冬营地，远远地，就看到芒来在牛粪垛旁边呆立着，小乌日娜捂着眼睛蹲在旁边……我和小张迅疾地下了车。雪化后的牛粪垛湿乎乎的，粪垛被扒开的一角，额日斯满脸漆黑地端坐在里面——他的眼窝已经溃烂深陷，嘴唇也缺失了似的，暴露着骷髅似的牙齿，整个脑袋干瘪着，像一坨枯掉的牛粪，一张羊羔皮四角整齐地覆盖在身上……几只早春的大麻苍蝇像遥控无人机似的"嗡嗡"地围着他的尸体飞来飞去……

"怎么发现他的？"我问。

"粪垛化了，早上我晾晒牛粪，刚扒开粪垛就……"

局里很快派来法医，邻居也来围观，巴依尔老爷子不停地叹息。几个人一起把额日斯抬出来，他僵硬如铁爪的手里还紧握着一个黑色塑料袋，晃晃悠悠的好不碍事，又一时掰不开手指，法医不得不用剪刀剪开了袋子，里边却是一个崭新的书包，包盖上印着一匹枣红小马的图案……

尸检结果出来了，他是被冻死在牛粪垛里面的——也许是为了御寒，他不知怎么钻进了牛粪堆里，自己用牛粪挡住了风雪，却又被风雪覆盖……

小张觉得奇怪，问："牛粪垛离蒙古包这么近，直线距离不超过五百米，额日斯怎么没去蒙古包而钻进粪垛里？"

"听说过'鬼雪打墙'吗？"我说，"下雪天，醉酒的人围着家转悠一晚上，都找不到家的门，那是'鬼雪'在人的面前筑了墙……"

"那种情况我知道，往往因为没有灯光才会发生，"小张说，"芒来家可是一晚上都亮着灯呢。"

我点了根烟抽："还记得邻居巴依尔老人说的吗，半夜的时候，灯都熄灭了……"

"我试过灯开关，也检查了户外灯，没有坏掉啊！"小张说。

"人可以把灯打开，也可以将灯关上。"

"谁会关掉灯呢？芒来？'黄毛'？还是小乌日娜……"

正说着话，巴依尔老人从后来走过来叫住我俩，瞪着一对褐色玻璃珠似的眼睛，压低声音神秘兮兮地说："唉唉，你俩注意到额日斯身上那张羊羔皮没有？"

我和小张问他："怎么了？有什么问题吗？"

他转了转脖颈："我和你们说过的，在草原上，没什么能逃得过我的眼睛。"

小张问："您的意思是，额日斯冻死后，有人在牛粪垛里发现过他，却没有及时上报？"

老人点点头说："冻死的人在临死前是不会觉得冷的，只会感到浑身燥热，他甚至要脱光衣服才舒坦，怎么会自己盖什么羊羔皮呢……"

听了这话，我俩一时愕然在那里了。

六

送葬那天，我和小张来帮芒来操持。把额日斯抬上勒勒车的一刻，一辆轿车从远处开来，哈斯舅舅一身素装下了车，默默地走到我身边。

芒来和"黄毛"牵着马车在前面走，小乌日娜跟在人群后——她不言不语，也没有哭泣，仿佛做错了事情的孩子，头低到胸前，眼睛只盯着她手里的一朵白色耗子花，那是草原春天最早开的野花。

葬礼后，乌日娜跟着舅舅一家走了，斜背着她的新书包。书包上，那匹枣红马驹如同小主人一样正颠颠地奔跑。临上车前，她一直回头看我和小张叔叔，不断地朝我俩招手。

我和小张如释重负。返程是我开的车，我故意减慢速度，想和小张多聊一会儿。

白雪刚刚融尽的草原还金黄一片，不过空气里已充满了春天潮湿的气息，云雀也开始漫天啁啾。

"朝哥，你觉得那个人会是谁？"小张没头没尾地问我。

"哪个人？"

"巴依尔老人说的那个人，他该是早在牛粪垛里发现了死去的额日斯，却隐瞒了……"

"这个……"

"所长说明天就要把案情报上去呢。"

"嗯，案子已经水落石出了，法医的鉴定是权威的，但愿这个细节不影响案子……"

小张感慨地说："朝哥，你文笔好，写篇小说吧，题目就叫《牧羊人失踪案》。"

我摇摇头："宝丽玛快要中考了，我这个当爹的还要抽时间多陪陪她。"

"怎么，和嫂子复合了？"小张来了兴致。

"夫妻之间的事儿，哪有那么简单……"我苦笑道。

原刊《中国作家》2023年第2期

作者简介：

海勒根那，蒙古族，70后作家，内蒙古作协副主席。出版有中短篇小说集《父亲鱼游而去》《骑马周游世界》《巴桑的大海》（百花中篇小说单行本）等。有小说被《新华文摘》《小说选刊》《小说月报》等转载。曾获全国少数民族文学创作骏马奖、《民族文学》年度奖、内蒙古索龙嘎文学奖，入选2020年度中国小说学会短篇小说排行榜、入围2021年《收获》中篇小说排行榜。现居呼伦贝尔。

《骑马去澳门》既坚韧沉实，又轻盈飞翔，是一篇智性含量较高和深具独特美学品质的小说。一位穿着西装，打着领带，还戴着一顶牛仔帽的老人逃离养老院，去赴一个生命中极为重要却又虚幻的约会，这是一个精神性的时刻，也是期待命运重启的瞬间。在记忆与现实中游弋的他，追忆的不仅仅是似水年华，更有对情感奇迹的寄托，然而，生活却是一次阴差阳错的错过，"海边骑马"只能深藏于老人的记忆。作者以悲悯之心透视了这位老人的精神世界，看似普通小人物的他隐藏着不俗的灵魂，生命的幽深和情状也就此变得熠熠生辉。

——《小说选刊》编辑　安静

骑马去澳门

陈崇正

1

那杯"蓝色夏威夷"被端上来放在桌子上，他并没有去动它，而是把靠在椅子上的拐杖移动了一下位置，以防自己伸手时将之碰倒。"前天夜里我梦见骑马去澳门，但我不能去，所以昨天我到东澳岛来了。"他仿佛是在跟自己说话，完全无视坐在对面的顾小涛。

顾小涛微微一笑，没有马上接话，转头望向酒店的落地窗。隔着巨大的玻璃，可以很好地看到暗黑的海面，以及近处在风中疯狂摇摆的树木。台风确实来了，东澳码头和南沙湾码头都发布了停航通告，他们无法离开，养老院的同事也过不来，看来只有自己在东澳岛上看住这个老头了。

面对大风天气，老头倒是好兴致，他穿着西装，打着领带，还煞有介事地戴着一顶牛仔帽，虽然空调还算给力，但他这身装束还是引来周围奇怪的目光，大家都穿着短袖，如果不是因为台风，恐怕所有人都愿意泡在海水里消暑。

"休想骗我，您可不是昨天来的东澳岛，您都失踪一个多月了，要不是回珠海市区的银行取现金，珠海这边的派出所通知了我们养老院，我们至今都不知道到哪里去找人。"顾小涛表面客气，但口气更多像在数落一个孩子。而这个叫谭家亮的老头，也十分配合地露出了孩童般调皮的表情。谭家亮如何突破层层防锁逃离养老院，院里已经开过几次大会，通过监控录像反复研究发现，这几乎是教科书级别的逃离。所有看过这些监控录像的人都为之感到惊叹，惊叹谭家亮的智力和体力，但当保安队长解释说这个老人有严重的老年痴呆症时，所有人又不禁发出惊讶的呼声。

此刻，谭家亮端起酒杯轻轻吸了一口，问顾小涛要不要也喝一杯。顾小涛瞪了他一眼，说："休想贿赂我，你要知道多少人为了你的失踪连夜加班。还有你在英国伦敦的儿子，年龄应该也不小了吧，听说在东澳岛发现你的行踪，也不知道通过谁要了我的手机号码，一个晚上给我打了好几次电话，那是 London（伦敦）啊，那边是傍晚，我们是深夜，你说还让不让人睡觉？你们父子俩都一样，一点不会为别人考虑。"

谭家亮一听她提到儿子，连连摆手："你不要告诉他，不要告诉他。"

"不要告诉他什么？"

"没什么，没什么。"谭家亮摆弄了一下他的帽子，然后又向顾小涛做了一个鬼脸。

顾小涛叹了一口气，不知道说什么好。她不禁想，老人这样的神态举止，年轻时候应该很帅气。他们所处的音乐酒吧就在酒店一楼，占据了酒店最好的观景平台。因为台风，通向观景平台的门自然是关闭的，但这整面的落地玻璃也相当壮观了。她望向外面，风确实很大，隔着玻璃都能听到呼呼的风声，以及海浪猛拍海滩巨石的轰响。这大海就是如此无聊，无休无止地闹腾着。

2

惊涛拍岸，声音好像是有节奏的，好像又没有节奏。而在老人谭家亮的心里，有着另外一个计时器，在那里，光阴正一寸一寸地在移动，嘀嗒嘀嗒，有条不紊，不慌不忙，天朗气清，天地的肌理与想象的纹路完全吻合。是的，至少在他的意念中是这样的。他像一只桃子，表皮磨损了，甚至果肉烂掉了，记忆模糊了，但桃核还是坚硬的，纹理还是清楚的。

他在等立秋。他清楚地记得，三十年前的某一天，他收到她的信，那个叫琦儿的女人对他说，三十年后的立秋，到我们一起看日出的地方去，我们到海滩上骑马，骑马去澳门。后面还用笔画了一个笑脸。白纸黑字写得那么清楚。那封信呢？信丢了。也许是被妻子收起来了，销毁了。他反反复复找了很多次，都找不到，直到妻子临终时，在那最后的一刻，他才忍不住开口问信的事。

"什么信？没有的事。"妻子别过脸去。他的问题无异于一把飞刀，直接将此刻变成妻子生命的最后一刻。妻子是流着泪走的，跟许多人一样，对这个世界充满了不舍。"我死了你就自由了，没有人再管你。"她说。他答应她会管好自己。但在果核之中，另一个声音说，除了那封信，除了那个立秋。

"骑马去澳门"，这不是一句玩笑话吗？那封信也没有寄件人地址，琦儿，依然是那个爱开玩笑不修边幅的女人。

"你有没有考虑过，可能压根就没有这么一个人，"他的主治医师很认真地看着他的眼睛说，他从医生的眼神中看到了某种经过修饰的真诚，"并没有琦儿，也没有什么信件。"

那不可能。他对医生摇了摇头。不可能没有琦儿，也不可能没有信件，因为那天早上，他正准备出门去百货大楼的钟表行上班，便看到邮差骑着绿油漆的自行车从巷子口进来，喊他的名字，没错，是他亲手拆开的信封，小心翼翼地剪下一个角，然后轻轻撕开，生怕伤害到里面薄薄的信纸。信是从澳门寄来的。

只要有澳门这座城市，琦儿就是真实存在的，这个不会动摇。

他又轻轻摇头。摇头的时候他听到果核坚硬撞击的声音。果核又没有掉落到地上，为什么会有声音？不知道，但硬度是经过确认的。他从此学会了闭嘴，不再胡说八道，也不能对其他人提及琦儿。

3

"台风天，我们这样傻坐着也没什么事做，我跟你讲讲琦儿吧。"

顾小涛瞪着他看了几秒，才说："南极洲的冰雪都快融化了，你还想用企鹅的故事来哄我，老头子坏得很啊，说说，想要什么小把戏？你现在就是上厕所，我也会跟着！"

谭家亮只能傻笑。

四十年前，或者是三十多年前，他跟随师傅来到澳门荔枝碗，厂长亲自接待了他们，并对他们师徒二人说，这家造船厂是荔枝碗最好的。厂长历数了从前的辉煌，成千的船只在澳门港口往来穿梭，其中不少就出自他们之手。说到激动处，厂长用手拍打着立在身边的龙骨。只是连他自己也料不到，再过三年半，造船厂就倒闭了。这家造船厂不算大，每年大概能造六艘渔船，主要是香港客户，但这几年生意并不好，多数时候处于停工状态。他们的主要优势是手工活好，且木料来源清晰，不含糊，龙骨必须采用马来西亚的山打根进口的坤甸铁樟木，其他则采用耐泡的山樟或柚木，整船木质坚硬结实，在业内小有名气。但厂长对于造船业的前景充满了信心，他说有一年澳门有两百多艘渔船下水，下水礼的鞭炮声有时候一天响了几次，靠海吃海，厂长相信造船的需求还是存在的，随随便便给几个订单都够食（吃）了。

但路环太偏远了，谭家亮一个星期之后才知道师傅口中的大三巴和福隆新街都不在这边，离船厂很远，还得经过澳氹大桥。慢慢观察也很容易发现，平日里，船厂里的人大概能分为两拨，一拨希望喝酒打牌，另外一拨则喜欢去美人巷洗澡。或者换个说法，发工资的时候大家都喜欢洗澡，也喜欢打牌，等到钱花得差不多了，就只能喝酒吹牛。

美人巷是个引人遐想的名字，年轻的谭家亮并不知道这是一个地名，抑或只是一个暗号。半年之后，船厂里最多话的老尖有一天突然说，我盘了一下，厂里就小谭没去洗过澡，不会是身体有什么问题吧？他的语气当然不是关心，而是带着刁钻的质疑，阴阳怪气。这样的话很快就传开了，甚至就连他最敬重的师傅，也给他投来悲悯的目光。师傅欲言又止。

其实谭家亮不单是唯一没有去美人巷洗过澡的人，他还是从来不摸牌的人。人家叫他，他就说打牌他不会，说教他，他便摇头。酒倒是喝过几回，但他就是个闷葫芦，不说话，只是喝，而且也不醉。用老尖的话说，白酒在小谭那里就是白喝的酒，没意思。确实没意思，他承认自己是个无趣的人。干活，发呆，闲时就去海边看海鸥。他也不确定这些海鸟是不是叫海鸥，总之，他将一切海鸟都当作海鸥，因为他只认识一种叫海鸥的鸟。"海鸥，海鸥，我们的朋友。"他是在这首歌里重新认识了海鸥，在他的大海里，海鸥是他唯一知道名字且可以成为朋友的鸟。

4

当然成为朋友的不仅仅是海鸟。老魏喜欢在太阳快落山的时候出现在海边。他带着画架，画大海，画落日，也画海鸥。谭家亮站在老魏身后看他画画，觉得真是厉害。老魏看了他一眼，继续弯腰画画。两个人都不说话。老魏并不是每天都到海边来，但谭家亮基本每天都在，所以很快他就摸清楚了规律，每星期的一三五他都会来。一个月后，老魏完成了他的画，终于忍不住转头看着这个青年。这样的眼神让谭家亮感到惶恐，他蹲在岩石上，手臂把膝盖抱住，小心地呼吸。

老魏笑了："还是输给你了，我先开口。"

谭家亮愣了一下，终于也露出一个笑脸。

"喜欢画画？"

谭家亮摇摇头："不懂画画，但喜欢看画画，比看他们打牌有趣。"他们打牌的时候，谈得最多的是女人和赌场里出老千的事，其中比较有信息含量的话题，无非是如何设计好路线坐赌场免费大巴环游澳门。他们对大三巴牌坊和基督教坟场并没有兴趣，身上的钱又不够进赌场，所以总结下来，还不如就在船厂里打牌喝酒舒服。

老魏望向他身后的船厂，大概明白了。他问他在船厂具体做什么工作，谭家亮说，跟着师傅做，从木工到漆工，都干过。老魏上下打量了他一番，又问他每个月工资多少，谭家亮如实说了。老魏点了点头。

两个人就这样成为朋友。朋友是老魏说的，谭家亮从来不觉得自己可以跟一个教授做朋友。他叫他魏教授，但老魏说，就叫老魏，你叫我别的，我不高兴。老魏给他讲几百年前葡萄牙的海船如何来到澳门，讲明朝时候澳门如何收税，这些都是谭家亮完全不知道的事。老魏问谭家亮结婚了吗，谭家亮如实回答："在老家有个老婆，儿子还小，老婆让我出来闯荡，说一定要赚钱让孩子以后念书。"老魏又打量了一番，说你有个好老婆，又说，你小子很会藏年龄嘛。谭家亮低头笑，说已经三十出头了，只是笨，没见过世面。他们又探讨了年龄。老魏说自己看起来就比同龄人更老气一些，他摸着头顶为数不多的头发，然后看着谭家亮头上新刷子一样整齐乌黑的短发，发出一声叹息。

有一天，谭家亮正蹲在船舱里用麻丝和桐油拌油灰给渔船填缝，突然听到有人大声喊他的名字，伸头一看竟然是老魏。老魏来到船厂，把他叫到跟前，低声问他能否请个假出去一趟，跟他去画院，帮个忙，大概半天时间。

"给我工作半天，相当于你半个月的工钱。"

谭家亮一听有这等好事，追问是什么工作。老魏没有回答，直接带他上了汽车。老魏的车很破，谭家亮也不懂什么汽车牌子，在老家他只开过手扶拖拉机。他开了后座的车门准备坐进去，却看到里头堆满了画板、画笔和乱七八糟的颜料，于是只能坐在副驾驶座。老魏的破车充塞着一股浓烈的烟味、油漆味，还有其他说不清楚的味道。汽车发动，车窗有风吹进来，让谭家亮紧紧握着门把手的手掌开始松弛下来。老魏调低了车里收音机的音量，开始给他讲解人体写生模特是一个什么样的工作。

听说需要脱光光，谭家亮有点后悔，但车窗外是疾驰的风景。最后老魏答应他，可以给他留一条内裤，他又开始担忧起来，因为他的内裤上有两个破洞，太显眼了，怕遭人笑话。他犹犹豫豫把关于内裤的担忧说出来，不料老魏突然发出一阵猛烈的笑声，哈哈哈，笑得谭家亮不知所措。笑毕，老魏最后给出一个解决方案，用一条浴巾挡住他的内裤，就看不见破洞了。谭家亮这才开始露出笑容。

"人体写生是我们画院的强项，院里平日里总有两三个模特，今天下午突然都没有空，但下午的课非常重要，有重要嘉宾要来观摩我们的人体写生，你如果不肯帮忙，我怕得自己脱光上去给学生们画了。"老魏说完又笑。

谭家亮在心里算了算老魏说到的模特工资，按小时计费，半天下来相当可观；又想，脱光衣服其实没什么，他平日里干活，不仅是他，船厂里干活的伙计们，天气这么热，谁不是光着膀子？在老家更是如此，下田干活，溪水里游泳，都是光着身子。衣服只有冬天最冷的几天显得比较重要，其他时候都可有可无，好像有条裤衩就可以过日子了。没错，村子里，一年到头只穿一条裤衩的男人也有不少，没什么大不了。

老魏看他神色稍宽，还是怕他临时反悔，于是猛夸他，说第一次见他就留意到他的身材健硕，肌肉线条很好，全身上下充满了美感。他说之前总有学生抱怨，画院给他们提供的写生模特都是老爷爷老奶奶，总说要画出肌肉线条，都不知道肌肉在哪里。他说现在好了，这一身肌肉往那儿一坐，必定会激发学生的创造力。

5

新桥画院并不是一个院子，而是临街一栋葡萄牙风格的三层小楼。画院在二楼和三楼，一楼临街店铺是一家开了很多年的面包店，这里的猪扒包远近闻名。常常有人专程坐三轮车到这里买面包，但却很少人留意面包店旁边那块写着"新桥画院"的木头牌子。

从老魏的车上下来，走上画院的楼梯，谭家亮突然觉得自己的脚仿佛被人施了法，完全迈不开腿，老魏走了几步台阶，回头看他慢吞吞不肯上楼，怕他反悔，回来架着他的手臂就往上面走。二楼走廊有几个学生在抽烟，谭家亮突然明白从他下车，他们就盯着他看了，登时觉得从脚后跟到脖子都是僵硬的。他跟老魏说他想尿尿，老魏带他到洗手间，看他脸色发白，就问他是不是哪里不舒服。谭家亮随口便说了有点晕车，然后他才为自己这个机灵的回答感到意外。

站在洁白的陶瓷便盆前面，谭家亮半天都尿不出来。他脑袋空空，尿意全无。不过凝视着用来尿尿的家伙，他想起村里的老话"人死鸟朝天，有啥大不了"，咬了咬牙，提起裤子往外走。走廊上没有老魏的身影，原来靠在栏杆上抽烟的学生也不见了，低头看时，一楼来了两辆车，一些衣衫光鲜的人正往楼上走，老魏在前面引路，笑容可掬。

他一时不知道该怎么做才好，但觉得站在楼梯口似乎不好，于是往另一头走过去，这时他才看到教室里学生围成一个大圈坐着，面前摆着画板，而在圆心的位置摆着一只方凳子。谭家亮心中一凛，那只凳子在他眼里好像发烫起来。这时老魏带着那一行人从他面前经过，他低下头不敢与别人对视，等他们从面前走过去，抬头时却发现走在最后面的是一个女人，紫色的裙子，一条黄色的丝巾披在她肩膀上。她也正好回头看着他，四目相对，谭家亮像撞到渔网上的鱼，慌慌张张把眼睛挪开了。

嘉宾们在教室一头的靠背椅子上坐定，老魏又鞠了一躬才说感谢领导将这么多著名画家带到画院来蓬荜生辉云云。然后他说：

"为了这一次特别的写生课，我专程跑了一趟路环，在荔枝碗的船厂里找到一位渔船造船工人给我们当模特，他常年与大海为伴，带着大海的气息，相信能够给我们的学生带来新的创作灵感。小谭，过来过来！"

老魏朝他招手。他愣了几秒才往教室里走去，他不敢抬眼，但知道所有的目光万箭齐发正射在自己身上。老魏搭着他的肩膀，又口若悬河说了一些他不太明白的话，接着老魏给他发了一个简短的号令："脱啊。"

他脑袋嗡的一声，好像有炸弹爆炸了，一片空白。他退到墙边，哆哆嗦嗦开始脱去上衣，突然他想到内裤的事，拿眼睛看老魏，没脱裤子。老魏走过来低声说："脱啊，学生们还等着呢。"突然老魏明白了过来，赶紧让一个学生取来一条浴巾，并低声承诺下次一定给他买几条内裤。那条浴巾脏兮兮，但这时成为谭家亮的救命盾牌，他将浴巾围在腰上，这才脱下外面的裤子。有学生发出笑声，但很快又安静下来。嘉宾们似乎在谈论其他话题，他们的注意力并不完全在这间教室里，有太多的交流需要在这心不在焉的缝隙里达成。但谭家亮自然不知道这些，他认为所有人都望向了他。

老魏将谭家亮带到凳子旁边，然后突然伸手将他的浴巾取下来，示意他坐下。谭家亮内心一惊，从旁边窃窃私语的声音里，他猜到有人看到他内裤上的破洞。老魏也意识到这个问题，他赶紧将浴巾盖住他的内裤，让浴巾自然下垂，谭家亮也很快明白他的用意，按照他的要求，摆了一个姿势。

他的呼吸慢慢平稳下来，他听到笔在纸上划过的声音，还有学生夸他肌肉线条的低声交谈。原来他视为理所当然的肌肉，在他们眼里竟然被无限放大。

6

大概过了十分钟，那个披黄丝巾的女人突然从椅子上站起来，走到老魏旁边，声音不大，但大家其实都听清楚了。

"魏教授，我有个小小的建议，应该把那条脏兮兮的浴巾拿掉，刚才我跟大家一样也看到了他裤子上的破洞，我觉得，那个破洞才是艺术的全部，不应该遮盖。"

谭家亮听她这么说，稍稍平均下来的呼吸又变得急促起来，他有点后悔上了老魏的汽车。但老魏还是仗义的，他解释说这个人第一次当模特，也请大家理解。但这时一个浑厚的男中音说："还是美女画家有敏锐的洞察力啊，小魏，你把浴巾拿下来吧。"

老魏在他那里变成小魏，谭家亮登时明白他将失去最后的阻挡，内心惶恐起来。老魏果然走了过来，他俯身低声说："你就想着那片大海，想着海鸟和落日，什么都不要想。"

果然，老魏轻轻将浴巾取走，裤子上的两个破洞，像两只眼睛露了出来。学生们确实小声议论，他开始很担心有人嘲笑他，但慢慢他明白过来，大家没有嘲笑他，相反，他在这些隐约的语气中看到暖意。

那个男中音继续说："小魏啊，你要感谢琦儿，她的提议让你学生的艺术感至少提高五分。"这是琦儿这个名字第一次进入谭家亮的耳朵。这个名字和这张脸庞，在此后四十年的岁月里，成为他记忆之海中永不熄灭的灯塔。

7

琦儿后来常到新桥画院找老魏玩，但谭家亮并不知道她是为他而来。直到琦儿后来直接跟老魏说："老魏，你把小谭借给我当模特好不好，我最近计划创作一个新的系列，刚好少了一个模特。"老魏笑着说："脚长在他身上，你给钱，他就跟你走，不用问我。"至此，故事才算真正开始。

琦儿带他到海边写生，让他坐在石头上。谭家亮问，需要脱衣服吗？琦儿说，你随意，只要海风吹着你的脸，就足够。于是谭家亮就在岩石上坐着，他看海，看海鸟翻飞，心情不错。琦儿在画架后面忙碌着。她跟老魏不同，老魏画画时聚精会神，嘴巴紧紧闭起来，只有停下来抽烟时才会跟谭家亮说话。但琦儿边画画，边哼曲子，要不就会跟谭家亮聊天。她甚至谈起她短暂的婚姻，只有短短一周就离婚了。"那男的不行。"至于如何不行，她没有具体展开。

谭家亮以为她是在画他的肖像，但绕到画架前面看时，才发现整幅画里并没有他，而是一片海滩，在海滩上站着一匹马，鬃毛迎风飘飞。

琦儿说："我想骑马去非洲，我想骑马去埃及，去撒哈拉沙漠，去奥卡万戈三角洲……你干啥，我又不是神经病！"

琦儿见谭家亮一直在往后缩，发了一通脾气。但突然发现自己又着腰对着牛高马大的谭家亮，仿佛对着一只猩猩，又觉得有点滑稽，不禁兀自笑起来。这样一惊一乍，又骂人又发笑，更让谭家亮感觉惶恐不安。

"走吧，去沙滩上走走。"琦儿命令道。

这时候太阳已经落山，一轮巨大的明月从天边升起。琦儿脱掉鞋子，把鞋子拎在手里，走在前面，谭家亮走在她的后面，就是这么一个瞬间，他眼前的女人变得圣洁起来。

这种美好的感觉其实很坏，它直接让谭家亮魂不守舍，一脚踩空从船舷上摔了下来，幸好没有摔伤。但这情形把厂长吓了一跳，让他离船远一点，去敲钉子，没承想锤子又打伤了手指。一个早上连续发生了两起意外，师傅也很不高兴，船厂向来迷信，不希望有任何意外。受伤事小，但造船最忌讳出现不好的事，若让船主知道有什么不吉利，那便会惹来大麻烦。之前就有本地工人家里办红白事期间还到船厂上班，结果被船主发现直接退掉渔船订单。

谭家亮的行为异常，很快让船厂多事的伙计们有了新的话题，消息灵通人士结合当日老魏的来访，已经声称搞清楚来龙去脉。"小谭去当裸体模特。"这个爆炸性的新闻迅速传开，对于为什么他能够裸体站在一群娘们中间，他们有更为深刻的解读：因为谭家亮那方面不行，所以无论多少个女人出现在面前，他都能安安静静当模特，不会出现任何尴尬的事情。人们很快想起船厂里只有谭家亮没有去美人巷洗过澡。

对此谭家亮的师傅提出不同意见："不可能吧，家亮前年家里刚有了一个男宝宝……"

老尖突然一拍大腿，喊了一声我知道了，又顿了顿，吊足胃口才说道："孩子不是他的种?！所以他才跑这么远来打工！"

证据链就这样凑齐了，人们对于这样一个故事似乎感到满意，对谭家亮竟然也多了一份同情之理解。

8

谭家亮自然明显感受到来自群体怪怪的目光，但他已经习惯了独来独往，也不在意。他现在的问题在于，琦儿开始把他从海边往房间里带，还给他买各种衣服，要求他扮演不同的角色。而他心里清楚的是，每次与琦儿共处一室，他身上有某个部位，一直处于充血状态，这件事身不由己，常常令他感到羞耻。

而琦儿却依旧沉浸在自己的世界里，她带他看电影，看她最喜欢的西部牛仔片，然后把他带到自己的画室里，给他穿西装，穿牛仔服，戴牛仔帽，然后自己画画，画高头大马，画牛仔服和牛仔帽，唯独中间那个应该出现的男人，是空气，是不可名状，人被空空的留白所替代。

"为什么画里一直没有我？"

"不需要有你，但你无处不在。"

谭家亮在想，自己是从什么时候开始改变自己衣着的呢？在更为漫长的时间里，他出入百货大楼，从卖手表到修手表，西装搭配牛仔风格的帽子，一直是他的标配，他也曾因为这样一个奇怪的造型上过电视，在没有人留意的时段里露了一下脸。

一切就这样被固定了下来，在某一幅画里头，就连光线的漫射都是自然的设定。

9

谭家亮到画院当模特的事，厂长最后还是知道了，他们给厂长的原话是："小谭去脱衣服卖肉。"厂长低声骂了一句，然后皱起眉头问："他是家里遇到什么困难了吗？"

今年以来最隆重的渔船下水礼，厂长明确不让谭家亮参加。

渔船完工之后，下水礼是最为隆重的。船主会请先生或神婆选个良辰吉日，备好烧猪、白酒、水果、香烛，先拜鲁班，再拜船头和土地爷，新船会在披红挂彩之后，在鞭炮声中，由最有威望的船工挥动锤子将楔子敲开，新船便款款滑入大海。如果船主舍得花钱，还有锣鼓队和舞狮子，这时候便如万马奔腾，热闹非凡，此时会有一串鞭炮从船头垂落下来，在海面上燃放。随后渔船调转船头，面向船厂，拜祭妈祖和鲁班，仪式才算结束。船主会雇拖船将新船拖到内港码头继续后期的修缮工作，而接下来便会大宴宾客，船厂师傅会穿上平时最得体的衣服赴宴，每个人脸上洋溢着笑容，比过年还高兴。

只是今年这一切都跟谭家亮没有关系，他一个人在船厂宿舍，听着外面的鞭炮声，仿佛这串鞭炮是在他的心脏里燃放的，每一响都被喉咙堵住。

外面安静了，他们都去吃饭了，没有人关心他吃饭了没有，他就这样呆呆坐着，月光从宿舍的小窗照了进来。

也不知道过了多久，在寂静中，楼下厂门口的那条黑狗开始吠起来，他听到守门的老头把门打开的声音，然后是摩托车的轰鸣渐近，有人在喊他的名字，是琦儿！

守门的老头和厨房的清洁工见证了这个时刻，他坐上琦儿的摩托车，搂着她的腰，在海风的吹拂下扬长而去。他闻到了她头发上洗发水的香味，一种天开地阔的爽朗之感将此前的阴霾一扫而光。

摩托车在码头停下，琦儿到旁边找人说了几句话，就有人将他们引向一只蓝色的快艇，在谭家亮惊奇的目光中，琦儿解释说是她的香港朋友的，也不多说什么。开船的大哥戴着墨镜，两只座椅看起来像是临时专门加装的，椅子后面绑着救生圈。琦儿说，不要为了你的破渔船儿难过，那是终将被淘汰的事物。墨镜哥对琦儿说，看看我们的水上猛禽，机头是雅马哈改装，日本货，性子火暴得很。琦儿礼貌性一笑，海风让她长发飘飞。

谭家亮问："我们这是要去哪儿？"

琦儿答："带你去东澳岛看日出。"

10

让我们把摄像枪的摇臂从遥远的岁月之河中转回来，回到台风中的东澳岛。

东澳岛距离澳门仅有二十多公里，天气好的时候，借助酒店顶层的望远镜可以看见澳门旅游塔。但谭家亮对这座建筑完全没有印象，他离开澳门时，旅游塔还没有建成，他们身边的落地玻璃乃至身处的整座酒店也不存在。

但东澳岛的日出和日落，一直存在。

"那时候整座海岛没有这么热闹，"谭家亮说话很慢，最近假牙松动，他担心会掉下来，"很安静，只有卖海货的小摊贩，太阳还没有出来就开始忙碌，那时候大家都穷，但好像比现在都幸福。"

"但过去没有手机和网络，连台风啥时候来都不知道。"

"有些事就算提前知道了结果，又能怎样？"

"哟，你这老头有点意思了。"顾小涛笑了。

老人看着她，眯着眼说："我遇见琦儿，琦儿也差不多是你这个年龄。"

顾小涛顽皮一笑："来，您倒是说说，我是什么年龄？"

"嘿，有小孩了吧？"

顾小涛一愣，然后笑容慢慢凝固。在来东澳岛之前一个月，她刚悄悄做了人流手术，此事她并不想让丈夫知道，也不想再对谁提起。

谭家亮老人端起面前的鸡尾酒，深深喝了一口。他似乎读懂了顾小涛笑容里的故事，人世间的难言之隐就如这暗黑的海面，是不可窥探的。等台风过去，立秋也就过去，事实即将向他证明，确实是记忆出了问题。大概并没有一个叫琦儿的女人，大概只是自己偷了船厂的一艘舢板，连夜划水来到东澳岛，傻坐了一夜又回去了。第二天船厂的人因为喝酒醒得很晚，午后才开始打牌，并没有人发现他借用了小船，也没有人知道他离开过。倒是在夜幕降临的时候，所有人都清晰地听到谭家亮跟他师傅借钱："借点钱，我想去美人巷洗澡。"

记忆像从竹筐之中流过的水，养老院的药物只是不停地晃动竹筐，并不能阻止水的流走。琦儿后来去哪里了？巴黎还是洛杉矶？抑或是她心心念念的非洲。他们是在什么情景下告别的？都忘记了，只记得紫色的裙子和黄色的丝巾，还有回眸的笑意。这么俗套的情节，会不会是某部香港电影在他脑海中的记忆留存。手表的时间刻度在走，这些由刻度构成的时间到底存在吗？如果不存在，那么由碎片所构成的记忆，又算是什么意思？不知道，台风总会停歇，就如人生终究会过去。过去，如同没有存在过那样。

第二天雨过天晴，十点钟准点离开南沙湾码头的轮船鸣笛示意，广播里连续播放着登船提醒。谭家亮站在船头，望着这座小岛，感觉到十分陌生，与他三十多年前看到的东澳岛已经无法重合。老人朝着岸上挥手，顾小涛开始以为他是在跟谁告别，但看到他眼中模糊的泪滴，突然想到他在国内已经没有别的亲人了。他在跟这座海岛挥手诀别。红尘中就此别过，此生便不再相逢。

台风过境之后，岸边十分凌乱，有清洁工正在用竹竿清理一条被台风刮下来、挂在树梢上的红色横幅，只是谭家亮永远不会知道，横幅上用黑体大字写着：热烈庆祝著名画家王琦"海边骑马"系列纪念画展开幕。下方是小字写了时间和地点：立秋日，酒店四楼大厅。

原刊《大家》2023年第1期

作者简介：

陈崇正，1983年出生于广东潮州，北京师范大学文学硕士，现担任广州市文艺报刊社副社长，广州市作家协会副主席兼秘书长；著有长篇小说《美人城手记》《悬浮术》，小说集《黑镜分身术》《半步村叙事》，诗集《时光积木》等。曾获广东省鲁迅文学艺术奖、广东省有为文学奖、红棉文学奖、华语新声科幻文学大赛银奖等奖项；入选广东省青年文化英才。

这是一个关于人的故事，人的生存、人的情感在极端的情况下会是怎么的？人会如何选择，如何行动，如何去失败又如何获得拯救？这里所有的亲情与爱情、阴谋和复仇，最终都回到人的命运，人精神世界的命运。

——《北京文学》副主编　张颐雯

鱼与猴子

小　饭

第一章

1

2004 年夏

周末连同下周一二三，谈震都得进来。总算熬到了倒数第二天。规律但是枯燥，这都已经习惯了，工作无非就是这样。犯人们进来是坐牢，谈震进来是上班。一大早谈震就要带着犯人一起做早饭，看他们吃完早饭再看他们做早操，自己则像个学生时代的班主任，谈震经常这么觉得——然后送他们去工作间。之后就有几个小时的"休息"时间，其他同事会接替他照看这群现在总算变乖了点的王八蛋——他们当然是做了王八蛋才会做的事才进来的，极少例外——那时候谈震可以坐回自己的办公桌上泡壶茶，看会儿报纸或者玩会儿手机。偶尔也会弹会儿琴，一般是晚饭后。看心情。手机挺好玩，谈震总结过，如果可以玩手机的话，坐牢也不会那么难熬。

手机好玩在哪儿呢？除了打电话发短信，现在手机都能接收彩信看图片新闻了。谈震订阅了头条报道，里面除了每日要闻，文体八卦，自然也有天气预报。能在手机上看天气预报，那谁还看电视看报纸呢？只不过彩信是要花钱的——单位这点好，彩信部分给报销了。

今天谈震收到的彩信下面又多显示出一条新的短信，谈震退出彩信，才看到短信的发件人是小河。这个名字不陌生，但谈震颇有些意外。

"在值班？"

"对啊。"谈震回复。一毛钱没了。反正没了，谈震加了几个字："咋了？"

"我想写一个与监狱有关的小说，有几个问题想问你。方便吗？"

小河是谈震同学，高中大学都是同学，还一起"组"过乐队。所谓组乐队其实也就是在学校迎新晚会上一起登过台，不是正经乐队。随后谈震没有坚持多久音乐的梦想，他到大三就提前放弃了。谈震知道小河在大学期间除了玩音乐偶尔写过点东西，拿到过几笔稿费。毕业后就不知去向了。而谈震考了公务员。两人后来极少联系。

"还写小说哪？问吧。"谈震想自己在这就一两年的经验，所见所闻，只要可以说的就都能说给小河听。监狱算不上保密单位，只是对外人多少有些神秘感。若自己和家人不犯浑不倒霉，神秘就神秘了。这神秘面纱揭开，得用苦日子换。

"那我把问题用 QQ 发给你，你有空，到时候能上网了回给我就行。请你吃饭。"

谈震心想大概问题还挺多的。电脑其实就开着，只是单位电脑运转极慢，仿佛就为了限制公务员上班时间看电影。QQ 不慢。谈震挪了挪椅子，努力往电脑那边靠。按行为规范，上班时间最好不要用电脑——上个月就有个家伙被人举报上班时间看电影。但是开了电脑不看电影挺难忍。除非写报告，否则坚决不开电脑，谈震给自己立的规矩。

小河的小说谈震倒没看过，吉他水平是真心服气的。就记得那年迎新晚会上，小河做主唱兼主音吉他，谈震是吉他手之一，扫点和弦。小河的 solo（独奏）非常硬，且干净。而谈震的和弦扫得特别软，还铺得不够满，以至于整个效果其实并不好。不过他们奉献的是一首《回到拉萨》，solo部分特别少，考验的是小河的唱功，小河一个小个子唱这样的猛歌，居然颇受欢迎。那种懒洋洋又带着一点儿狠劲儿，小河表现得不错。乐队没有继续，因为后来另外两个哥们爱上了去网吧通宵打游戏。可能小河就是那时候灰心丧气的。不对，谈震的思绪回了过来，怎么小河就突然想写监狱的事？莫不是看越狱电影看出灵感来了？被谈震猜中了，第一个问题就是这个。

"你们那儿有越狱的罪犯吗？"小河在那边问。

谈震思考了一下，打开了网页。他觉得用自己的语言回答这个问题有一定风险，不如就拿新闻通报来回答，既准确权威，又安全省事。发送了网页地址之后，谈震补充了一句："这就是前年年底从我们这跳出去的。"

几分钟的空白时间，小河大约是在浏览网页，然后追问："抓回来了吗？"

"当然。"谈震甚至有点骄傲。其实出现这样一例就该让谈震羞愧来着。"头一天就抓到了。越狱哪是这么容易的事，那我们都别干了。"

片刻之后，小河继续发来问题："一间牢房一般关几个人？条件好吗？"

"七八个，一般八个。现在监狱条件比我们大学的旧校区都好。马上就要给他们装空调了。我们上学的时候都没空调呢。"

"那监狱里犯人一般相处得怎么样？是不是真的存在鄙视链？"

"有的吧。强奸，尤其是强奸猥亵幼女的，最受鄙视。"这是实话，一年多来，谈震看得明明白白。有个强奸犯被好几个同屋犯人欺负，闹过自杀。活该。

"犯人在里面都干点啥？"

"你是说劳动改造吗？"

"对。"

"踩缝纫机，做皮包，做毛巾，现在也有做数据线的。"谈震打完这行字，铃声响起。他要跟同事换班了。"我得进去了，你还有问题的话给我留言。发短信也行。"

谈震刚想关电脑离开座位，忽然小河发来的一段话让他瞪大了眼睛："今晚八点半，你们这会有人越狱。越狱地点是你们的医院。提示：做毛巾的。"

谈震的电脑就在那一刻显示关机成功。那行字不短，仅仅出现了几秒钟，但谈震全记住了。他紧皱眉头，心情也紧张起来。还没等谈震做出什么判断，手机提示收到新的短消息："你立功的好机会。"

谈震看了这条短信半天，有点迷糊。越来越迷糊。怎么这个小河写小说写成预言家了吗？人家又为什么要这么跟自己预言？他觉得回一个短信无法解决他内心的疑问，于是回拨了小河的电话。嘟嘟嘟，然后是一阵子忙音。看起来这个小河是故意拒接谈震电话。再打，果然还是忙音。这有点超出谈震的理解力了。事情不该是这样发生的。谈震从来没想过他所在单位犯人的一次越狱行动会是让一个业余写小说的同学来给他做预告。

2

晚上六点，谈震守在医院对面的值班室，如果成功度过余下的几个小时，那他这一天的工作也就完成。但……就在今天早上，他被一个预言家轻轻拍打了一下。

他没有惊动他的搭班同事，人家总算值完五天班回去陪家人，让人家顺顺利利回家是谈震的善解人意。或许这个小河只是拿他寻开心——他不能打包票这件事一定会发生。要是不发生，他要找小河讨要一个说法。写东西的是有可能发神经的。这要是一个玩笑就一定是疯子开的。疯子能豁免一定的责任，不能完全豁免。捉弄人可以，但需要承担后果。谈震苦于联系不上小河，不然他会愿意和小河商量一个"后果"。

只是谈震隐隐觉得，这事又不像一次无聊的捉弄。

屋外传来脚步声，脚步声临近的时候谈震知道那人是谁了。

"涛哥。"人刚出现在视野里，谈震就率先打了个招呼。刘涛比谈震年长三岁，也早三年来到萍东监狱任职。

"今天怎么不弹琴了？"刘涛笑呵呵的，已经走进了谈震的办公室。

这问题把谈震问住了。谈震自己都没意识到今天的与众不同。按理，这个点大家吃完了晚饭，整幢楼都能听见谈震的吉他声。他最喜欢弹唱的是《对面的女孩看过来》或者《情非得已》。当然时不时也会换一点难度差不多的流行歌曲。扫一些和弦就能唱整首歌，这是弹吉他的乐趣。其实谈震弹琴唱歌的声音都不大，纯粹是自娱自乐的范围，可琴声仿佛就是有穿透力。"涛哥想唱？我给涛哥弹呗。"谈震笑呵呵说道。

"我不行，我唱得不行。我一开口，那帮孙子就要过来骂娘。"刘涛这时候已经一屁股坐在谈震对面了，"怎么了？"刘涛问。

"什么？"谈震瞪大了眼睛，抬起头，表示疑问。

"我说你今天为啥不弹琴了？我大老远跑过来就想听呢，偏就没听着。"

谈震灵机一动，他得把情况交代给刘涛。刘涛好歹是个科长不是吗？科长也是领导，要让领导做决定拿主意。"涛哥，我跟你说个事。"当谈震一五一十把电脑 QQ 上小河的留言，以及那最后一条手机短信说给刘涛听，刘涛只是皱了眉头沉默两秒钟，随后他说："巧了，三年前也是我值班。"

刘涛所谓"巧了"的事，是指三年前在押犯人李梦君越狱的事。

李梦君是湖南人，因抢劫杀人，被判死缓，2000 年被投入萍东监狱。2001 年 11 月 1 日，他居然成功翻墙而出。当然代价很大，被抓回来的时候他右脚基本废了。又是骨折，还有巨大的口子。铁丝网不是无辜的，但也不是盖的。

李梦君其实只"享受"了一个晚上的"自由"，这自由的味道恐怕并不好受。最后他是在一个废弃工厂里被逮回去的。那时候他已经一天半没有进食，加上手脚都受了严重的外伤，说严重点，整个人跟死了没啥区别。

刘涛算不上有经验，只能说是直觉。他仔细盘问了有关小河的事情。他要知道来龙去脉，起点有关信源。

"我这同学吧，确实也有点奇葩。人特别聪明。对了，小河还是我高中同学。我们高中大学都是同学，但后来并没有走得很近。"

"说人奇葩不礼貌，你说具体点。"

"涛哥，我就说一个事你就懂了。我们那时候轮到高二选科目，文科还是理科。文理选完还得再细选。选完文科选政治还是历史，选完理科还得选物理还是化学，都选完意味着高三专攻语数外和它就行了。比如我选了强项化学，就不用学物理了。嘿，就小河那个鬼，学了物理，但还是跟我要化学课本。"

"选了物理他还要继续学化学？"

"对啊。"

"聪明？还是精力旺盛？"

"不知道。人家脑回路怪。到了大学小河没选物理也没选化学。跟我一样调到了哲学系。后来辅修了文学，写了点东西吧，我听说。不过学也没用，小河后来去干吗了我也搞不清，就知道小河一直挺喜欢音乐啊、文学啊这些。可以说是文艺青年。"

刘涛一边听一边看着医院门口。他从自己办公室拿来了望远镜，这时候他跟谈震两人加起来六个眼睛，和外面高塔巡逻的高压白炽灯、巡防探照灯一起形成了一道特别立体的"防线"。

监狱医院其实早该修了。破破烂烂的外立面，领导们恐怕是忘了打报告申请维修基金。灰色的墙体，就像个老妇人。这个光景，哪怕是用望远镜看去，也会觉得整个建筑都有点吓人。

"真有人。"接近八点的时候，刘涛忽然开始骂骂咧咧。

"在哪，在哪？"谈震慌张起来，举着望远镜来回晃。

"医院！医院那面墙！"刘涛还在观察，但已经激动得不行。谈震也看到了，随即放下望远镜转身看了看办公室的时钟。"啊，不是八点半吗？"谈震自言自语道。

"人家计划提前了呗。快报警。"

"在哪？报警器在哪？"值班室里突然一阵慌乱。

几秒钟后监狱巨大的扩音喇叭——一整个系统，像个环绕音箱——开始鸣警笛。灯光也开始四处亮起，循环照拂，仿佛一个巨型舞台正迎接天王上台表演。

灯光互相扫射，最后都聚焦在监狱医院的东墙，墙体顶部的铁丝网反射回一部分光亮，远远看去就像歌迷的荧光棒。"舞台"中央就是我们的主角，但谁都看不清他理应俊秀的脸庞。

骑在墙体的人影往墙上一蹿——结果没翻出去，反而稳稳地摔了回来。虽然没有音效，但谈震和刘涛足可以脑补那一声巨大的人体坠落的声响。这下倒是省了不少警力和麻烦，一群警服飞奔过去，把那人压在身下。从谈震的角度看，就像一次大型的摔跤比赛。刘涛显得很高兴，重重地拍了拍谈震的肩膀。

尽管不需要谈震和刘涛"亲自"抓人，但免不了一阵激动。不过很快一切又恢复平静。

谈震需要做一些事，但不是立刻和马上。而且不需要主动。这时候他守在办公室等待就行。座机没响，一直没响，也许就不该是座机。就看手机。晚上十一点不到，手机终于响了。谈震没有意外，心想还来得不算太晚。

"人抓到了吗？"小河问。

"当然……"

"那就好。"还没等谈震整理思路和发挥提问的才能，小河说完这句随即挂了电话。谈震当然要回拨过去，但屡次被小河拒接。看来是不想多说。不一会儿，谈震收到了期待中的短信，内容是："谈警官，我又没有犯罪，我只是帮你立功。你不要纠缠我了吧。"

"是你说要请我吃饭的啊……"谈震想了半天，这个理由非常合理。

但小河依然没有回音。谈震面前的东西，形状像个黑洞。谈震叹了口气，但感觉没有很舒服。谈震在脑海里不停搜索关于小河的记忆。但是越搜索越模糊。

3

第二天一大早刘涛就在谈震办公室等他了。那时候谈震刚刚带着犯人做完早操，一身汗。"涛哥，你先让我洗把脸，擦擦汗。好吧？"

刘涛笑笑，看着谈震，说："目前虽然无法认定你同学有违法犯罪行为，甚至动机也无法确定，但这个事你不觉得太蹊跷了吗？"监狱方审讯逃犯的事其他的同事正在安排，刘涛却着急忙慌和谈震在办公室试图解开另外的疑问。

"蹊跷啊，涛哥你说咋办？我又没办法去抓人。打个报告给上面？好像也没啥必要。人家就是不理我，不肯多说。"谈震已经洗完脸了，摇了摇头。

"给警察提供违法犯罪的信息。那是要表彰的。"刘涛说，"你就用这个跟你同学说呗。"

"以表彰的名义去'抓'人？"

"哎？怎么能说是'抓'呢？我们是去表彰人家，顺便了解情况。了解情况还不行？"刘涛提供的说法很圆满，但是小河就是不接电话不回短信。已经过了一宿了，很明显小河就是故意躲着谈震。"这到底是不是我们的职责范围？"谈震问道。刘涛是他的前辈，这种问题问刘涛恐怕也合情合理。

"别扯职责范围了。我就问你不好奇？你不好奇我都好奇。没准我们能……"

"能什么？我们都已经'立功'了，再立一功？"

"立啥功啊，那犯人压根就没翻出去，越狱失败，懂吗？只能说他有越狱意志……谈不上立功不立功的。人都不是我们抓的。"刘涛说。谈震想想也对，他觉得好笑，那个犯人按道理怎么也应该翻出围墙，掉在围墙外面，爬半天墙，却居然又摔了回来。

"今天下班坐我车，去找你同学聊聊。别说找不到，咱们总有办法的对不对?"刘涛说的谈震当然知道,公检法的同事随时可以帮到他——只要不是纯粹胡搞。

看起来谈震精神并不太好,以至于在停车场他没有第一时间找到刘涛的车。直到刘涛按了按喇叭,谈震才看见了那辆灰色的帕萨特。打开门坐上副驾驶,谈震深呼了一口气。仿佛是叹气,仿佛又是给自己提精神。刘涛表情显得轻松很多。"你现在脑子里是不是有两个问题。没想明白的两个疑问。"见谈震认真听着,刘涛继续说出自己的判断,"第一,你同学是怎么知道我们监狱里有犯人要越狱的。第二,你同学为什么要这么做?为什么要告诉你这件事,让你'立功'?"

刘涛说的一点都没错,要不是这两个疑问,日常生活中谈震不至于睡不好,哪怕是在监狱里值班,谈震过去的睡眠质量,无论是入睡速度,还是睡眠深度,都是高于平均水平,他自认为没有睡眠方面的任何问题。"地址你找到了对吧,涛哥?"

"这怎么能难倒我?我同学遍布公检法。"刘涛高兴地说,"当然,我不会麻烦他们做太出格的事。"刘涛发动了汽车,又补充了一句,"从来没有。"

"涛哥厉害。"

"对了,小谈,你怎么不告诉我你的同学是个女同学?"刘涛坏笑着问谈震,"莫不是一个有故事的女同学?"

"别瞎说,很纯洁,真的很纯洁。人家从根本上像个假小子——我真的没跟你说是个女同学?"谈震说的是事实,虽然谈震是欣赏小河的,尤其是小河的吉他水平。一个女孩子能弹主音吉他已经是非常罕见的了,还弹得那么好。还能唱。谈震确实欣赏。只是小河的个性应该说是比较乖戾,谈震又爱慕不来。

这一天对刘涛和谈震来说其实是假期,监狱都是做五休二,难得休息,刘涛却要跟谈震来寻求两个答案。这辆灰色的帕萨特在萍东郊区行驶了几公里之后,终于回到了市区。根据刘涛掌握的小河的住址信息,只要再过两个路口,就能来到小河居住的小区。

"你们多久没见面了？"刘涛问谈震。

"三年，或者四年？本来说要组织同学聚会，大家时间上总是凑不齐。说起来我们毕业已经六年了。我记得毕业后就见过小河一次，让我想想。但我不记得是在哪里见过了。"

4

小河听到敲门声就知道怎么回事了。她对两位警官的到来不那么惊讶，开门的时候只是扬了扬眉毛，然后就迎客人进屋。"来得挺快，怎么不打个电话？"

意外的是谈震。眼前这个小河和他印象里的小河的假小子形象差了不少，小河刚刚扬起过的眉毛是修过的，还修得特别纤细，好看。而且学生时代的小河一路以来都是短头发，甚至还理过板寸，现在则是中发，还有烫染。虽说穿着居家服饰，但那种小家碧玉的感觉非常强烈。

"是我没打吗？"谈震思路转挺快，笑呵呵反将一军。

"那我确实不希望你来打扰我，不过你现在来找我好像也挺正常。合理。我想我也有准备。"小河对谈震说完，转身去了厨房，从厨房的橱柜端出来几个茶杯，用水冲洗之后，再用纸巾仔细擦拭。看起来小河家里并不经常招待客人。一个女孩子家，看起来并不那么像个女孩子家——跟她本人的形象倒是略有出入。

"咱们？这要做什么准备？"谈震勉强笑着，"这是我同事，刘涛，涛哥。"

小河对着刘涛点头示意，然后转过来问谈震："茶叶不要准备？我不要烧点开水？"小河说完也笑了笑。气氛倒是渐渐轻松起来。

谈震跟刘涛点了点头，找了离自己最近的沙发坐下。沙发对面放着一把吉他，这当然吸引了谈震的注意。他对刘涛指了指，刘涛明白了谈震的意思。

"听说你们当时一起组过乐队啊？你俩谁技术好一点？"刘涛问道。

谈震马上说："小河，那还用说。那是大师。技术上我给小河提鞋都不配。"

刘涛接了一嘴："女吉他手，真不多见。"

"谈震，要不你弹一下？让我看看你水平有没有进步？"小河建议。

谈震站起来，摸了摸那把琴。小河应该也有一阵没弹琴了，琴弦已经有生锈的迹象。不过谈震对这件事有点兴趣。

"献丑了。"谈震说道。然后他抱起琴，试了试音。当然需要做一些微调，有几根弦肯定不准了。随后谈震来了一段 solo，《真的爱你》的间奏部分，是他最早学琴的时候老师教的。不过刚起音就坐实了献丑二字，很明显谈震的节奏出现了错误，还弹错了好几个音。

"谈震还是有两下子的。"刘涛客套地夸了一句。但是小河摇了摇头。小河不声不响，就端着两杯茶水走过来。"把琴放回去吧。我这没来过警察，亏你们没穿制服，不然小区保安得留意我了。"见刘涛和谈震一脸尴尬，小河端坐下来，正对着两位警官。她和两位警官之间还有两杯热气腾腾的茶。

"问吧，你们问，我就说。坦白从宽是不是？"

小河用了"坦白从宽"这个词，有意外的幽默感。这倒好，反而让谈震不知道从何说起了。倒是刘涛直截了当问起来："那个逃犯，你认识吗？你怎么知道他要越狱的计划？"

"不认识，是别人告诉我的。那个人也在里面。那个人说要举报别人越狱，这是他的计划。但我想我举报在前，你们如果处置得早，他就逃不出去。"

谈震听完一惊："怎么，小河你还认识在我们这里关押的人？"

小河面色比之前差了一些，但她说要全盘托出，也这样做了。"认识，可以说是我男朋友。当然这么说也不完全对。我跟他谈过恋爱。大概现在还在持续吧，他认为。"

"谁，叫什么名字？"

"名字我先不说，我的动机很简单，可以直接告诉你们。我就是不希望他在里面'立功'，被减刑，提前出来。这也是我要这么做的原因。"

"那他是如何知道有人要越狱的呢？"

"他？他鬼主意很多，可以说是个聪明人。但把聪明都用在不该用的地方。他跟我说是他花了很长时间鼓动别人越狱的，甚至给人提供了越狱路线。我不是问过你吗？你们那是不是有人越狱过。恐怕那条逃跑的线路你们还没有堵住。"

"有人会相信他？那他自己不越狱，鼓动别人越狱？"

"你们那里傻子应该挺多的，人不傻又怎么会干傻事，坐牢呢？"小河再一次扬了扬眉毛。

刘涛坐不住了，继续问："你说是你男朋友对吧？那你为什么要让你男朋友经过了精心策划，鼓动了别人越狱，还错失举报立功的机会呢？你这不是捣乱吗？"

"呵呵，捣乱？确实啊。他现在指不定多恨我呢。当然他现在也不一定知道是我坏了他的好事。你们那没收到举报的信息吧？我猜他还没来得及，总要等人翻墙出去之后再报告给你们听。我猜是这样。不能人还没出去就举报他越狱，不合理。"

"知道不合理，你还告诉谈震？"

"我说了，我就是不想让他得逞，我是阻止这件事发生。就是不能让他举报成功，立功减刑。他该一直在里面。"

"这么说来，你恨他？你恨你男朋友？哪有你这样的……"

"他可不止我一个女朋友，你说呢？该恨不恨呢？"小河反问刘涛。

"哦……是这样。"刘涛恍然大悟，"懂了。"然后刘涛看了看谈震，"小谈，你懂了吗？"

谈震紧皱眉头，这些信息对谈震来说可能太多了。

"所以是这么一回事，你男朋友在我们这，鼓动一个人越狱，给了他逃跑路线或者别的什么方案，反正提供了策划，然后等他越狱成功，他反过来一个举报，举报有人越狱，让我们去抓那个越狱的人，他因此可以立功，然后争取减刑。是这样吗？"

小河点头。

"然后你从他那里，应该是知道了这个计划。因为你恨他，所以要破坏他这个计划，告诉我？"谈震几乎一个字一个字说道。

小河再次点头。

"这么说来，你男朋友还是很信任你的啊。"

"我装得很好。跟他学的吧。他不知道我有多恨他。他不知道。"小河说完，嘴唇发紫。不知道是哪里在用劲。"如果你们一定要我再说点什么，我想说的是，他死都是活该。"

这时候刘涛和谈震显然无法接话。谈震心里还是很震惊的，在他印象里，小河不是这么一个人，能说出这么刻薄不近人情的话。尽管说男人花心是个糟糕的事，也不至于让一个女人能恨成这样。而且小河似乎还在她男朋友面前伪装着。小河看了看两位警官诧异的表情，好像要解释什么，说："我不认为一个犯了事进去坐牢的人就是十恶不赦的坏人。"

"当然，好人也会犯错。这个我们都知道。坐牢的那些劳改犯，只是犯错的人，需要改造，但我们不说他们是坏人。"谈震接道。

"但他确实是。"小河跟了一句，把前面那句补充完整。没想到是一句转折，把尴尬留给了谈震。

"喝茶，喝茶。"刘涛终于想起他们面前有几杯茶了。其实马上就要到午饭的时间了，这时候刘涛在想，是不是邀请小河出去一起吃个便饭，甚至喝点小酒——尽管女生未必会喝酒。只是弹吉他的不一定。中午不是喝酒的好时机，但初次见面喝点小酒有利于打开彼此。

"你们还没问我男朋友的名字呢。"小河大概觉得这两个警察太磨磨叽叽了。

两个男人等待着那个名字呼之欲出。

"蒋兴文。"小河说。

这个名字谈震是知道的。刘涛还以为这当中有什么陈年八卦在，就问谈震，"你认识？"

谈震点头，但好像感觉不对，于是就摇头。

"你看这时间，是不是咱们找个地方边吃边聊？"刘涛建议。

小河爽快，答应和两位警官出去吃个便饭，显然双方都还有想聊的内容。小河说他们小区楼下有一家饭店的剁椒鱼头很好吃。"鱼头好吃是好吃，就是辣不辣？"刘涛迟疑犹豫，问道。

"辣不辣，可以跟饭店提。如果你们吃不了太辣的，少放点七星椒就是了。我知道谈震能吃点辣。"小河看向谈震，谈震只好笑了笑，说："小河，你记性不错。"

"那你记得起我什么来？"小河反问。谈震尴尬到苦笑一番。

这个小区不算新，楼下的饭店关张了一批又一批，却总是有人会来接盘。也不知道开饭店有什么好玩的。"就这家店一直开着。"趁小河自顾自走在前面引路，刘涛决定这时候先和谈震对一下信息，盘一下疑问。"你同学似乎在跟我们玩一个游戏。你有这种感觉吗？"刘涛在谈震耳边轻声说。

"涛哥，玩就玩。你不玩这个游戏来这找她干什么？"谈震也轻声回复。

"你说她为什么不写匿名信，跟监狱说这个事？哪怕用公用电话，或者在网上注册一个小号，给你的QQ留个言？为什么直接就暴露自己的身份？你想过这些吗？"

"想过啊，没想明白。这不就是来问她吗？我觉得她没有不肯说。她挺愿意说这个事的。以我的了解，她就是想卖个关子。你觉得呢？"

"你到底了不了解人家？"刘涛问。

在刚进大学的时候，谈震和小河确实一度走得挺近。因为他俩本就是高中同班。这个城市小，同班同学一起考上同一所同一个专业很稀奇，何况都是哲学系，还没毕业就有一大半都要考公。但谈震和小河一度走得近主要是他们都玩乐器。中秋的迎新晚会，院里借用了学校舞厅，班里要出节目，不知道谁提议的，组个乐队上台表演。一问，谈震小河都会一点吉他。加上其他两个。人够了。当然小河的吉他水平是其中最高的，还担任主唱。那时候谈震已经注意到小河是个左撇子了。他们聊过这个话题，聊一个人的左手能干点啥。据说一个人的左手能干的事情有很多。当时小河说的是，你别惹我，我左手力气大得很，能扇死一个人。就这一句话把其他人给吓跑了。

到了饭店，小河熟练地看着菜单。白色的菜单被包裹着一层透明纸，小河抓住菜单，翻来覆去看，然后问了一声："剁椒鱼头你们今天有吗？"

"有，当然有，我们店的招牌菜，怎么能没有？"服务员得意而自信，"小姐，最上面就是。"

小河忽然抬起头，对服务员瞪出一副恶狠狠的表情，"别叫我小姐。"搞得服务员不知所措，后退了两步。这眼神谈震都觉得可怖。小河马上也意识到还有客人在，于是控制了一下。那个硕大的鱼头正对着自己的脸，这件事她也终于发现了。"灯下黑啊这是。先点这个，别太辣，少放点七星椒。"小河语气婉转起来。

"行。我跟厨师说一下就行。不过这个菜会有点久。小……姑娘……"服务生战战兢兢说。

"好饭不怕晚。"小河说，接着她又点了一批"厨师推荐"，都没顾得上咨询刘涛和谈震的口味。最后小河婉拒了刘涛的提议，不喝酒。"早就不喝酒了。酒不是好东西。"小河说，"我点可乐，你们随意。"

菜没等很久，除了鱼头。三个人像是老朋友一样，只是少了推杯换盏。推杯换盏未必就代表熟稔，反而是一种客套。

十几分钟后剁椒鱼头终于上来了，这家店果然特色，上来一个巨大的容器，还给了一个打火机。"这鱼头你们得再烧一烧。"服务员提醒他们，"需要我帮你们点火吗？""不用不用。"小河用打火机轻松点燃了鱼头。鱼嘴那边开始冒出火光。"这鱼头看是两条，其实是一条。被一刀劈开了。是两个半条，明白吗？"小河对两位新老朋友介绍道。

刘涛和谈震不是没吃过剁椒鱼头的人，就算没怎么吃，这其中浅显的道理还是懂的。接着小河欲言又止，似乎在后悔什么，也好像在做一个决定。此后有十分钟，她就一直埋头吃饭——把鱼头分开，挑着最美味的那一块——鱼鳃部位，吃起来。

刘涛经验丰富，他似乎抓到了什么马脚，于是决定去上一次厕所。

小河果然就是在等这个机会，抓住谈震的筷子，"谈警官，你跟这个涛哥熟吗？其实我是等着你来找我，但我没想到你还会带一个人来。"谈震微微一笑，说刘涛算是他在监狱的"师父"。

"一个人有一个人的好。两个人来也行，就是过程要曲折一点了。"小河说道，"但有时候情况也相反，看上去是一个人吧，其实是两个人。比如越狱那件事。你以为逃出去了一个，其实还有一个没逃出去的，他也参与了。"

鱼头还在燃烧。微弱的火焰依稀可见。

"你为什么全都知道？你有没有，比如说串通越狱什么的……"谈震问得心虚。

"我怎么可能？我都说得明明白白的了，你们自己怎么就不信呢。"小河感觉她是信任谈震的。"越狱的，叫张恩超，对吧。我说的另一个人，名字叫蒋兴文。这个人，是我男朋友，我前面提到过了。"

谈震尽管错愕，但还是点了点头。

"蒋兴文是约好了要跟他的狱友张恩超一起越狱。他本来是希望好好劳动，赚取积分，争取减刑，但那个狱友张恩超大概是卷入了一次斗殴，前功尽弃，心灰意冷。反正差不多是那样。他们一起做了一个约定，越狱。当然，是蒋兴文在骗人家。这一点你们要查一查。也许那个狱友老实交代了。如果没有，请好好查一查。"小河严肃，认真，甚至有点啰唆。她所有的期待就是谈震的信服。"知道吗？我计划还要去看看他。我想看看他计划失败之后到底有多糗……"

小河说着说着，谈震看到小河眼睛快红了。

"那你接下来到底准备怎么做？"谈震问道。

大概十分钟后刘涛才上厕所回来。小河对着谈震比了一个"别说了"的手势。她的食指因为靠嘴唇太近，沾上了一些油腻。她发现了这个情况之后在桌上找纸巾。

刘涛从小河身边经过，刚坐下就问小河："找什么呢？"

"纸巾。"小河答。

于是刘涛把靠近他的那一盒纸巾递了过去。

谈震总觉得小河还有什么要跟他说，但刘涛的回归让小河再也不说什么了。直到吃完饭，三个人都有心事似的，皮笑肉不笑地相互说了再见。

刘涛送谈震回家路上，一直在观察谈震。但谈震似乎没发现这一点。"你小子怎么了？我离开的时候你同学到底跟你说了什么？"

"没什么。"谈震说道。难道要谈震跟刘涛说小河的左手很灵活吗？

5

两天很快过去了，这意味着刘涛和谈震的短暂假期结束。他们又要"进去"上班。领导问起关于谈震为什么是第一时间按了报警器的人，谈震的说法是"恰好看到"。刘涛也没有拆穿。至少目前为止还不需要。

萍东监狱有人越狱的事并没有得到宣扬，反正逃犯没成功，那监狱就没有失败，也就没有漏洞。当然，监狱长已经跟各个中层领导开了好几次会了。据说大领导怒拍桌子，前几年已经有了越狱的案例，如果这次还有越狱，那不是要被抓典型，大领导的帽子都不一定能保住。

刘涛经过谈震办公室的时候照例要进去坐一坐。他俩已经有了一个接近秘密的事，可以用来交流。但刘涛似乎已经撬不开谈震的嘴了。谈震心里有了刘涛不知道的东西。刘涛自认为有耐心也有技巧，他就在答案的周围进行试探。

"你可不能乱来。"刘涛警告谈震。然后用力观察谈震的所有反应。"啥叫乱来啊？"谈震没好气，终于顶了一嘴。

谈震并不是想乱来，他现在只是还吃不准，只是心里隐隐有些乱。

忽然有几个同事在外面慌忙跑步，吸引了两人的注意。"发生什么事了？"刘涛抓住其中一个同事问。

"宾馆那边出事了。有人死了。现在要去现场啊。"那人说完就匆匆往电梯口赶去。

谈震和刘涛也跟了上去。"谁死了？"刘涛问。

"一个犯人，好像还有一个女人。两个人都死了。"

电梯关闭。

"亲情宾馆"四个大字就写在大楼门口，金色的，一种奇怪的字体。也不知道出自哪位大人物的手笔。谈震已经从队伍的最后面跑到队伍当中。他有强烈的预感，不好的预感，他心里的那团乱麻也支棱起来了。

医务人员已经提前到场，他们抬起男人的身体，往外搬走。虽然盖着一层白布，但是男人胸口和裆部的血迹透过了白布。接着又抬起女人的身体。这就让谈震看到了那个女人的脸，一张苍白的脸，一双纤细的眉毛。是小河。是小河。谈震相信自己的眼睛，但不愿意相信眼前的事实。"还能救吗？"谈震忽然奋力跑上前，抓住那个医生问道。但医生没有回答他的问题，只是把两个还不知死活的人匆匆抬走。

边上的人说起这件事，早上有个巡查警路过走廊，发现一间房间的门口流淌出来一片呈浅红色的液体。液体还冒着一些水蒸气。迅速敲门，喊话，都无人响应。房间肯定是被反锁住了，巡查警果断撞开了门。原来是浴缸的水开始漫出来，汩汩流淌的水夹杂着一些红色。是热水。因此整个卫生间雾气腾腾。

刘涛也大惊失色，对谈震说："你同学不是觉得她男朋友是人渣吗？怎么还会来这里还跟他过夜？"

谈震只是呆呆站在原地，脑海中仿佛只有小河曾经对他说过的话：

那一年谈震和小河他们临时组建的乐队在舞台上表演完毕，表演歌曲是《回到拉萨》。

"谈震，你刚刚给错了好几个和弦。"

谈震不好意思地笑了，说："我一直都是三脚猫功夫，你也知道。技术当然不如你。"

"现在一切都回不去了。"小河说。

谈震努力回忆小河说这句话是什么意思。这莫名其妙的台词让谈震紧锁眉头，又脑袋空白。

两个小时过后，医务科那边传来消息：犯人没有救活，那女的救活了。也不能说救活了，目前还处于昏迷状态。对于事情的性质，现在还有两种说法。一个说是双方殉情。另一个则听起来可怕一些，那个女人杀掉了犯人。

刘涛陪着谈震，但谈震一直两眼呆滞。刘涛一时不知道怎么安慰，或者开解。

"我要去做证。"谈震忽然自告奋勇说道。

"你去做什么证？你又不在现场。"

"这是殉情。"谈震仿佛在自言自语。

"什么？你这不是胡闹吗？你明明知道你同学恨那个犯人，怎么可能去殉情？这应该是谋杀，然后自杀，别人不知道，你还不知道吗？你昏头了吗？"

"你了解小河还是我了解小河？"谈震咆哮着，一头猛兽蓄势待发，但马上被刘涛按了下去。谈震从来没有用这个态度对他的涛哥过。"你不能失去理智。哪怕你当年喜欢过人家也不能这样。"

谈震浑身颤抖着，眼睛瞪着刘涛，做出一番要冲出办公室的姿态，但是刘涛一把狠狠拉住了他。谈震一个转身继续怒吼："你别拦着我。要做王八蛋吗？

你要做王八蛋吗？"

忽然一拳，刘涛打在谈震的脑门上。谈震整个人瘫软下来。

第二章

1

2003 年秋

这是张恩超进来的第一天，他对这里面的一切多少有些好奇，但也像学生时代的暑假结束，失去了自由的时光，心情多少也沮丧。他需要在这里待满五年，如果不减刑的话。母亲为他准备的衣服裤子被拦在外面，什么都不让带进来。天这么冷，自己多带的几件衣服也被收了，他没想到连这都不行。新犯人只能是净身进来，外加一张判决书。判决书上写着他的名字，身份证号码，罪名，以及刑期。张恩超以前算喜欢看书，但判决书是他最近读得最多的唯一的一本书。

不过另外有一些状况也出乎张恩超意料，他上楼的时候看见有犯人在楼道口抽烟。与其说是看见的，不如说是闻到的。至少是先闻到了味道才让他搜索到了对象。那就是可以抽烟。他心想，这让他舒了一口气。之前他最担心要在这里被动戒烟——香烟是他最后一根救命稻草，他坚持这么认为。之前他曾像是做游戏一般尝试过戒烟，很痛苦，他认为他做不到。别的也许行，这个真不行。

带他进来的狱警名叫谈震，年纪比他小，面相也不凶，所以他们还聊过几句。谈震问他是怎么进来的。张恩超心想，原来也并不是所有人知道他是怎么进来的。"打架。"他回答说。

"光打架怎么可能进来？致人重伤？"

"差不多吧。"张恩超回答。他已经接受了这个事实。他喜欢这个事实。他没有进行赔偿，也没有争取对方及其家属谅解。他愿意坐牢。

"失误？下手重了？"

"在酒吧喝多了。喝醉了。其实我不记得。但他们这么说。"

"酒吧现场没有监控吗？"

"没有监控，我认了。"在张恩超心里，在他曾经模糊一片的记忆里，他没有这么做。他只记得当时自己很累，而且很生气。但是伤者的周围只有他一个人。他是唯一可以做到把对方打倒在地的人。

"好吧，时间长着，咱们有空慢慢聊。"谈震笑了笑，这时候他已经把张恩超带到了他的囚房。

房间门口写着 202。房间不大，上下的床铺一共 8 张。最里面那张下铺空着，应该就是张恩超的了。谈震打开房门，张恩超缓缓走了进去。"上铺满了，只有下铺。你运气不错。"

在囚房里，下铺是更受欢迎的。谈震了解。谈震来这里工作的第一年，他对犯人还有一些好奇，每一个他都好奇，能有机会说上话就会问几句。有口无心，有时候问过了也就忘了。这是一个跟外面不一样的世界，在别人看来。对谈震来说这个世界跟外面差别并不大。他看到张恩超找到了自己的地盘，放下心来，把门锁上，转身离开。"你的室友在劳动，估计半小时之后他们就回来了。准备一下自我介绍，他们会是你之后生活里重要的部分。"谈震对着空荡荡的走廊说道。

张恩超看着那张窄小的单人床，想象着室友回来之后，这屋子里挤满了人的样子，叹了一口气。接受现实吧，这是命，这是他自己选择的道路。他一次又一次这么劝自己。好在窗户还挺大，整个房间也并没自己想象中逼仄。

一阵铃声响起，声音穿过牢房的幽深走廊，像鲟鱼来到了海洋。张恩超在迷糊中惊醒，太累了，以至于他一着床就睡过去。他在梦里正在考试，被一道数学题难住了。所以这铃声是下课还是上课呢？他揉搓了自己的眼睛，最近他都没怎么睡过整觉，这一打盹还把自己眼皮给打肿了，它们需要按摩。不多久陆陆续续有脚步声传来，起码得有四五个人的样子。

带头的还是谈震，他打开了房门。"有新生。昨天老刘不是走了嘛，他顶替老刘，算在你的小组。"他转身对人群说，又似乎是主要对人群中那个离他最近的人说的。

"好的，长官，有什么吩咐吗？"领头的人问谈震。这个问题包含的意思是，这个新生有没有特别之处，是不是需要照顾。他作为这间房间的室长，进来一年多，几乎是跟谈震同一时间进来的，关系也最熟，熟到可以经常拿"长官"打趣。

"没有。看缘分，你们自己慢慢处。"谈震轻松地说。

"啥叫'看缘分'啊，大哥，你这话说得我不知道该咋整了。"那人面露难色，他是东北人，更习惯叫人"大哥"，只有他认为需要打趣的时候才会喊谈震"长官"。

谈震没有回复，等众人都进了屋子，他把门锁上，缓步离开。

见谈震走远，带头大哥走到张恩超面前。张恩超出于礼貌也站起身。

"欢迎加入202大家庭，他们安排我当寝室长。我也是你的组长，你被安排在我这个小组。我姓王。大家看得起我，喊我一声王哥。兄弟怎么称呼？"王哥向张恩超伸出右手，他期待对方跟他握一握手。

张恩超当然接受，他起身，也伸出双手，两个手掌合为一体的时候，张恩超感觉对方手掌很大，还使着劲，这让他的右手隐隐作痛。"张恩超。弓长张，周恩来的恩，邓颖超的超。叫我小张就行。"

"那不行，你这年纪得喊一声老张。"王哥说完随后让身边几个都一一给新生介绍。

"陈泰白。"陈泰白和张恩超挥了挥手。

"叫我阿正就行。"周正与张恩超对视了一眼，在那边补充。

气氛挺不错，至少在张恩超看来。哪怕没有一种到家的感觉，至少也不特别尴尬或者紧张。他原本最担心被安排到一个狼窝虎穴，大金链子大金牙，花臂文身啥的，好在这些都没有。看上去都是普通人，只不过清一色被剃光了头。他甚至觉得这些人跟他的同学也没啥区别，除了年纪参差一点。这时候王哥又嘻嘻哈哈强调："202是一个和谐团结的集体。要喜欢我们哟。"张恩超露出友善的笑容。

"兄弟，咋进来的？"王哥问到这个常规问题。这个背景调查是必须的，虽然都是"进来"，不同的原因会让同样进去的人获得完全不同的待遇。强奸猥亵妇女尤其是幼女的，一般都不敢坦诚说，只会熬到被别人点穿的那一天。

"打架。"张恩超抿了抿嘴，但他这回不打算绕弯子了，"致人重伤。"

"哈哈，敞亮。"一旁的一位老兄给张恩超竖起拇指。等张恩超又坐下，王哥一跃而上。他就是睡在张恩超上铺的兄弟。

又一阵脚步声进来，四个人。这次房间里的人终于填满了。张恩超抬头问王哥："怎么他们跟你们不一起进来？"

"兄弟，咱们虽然是一个寝室，但这里其实有两个小组。我们不在一起劳动，他们那一组最近在做鞋子。"

"那我们小组是做什么？"

"我们小组是做衣服的。"

"哦，裁缝。"张恩超若有所思，然后又问王哥，"听说过吗？邋遢泥水臭漆匠，乌龟裁缝贼木匠。"

"你骂我们是乌龟？"王哥忽然大声起来，冲着其他床喊去，"兄弟们，这小子骂我们是乌龟。"

"没有，没有，我是乌龟。"张恩超无奈笑笑，打哈哈。

"具体地说，我们最近在做毛巾。"一旁的周正补充了一句。仿佛做毛巾距离裁缝这个职业更远一些。

2

　　早上六点半，监狱的 morning call（叫醒服务）很刺耳，像充满激情的公鸡打鸣，几乎可以叫醒这栋楼里所有沉睡中的生物。众人洗漱完毕，谈震刚好来到房门口清点人数。当然不至于有错，202 一共 8 人，实到 8 人。然后是早餐时间，张恩超跟着一列部队下楼。上百个穿着囚服的人低着脑袋啃着包子。他一直跟着王哥，哪儿哪儿都跟着，拿餐具，接包子，找座位。他不跟着王哥，王哥也会拽着他，牢房的规定，四个人一个小组，人员不能落单，去哪儿都必须是小组全员一起。至少四个人一起。老刘昨天出狱，张恩超于是必须被安排在王哥的小组里。这个小组里除了他俩就还有陈泰白和周正。陈泰白是西安人，喜欢坐公交，坐公交他就是去上班了。小偷小摸了好几年，每次都几百几千，最多加个手机，一次看上了一位老太太的项链，结果下手不稳，就折在老太太哭天喊地的吵闹中。一审下来，陈泰白把之前的也招了。每次确实不多，累计金额却不少，判了三年，算是偷窃罪量刑上限——量刑的时候考虑到老太太后来心脏病发，去世了。法官以这个因素增加了刑期，没有人表示奇怪。周正是出租车司机，一次在路上跟人起了冲突，把对方打瘸了。没得到对方谅解。下手够狠，没法谅解。五年。

　　穿过几栋建筑，来到工厂。张恩超做梦也想不到自己有一天要学裁缝。倒不是看不上这个工种，就是完全没想过。一天学下来，张恩超上手不慢。王哥跟他说的，你要是手快，工作积极，也能拿到积分。"拿到积分干吗？"他问。"傻子啊，积分多了你就可以申请减刑。大家都想早点出去，谁愿意待在这里。你看泰白，手多快。泰白在这里待不满，估计两年都能出去了。"王哥说。张恩超就是这时候知道泰白是怎么进来的。

　　晚上六点铃声一响，大家就收工了。吃了晚饭回到房间，张恩超学谈震数了数人头，发现泰白不见人影。“泰白去哪儿了？”他问王哥。“泰白媳妇来啦。今晚他都不回来。住‘亲情宾馆’。”

“啥？”

“亲亲，”王哥噘起嘴巴，做出亲嘴的姿势，“亲亲宾馆，但他们叫‘亲情宾馆’。”

“啥是‘亲情宾馆’？”

“哎，你这家伙怎么这么木呢？这还不懂。咱们监狱有一栋楼，跟宾馆一样，招待所吧，犯人老婆可以过来开一个房间住一晚。这么说你懂了吧，费劲。”

“还有这等好事？”张恩超眼前一亮。

“那你不得有老婆吗？进来了以后老婆跑了的太多了。能来看你，陪你坐一天牢，不多。你有吗？”王哥试探着张恩超，企图从他这里了解一些八卦。

“我没老婆。”张恩超没有实话实说。时至今日张恩超有没有老婆，其实完全取决于他自己。

除了像个蓝领工人那般固定、沉默、认真地劳动，“下班”之后张恩超就和小组成员一起吃晚饭，然后他就溜到图书馆。说是图书馆其实更像阅览室，但麻雀虽小，里面书还挺多的。《曾国藩家书》，张恩超之前一直就挺想看的，这次终于在这里看完了。还有一本《康有为对帝制的维护》，他怀疑是盗版或者影印本，书页的颜色和味道都不太一样，书名确实没听说过，但张恩超读下来也很有收获。前几天翻到一本弗洛依德的书，讲性的。只是翻了翻，张恩超不敢看。怕睹物思情。他想过让他的女人进来陪他，他知道她肯定愿意，但他过不了自己心里那一关。

一切都已经有了惯性，中东那些富得流油的贵族适应了奢靡的生活，张恩超也几乎适应了这里清汤寡水的一切——劳动，吃饭，看书，睡觉。最熟悉的是这间空空荡荡三十平方米的房子，四四方方，住八个人，卫生间却只有一个。要说张恩超在这里最讨厌的人可能是陈泰白，因为陈泰白一天要用三次卫生间，完全不知道他在里面到底是干什么——好几次张恩超闹肚子的时候锤门大骂陈泰白就是个"米田共"。

但张恩超依然觉得这一切都可以接受。冬天，张恩超喜欢冬天。老鹰乐队有一首歌这么写道：

Don't your feet get cold in the winter time？（冬天你的脚不冷吗？）

The sky won't snow and the sun won't shine。（天不下雪，太阳不会出来。）

It's hard to tell the night time from the day。（区分白天与夜晚很困难。）

……

老鹰乐队是张恩超最喜欢的乐队，他能哼唱几乎所有他们出名的歌曲。最近这首歌就更应景一些，于是张恩超就每天找机会哼几遍。《亡命之徒》的曲调很悠扬，多少也能治愈张恩超自己。

3

2004 年春

蒋兴文不知道自己是被哪个王八蛋出卖的。他的生意做了好几年了，客户也都是老客户，女孩不是他自己带的，理论上那些女孩不认识他。

他的有营酒吧，面上是一个清吧，平时生意也寡淡。除了周末稍稍好一点——周末有球赛。正经生意那都需要周末做。如果有世界杯欧洲杯这样的大比赛日，酒吧生意能更好一些。但所有的"正经生意"都是蒋兴文的"副业"，只有他的"主业"才能真正提供让他花天酒地的收入——最终送他来萍东监狱的也是他的"主业"：组织卖淫嫖娼，五年。

谈震领着蒋兴文找到了属于自己的"囚笼"。他踩着吊儿郎当的步伐，问谈警官："领导，安排个好位置，上铺行不行？"

"都已经安排好了，没得挑。"谈震厉声说道。心里却笑，居然有人要上铺。

"哎哟，警官不要那么凶。我那几个室友不知道怎么样？"

"待会儿不就知道了。"谈震轻蔑一笑。

之前202的周正因为跟人打架，被转到了别的监狱。据说那边的人都凶神恶煞，所以这对周正来说是个惩戒。于是202空出了一张床铺。新的主人今天驾到。王哥照例上前热情招呼。"大兄弟，我是寝室长，也是你的小组长。叫我王哥就行。"

蒋兴文知道江湖规矩，也知道如何说开门话："您是大哥，多照顾。"他抱拳行礼，还很周到。王哥自然笑纳，一转身把周围的人招呼过来。走路外八字，这是社会习惯，王哥看这个蒋兴文应该是个人物，于是也是"以礼相待"。

蒋兴文扫视一圈，忽然心里一惊。

这是蒋兴文第二次看到张恩超——第一次看到他的时候，张恩超已经像一头发了疯的野兽。他远远站在后台不敢上前。"是个疯子。"他的员工跟他说，然后就报了警，"那人大概酒喝多了，搞事情。""让客人和警察处理，我们不参与。"蒋兴文当时跟员工说道。他不想跟警察打交道。警察来了之后，按照一般寻衅滋事处理完毕。张恩超醒过来之后，什么都没说。什么都认了。事情就此结束，蒋兴文也松了一口气——再次见到张恩超，颇为有缘，蒋兴文马上就回忆起这些往事。张恩超圆头圆脸，嘴角一颗大痣，发型无论怎么变化也好认。

张恩超其实也能记起来，他对蒋兴文这张脸印象太深了。他只是觉得这一切似乎有点太巧了。是命运的作弄吧。正当他犹疑之际，蒋兴文已经走上前跟他打招呼。"大哥怎么称呼？"

"不是大哥，是小弟。叫我小张就行，大家都这么叫我。"

蒋兴文没问下去了，他开始和其他室友寒暄，自我介绍，以及认识对方。

五分钟后张恩超已经躺回到床铺上，两只手枕着自己的后脑勺。一开始他也是惆怅的，思前想后，觉得这就是老天作弄自己。很快他说服了自己。"不错。就当是命运安排的。不错。"他心想。

4

蒋兴文很快就熟悉了这里的一切。

监狱一周只能打一个电话，第一周电话的份额蒋兴文却没给自己家里人。很快了解到亲情宾馆的流程之后，蒋兴文知道自己该怎么做。

女人在电话那头说："那你是要我过来陪你住一晚？"

"嘿，你不愿意吗？"蒋兴文这语气完全不像是在求一个女人交欢。

"我又不是你老婆，监狱里不看结婚证就放女人进来？"

"进来了就是老婆。"蒋兴文笑嘻嘻地说。

"你这人怎么这么搞笑？你怎么想的？"

"我组长说了，管得不严，只要女人肯来当老婆，那就是老婆。你就说你来不来吧。"蒋兴文好像耐心很一般。

女人没有马上答应，说要考虑考虑——这让蒋兴文觉得搞笑的不是他自己。这个女人是他比较中意的，进来前约个会见个面就算不要求爷爷告奶奶，也不太容易。好看的女人都有点架子。正常。没想到——尽管只是"考虑考虑"，至少代表是个希望。蒋兴文还以为女人会端一下装一下，没想到。女人也确实说过喜欢蒋兴文吊儿郎当样，蒋兴文也喜欢她——当然，他喜欢的多了。

自从知道了监狱里还有亲情宾馆，蒋兴文笑得比进来前还频繁。他以为失去的东西，有些又还了回来，简直不可思议，天上掉下来的巨大巨大的馅饼。带着希望吃饭，微笑着睡觉。知道泰白是每个月必会去一次，他问了泰白很多问题，其中一个是，亲情宾馆的床软不软？

"屁，硬死了。比我鸡巴都硬。"

泰白肯定是在吹牛，蒋兴文非常了解，他的客人几乎都这个德性。但蒋兴文不关心吹牛的内容。他等待着那个女人。

到了周末蒋兴文妈妈给儿子打电话的时候，娘俩似乎都有点不高兴。"我都帮你打听过了，你放心，儿子，我帮你安排了。"可怜天下老母亲，知道儿子在里面最缺的是什么。"安排啥了？"蒋兴文需要知道真相，但真只是随口一问。"我会帮你送女人来。儿子，你省点心。"老母亲犹豫不多久，直截了当说明白了。这让蒋兴文一听，差点扑哧一声笑了出来。"妈，不用，真不用。我自己有办法。你还不知道我？"

"你人都在里面了能有啥办法？傻孩子，你乖乖在里面改造，争取减刑的所有办法我都帮你想好了。早点出来，妈心疼你。"

"妈，千万别，千万别。你可别给我找外面那些个下三烂的。你儿子我可挑着呢。"

女人很讲义气，她没有放弃蒋兴文，且说到做到，还不拖泥带水，考虑问题只花了一周时间。她准时出现在监狱门口，挺新鲜，她也这么觉得，也不是谁都有这样的机会，兴许还挺刺激的。

手续并不复杂，她跟人进了房间，然后就是等待。这监狱的亲情宾馆跟外面的没啥差别，大小差不多，家具家电也没啥两样，唯一提醒你这不是在外面风流快活的是窗口有防盗栅栏——这栅栏铁定不是为了防盗用的。

到了后蒋兴文还假装很礼貌，他敲了敲房门，等女人说了"请进"他才把门推开。这两个人有几个月没见面了，互相打量了五秒钟。"怎么样？"女人没有坚持下去，率先笑了出来。

"什么怎么样？"蒋兴文也一脸笑嘻嘻得意的样子。

"这里面怎么样啊？我看你也没瘦。感觉脸还变大了呢。"

"大头文，大头文，也不是白叫的，我本来头就大，再说，这剃了光头谁脸不大呢？"蒋兴文说。进来剃头之前蒋兴文其实也是板寸，他以前都是三毫米六毫米给自己推头的，以至于女人都不觉得剃了光头这算一件事。见女人坐在床边，蒋兴文也不客气了，挨着她坐下。伸手想去搂对方，但一时半会儿还紧张着。"操。"蒋兴文骂了一句，"我怎么变成中学生了？"倒还是女人大方，把那只手搭到自己肩膀上："阿文，你说我来这里是不是有点……犯贱？"说完女人还忍不住又笑了。

"不，是发骚。"蒋兴文随即两只手都开始发力，正面强攻，把女人推倒在床。

像是得到了奖励，蒋兴文跟其他犯人一样决心"重新做人"，积极劳动，好好改造。他问了王哥再问泰白，小组里的人所知道的拿积分的点他都清楚了之后，学无止境，他找到机会就问谈震。"长官，还有啥办法可以赚积分减刑的？"他很懊恼进来之前没人跟他说过这些，搞得他还得现场学习。

狱警碰到这样的犯人多了，即使是谈震。每个犯人在度过了开头一两个礼拜的适应期之后，情绪会稳定下来，态度会积极起来，很多犯人会积极在里面劳动，赚积分，争取减刑，早日回归自由社会。他认为很多犯人本身并不坏，只是阴差阳错犯了事，情有可原酿恶果——但不是所有人。有些人从出生起基因就带着罪恶。就像一种叫作杜鹃的鸟，天生的坏蛋。他们当然不认为自己待在监狱里是理所应当的，尽管遭受惩戒是必须的，这符合法律。

"但行好事，莫问前程。"谈震用出一句明朝的话回答了蒋兴文，正好他最近看到了这话的出处——"计划赶不上变化，对未来规划得再好，不踏踏实实做好应该做的事情，都是没有意义的。"——以及这话的现代含义。

王哥当然是最早跟蒋兴文熟络起来的，"我就是见了鬼，鬼上身。遇上王八蛋，又没沉住气。"他过失杀人是因为一次开车被人别了。好好走着自己的道，转弯的没让他直行，硬塞进来，他没让。他可以让，但熟悉交规的他认为不让也能理直气壮。随后对方那辆车跟在他后面又按喇叭又闪车大灯，足足有个五分钟。这也就算了，虽然已经让东北人老王肾上腺素飙升。好家伙，下一个路口，身后那车飞快绕到了他身前，且就在绿灯闪烁的时候紧急刹车。王哥差点就追了尾。

"后来呢？"

"我就在车里骂骂咧咧起来，也没开窗，他压根就不可能听见我骂他。反倒是他下了车跑到我车边上，让我开窗。开就开呗，我确实没忍住。"铃声响起打断了王哥的追忆，"不说了，被长官发现要骂人。明晚咱们继续说。"

"嘿，明晚我'老婆'来，明晚说不着。"蒋兴文得意地说。王哥一时没回应，蒋兴文还以为他睡了，往床沿那边探出半个脑袋。倒是没看见老王，发现了对面的张恩超。微弱的光线还有，蒋兴文居然能看出张恩超睁着的一只眼睛。这把蒋兴文吓了一跳。但他突然眼珠子一转，想到了什么似的。

"那祝你明天玩得开心。"张恩超冷冷地在那边说道。

"哥，你没睡啊，要不咱们唠嗑两句？"

"可以啊。"张恩超答应道。

"来，你过来，咱们别吵着王哥睡觉。"蒋兴文提议。

张恩超果然腾挪了一下，很快挨着蒋兴文。

"哥，我还没问过你呢，你怎么进来的？"蒋兴文开始试图"了解"对方。

"打架，把人打重伤了。但我不太记得了。"张恩超说。

这一切都在蒋兴文的预料之中，但他还是要追问几句。"说说呗，你怎么就把人弄伤了，自己还不记得呢？具体说说。听上去你像是会武功一样。"

随后张恩超带着蒋兴文在阳台尽头抽烟，但烟是蒋兴文的。这是第一次需要张恩超"具体说说"他的犯事经过。张思超看着远处的电视机说："大前年，是韩国日本一起办的世界杯，决赛是巴西队打德国队。我是巴西队球迷。比赛最后二十分钟几乎已经没有希望了，我不停喝酒，一杯接一杯，很快就把自己喝晕了。其实我没听到代表比赛结束的裁判鸣哨。等我醒来的时候，包厢里围着一群人，好几个是警察。他们把我拷走了。"

"所以你不记得你弄伤人的经过？"

"那时候我就是喝迷糊了啊，很多人证，但我也不确定就是我干的。他们说我用一个啤酒瓶砸在对方脑袋上——我不记得了——他们还说我用啤酒瓶捅了对方胸口……我也不记得，只是警察检验了啤酒瓶上的指纹，说是我的。那我也不能说什么了。认了。那些人证都是酒吧的工作人员。"

"行，我大致明白了。态度不错。"蒋兴文说，他沉默了一会儿，看了看张恩超丧气的脸。

"算是命。我认命。"张恩超说，"老蒋，你认命吗？"

"我？我当然不认命。命运，我可以自己掌控啊。"

"那你怎么就进来了？自己掌控了命运？"张恩超露出一副嘲讽的表情。真正掌控命运的，张恩超认为是自己。

"我也不知道我被谁出卖了。等老子出去，查清楚了要好好弄弄他。老张，你是不是酒量不行啊？听说有些人喝了酒就会发酒疯，吵架，打人。"

张恩超点了点头，说："那我跟你讲个故事。在东北的故事。你知道东北人嘛，爱喝酒，爱闹事。有一次在我家对面的酒吧，一个酒鬼把尿尿在厕所门口，酒吧老板就生气了，训了他。酒鬼就发酒疯，骑在老板头上一个劲地锤老板。那老板也不是省油的灯，不然能开酒吧吗？他几个兄弟闻讯赶来，三下两下就把那个酒鬼放倒了。"

"酒鬼一个人？"

"不，酒鬼还有俩朋友在场，算是孬种，根本就没帮忙。这种朋友不要也罢。"

"见死不救？"

"嗯，反正没帮忙。酒吧老板和他朋友把那个酒鬼拎到了马路上，按在地上使劲揍。那酒鬼哭天喊娘的，也没停手。我都有些看不下去，不过……最后是一个路过的老外，他骑着自行车，从自行车上跳下来，用身体护住了酒鬼，意思是别打了。"

"是个好故事。"蒋兴文感慨道，"我拉皮条进来的你知道不？但我其实也是开酒吧的。拉皮条总不能放明面上。但那个钱来得快，对吧。来得快就得干啊。不是我干，就是别人干。那为啥不能是我干呢？"蒋兴文说这些的时候一直看着张恩超的表情，他似乎是要从对方的表情上找出蛛丝马迹。但没有。

"老蒋，你好好劳动，上个月泰白那家伙又拿到了满积分。能早点出去咱们就都早点出去，早半年三个月都是好的。"张恩超说道，但说得连自己都不信。他觉得这里的一切都挺好的，他不想出去。但他需要对蒋兴文说这些。

果然蒋兴文听了心里还涌出一阵暖意，张恩超说的都对，不仅对，还带有宽慰，希望，以及信任。只是哪里不对劲呢。蒋兴文觉得这一切不对劲。"你这么想早点出去吗？"蒋兴文问张恩超。

"咋了，你难道不想？"张恩超装作被问迷糊了，他思考片刻，然后继续说，"其实有一阵，我都不太想出去了。"

"你要笑死我了。你坐牢坐出味道来了？"

"天天想出去也没用，出不去。"张恩超说，并时时刻刻观察着蒋兴文的表情变化。

这时候蒋兴文露出一副嘻嘻哈哈的样子。蒋兴文还在继续笑，只不过这回笑到了心里去。计划已经在路上了。他把烟头掐了，手指弯成弓，将刚熄灭的烟头弹射到远处，正好进了一个洞。老王这时候闷着脸从他俩身前走过，他们对他扬了扬手，不过没有得到回应。

"王哥起夜呢吧。"蒋兴文对张恩超说，"哥，我认你做个兄弟，怎么样。"

"好啊。"张恩超高兴地说，并也给出了一个手掌。两人的手握在了一起。

但蒋兴文似乎感受到了轻微的疼痛感。"卧槽，张哥，你手掌挺有力气啊。"他笑嘻嘻地说。

"男人的手，难道不该有力气？"张恩超也笑着，反问道。

"也是。我有个女朋友也是，她是个左撇子，左手特别有力气。你懂不？她的左手特别棒。她会弹吉他，所以是……又灵活又有力气……"蒋兴文在表达的时候故意做了一些停顿，说完狡黠地笑着，期待张恩超能听懂他的意思。

张恩超听懂了，不过他不打算接这个茬。

"可惜明天来陪我的不是她。"蒋兴文还叹了口气，似乎遗憾着什么。

这时候张恩超的脸色就没那么好了。好在蒋兴文正沉浸在对一双手的追忆之中没发现。

5

张恩超在这个亲访日依然拒绝了他女人的探访。这是他入狱后第七还是第八次拒绝对方的探视，当然这是他女人提出的第七还是第八次要求。他或许只是想告诉对方一件事，或者表达自己的一个态度。

张恩超在这里待了有一年多了。最开始的半个月是最难熬的，很多人会去监狱特别为新囚犯准备的心理诊疗室。但张恩超没有。他听说监狱里的医生名堂很多，他们教犯人唱歌，也教犯人祷告。有一次一个室友从那里回来后带来了学习成果，一首歌，歌名很直白就叫《铁窗泪》。说来也怪，很多有心理问题的犯人唱了这首歌之后，抑郁的心情多少都得到了改善。

"铁门啊铁窗啊铁锁链，手扶着铁窗望外边，外边的生活是多么美好啊，何日重返我的家园，何日能重返我的家园，条条锁链锁住我……"

张恩超从来都不需要这些。他适应很快。何况给他安慰的曲目早就从曲库中提了出来，《亡命之徒》无论是旋律还是歌词都比《铁窗泪》好太多。他不能想起另外一首歌。

和很多犯人一样一开始张恩超通过辛勤的劳动逐渐走向"正轨"，别人赚积分以期待早日回归社会，张恩超倒是不追求这个，懒散的样子有目共睹。原本因着个高和沉稳的性格，监狱方还打算安排他做寝室长——但很明显王哥更滑头，更愿意每个月去跟长官们开交流会。张恩超从不揭发室友抽烟和赌博的毛病——这些毛病无伤大雅，至少在监狱里——王哥做得更好，他还能组织这一类活动。监狱里跟外面一样要求和谐，打架是禁区，是雷池。不打架不闹事，不打架就相安无事。

寝室里也总是人来人往。送走老刘，又送走周正。周正转出去之后没多久，蒋兴文又来了。旁人都发现蒋兴文这个人说话有意思，能处，就总拉着他说话。

仿佛是气场相吸引，蒋兴文和王哥也有如见故友的感觉。让人意外的是，蒋兴文和张恩超才真正结成了"联盟"，共图大事。那一阵他们俩走得近，王哥抓抓脑袋不明白。一个季节过去，事情早就发生了变化。

而真正的变化是张恩超突然跟那人打架的原因，是谁也没想明白的。他们在食堂就干了起来，围观者自然众多。还没决出胜负，四五位长官就拿着警棍包围了闹事者。张恩超一把推开对方，对方也不太情愿地松开了张恩超的衣领子。"你他×就是一个王八蛋。你给我等着。"那人凶神恶煞般的眼神盯着张恩超，对他愤怒地喊着。张恩超只是笑，除此之外几乎不动声色。

结果自然是被双双扣分，且很可能延长刑期，具体处罚决定还没出来。不管怎么说，在场的所有朋友都知道双方勤勤恳恳踩缝纫机的所有努力已经化为乌有。

"他俩为啥打架啊？"蒋兴文不明白，非常非常不明白，每一次教育课长官们都会强调纪律。在里面打架是最不被允许的，简直是明文规定。王哥也不明就里。"不知道。老张下手狠，把人家的牙都打崩了。据说是提着对方的脑门往楼梯上磕。真看不出来老张这人，挺有劲。"

"之前不是好好的吗？"

"不知道。昨晚还一起嗑瓜子呢。你跟他熟啊你应该知道。"

那天晚上张恩超被押送回到 202，大家都装着什么都没发生，只是气氛确实与以往不一般。关灯休息，张恩超偷偷望向蒋兴文的方向，默默地，无声地，那一行断断续续的仇恨，如果不是夜色，张恩超的心事一定就暴露了。随后张恩超翻了一个身。他不想继续看了。

一场突如其来的斗殴事件让蒋兴文准备提前行动。张恩超会跟那个刺头正面冲突干架，蒋兴文觉得不可思议。他本来的目标就是张恩超，他选择张恩超这个白羊座，是个炸弹，是个愚笨的炸弹。这个星座的人，据说，据那些女人说，冲动，浑身冒傻气。那就说对了。星座这个东西真新鲜。

"我真的想早点出去。我觉得有一定可能。"蒋兴文一边画着什么一边对张恩超说，这也是试探。第一次听完这句话张恩超心中就猛然一惊，表面却只是皱了皱眉，他脑子里面那时候还有很多疑问。然后两人一阵沉默。

对于蒋兴文这个思想动态，张恩超甚至有足够的动机和理由去告发，但毫无意义。他不打算这么做。他也考虑过把蒋兴文按在这里揍一顿解恨——他虽然没有把握能打赢，但是至少可以让蒋兴文吃不了兜着走，一起沉陷下去。最后他却选了另外一个无辜的人一起沉陷。

每月一次的"亲情宾馆"日已经成了蒋兴文的节日，甚至在之前几天还能搞失眠。他真觉得到了里面有些心态不一样。他不该是这种人。在外面他天天有女人，想要几个就有几个。在里面，一想到女人居然就能让他高兴。甚至有点嘚瑟。即便他控制自己把精力都放到白天的劳动上，以及某个还在路上的计划——到了夜晚有时候也难免心血来潮。

他的女人也没有缺席任何一次节日。

"你'大姨妈'倒是挺准时的。"蒋兴文已经累趴下了，转头看着女人。女人也恰好看着他。

"咋说起这个来？"

"我就没遇上过你'大姨妈'。是她故意躲着我吗？"

女人笑了："咋了？还不高兴了？你不是跟我保证了的吗？人家少食多餐，咱们少餐多食？这不是你的口号吗？"饱汉不知饿汉饥，有这一说。但每次都吃撑了的蒋兴文解释道："口号可以变吗？咱们得根据事情发展随时修订工作计划。"女人得意一笑，心想总算是拿住这男人了。"文哥，你最近有没有赚到积分？真要等你五年啊？"女人依偎在蒋兴文怀里。经过了几个月的固定约会，他们的感情确实有所上升。女人甚至觉得自己上位有望，有那种正主的心态了，希望她男人早点出来，给她个名分。

这不是一场游戏，坐牢是严肃的事情，积极劳动换积分兑换减刑也是经过了长期的司法实践的，确认对犯人对社会都有裨益。

"被判处管制、拘役、有期徒刑的，在执行期间，如果认真地遵守监规，坚守教育改造，确有悔改表现的，可以减刑。"蒋兴文翻开桌上的监狱手册，又说，"但也不能给我五个积分就减刑五年，没这么容易。"他叹了一口气，希望在那里，但不是满汉全席。"不过……"蒋兴文又开始琢磨。

"太慢了，你靠劳动，没等减刑呢，五年就到了。"女人抱怨道。

"怎么？等不及我？"蒋兴文斜着眼睛问，不过他问得心不在焉，他脑子里还装着别的事情。既然翻开了手册，蒋兴文继续读下去："哎，我以前怎么就没想到呢？"蒋兴文看着手册，顿悟了什么似的，喃喃自语："我该早点想到的。"

"想到什么？"

"你看。"蒋兴文把手册摊开，下面是这么几行字，女人看字不慢——

阻止他人重大犯罪活动，检举监狱内外重大犯罪活动，有发明创造或者重大技术革新的，在日常生产生活中舍己救人的，在抗御自然灾害或者排除重大事故中有突出表现，对国家和社会有其他重大贡献的——应当减刑。

"你再仔细品品，积极劳动赚积分，是'可以'减刑。立功，那就换成了'应当'减刑。我明白了。"女人看着蒋兴文，眉头紧皱，不知所谓。"我要立功。"蒋兴文大喊道。

怎么立功？这当然是个问题，大问题，蒋兴文思索了一会儿："我要抓坏人。"这就把女人逗乐了："里面可全是坏人，还不够你抓的啊？再说，你不就是最大的那个坏人吗？"女人说完这句恭维话，笑哈哈地凑近身前这个还在正经八百的男人。蒋兴文不动声色，然后趁其不备一把抓住了戴丹的胸口。她的名字很好记，带了个"dan（蛋）"。蒋兴文为此嘲笑过好几次。

"怎么又要流氓了？你可是一个要立功的人。"女人挣脱开，再次对着镜子整理了自己的衣领，这天热的，空调都不管用，只能默默吹出温和的风，"文哥，我要走了，马上就十二点。"出风口下面的女人对亲情宾馆里的一切也没有新鲜感了。她最近几次都明确表态希望蒋兴文能努力劳动，拿足积分，也算是个盼头——完完全全的正主心态。"天这么热，我这跑来跑去，折腾我啊。"抱着实实在在的怨气，女人说："要不，你以后让你妈给你送几回女人吧。"女人锤了一下蒋兴文的肩膀，又说："我觉得你吧，在里面越待越习惯了。我这么每个月来，你都快待出幸福感来了。"

这个话题蒋兴文有兴趣，他笑了笑，说："行，下个月你别来了。"

蒋兴文确实有点想他女朋友了。小河。他上个月就已经托他妈妈联系小河，但他妈说小河不回电话。"这丫头你就算了吧。别惦记了。执拗得很。"他妈劝他，"你又不是找不到人。"但他妈一个礼拜后对小河的态度就一百八十度大转弯了。"小河那丫头这回总算是回复了，还说答应来看你呢。小姑娘还不错，正正经经的，至少是个大学生，比你其他几个强。"蒋兴文嘴一歪，挂了电话，心里别提多得意，多期待。他以前就觉得女人是简单的东西。现在就更是了。虽然没到挥之则来的地步，但也差得不多。

但小河只是探望，这和蒋兴文想的有所区别。事实上小河根本就没有答应蒋兴文的要求去亲情宾馆。事先也没有，事后更不可能。小河只是想看看人渣在里面怎么样。到监狱的这一路，小河换了两趟公交，心情却没有换过。她的表情异常坚定。直到她坐在探访窗口前，等待蒋兴文的出现。

蒋兴文活蹦乱跳出来了。看着蒋兴文一脸的兴奋，甚至有些雀跃，小河说不出有多恶心。不过她努力克制住了。

"想我吗？宝贝？"蒋兴文的嘴巴都被自己撕歪了。

小河苦笑一番。她没想到这个人渣居然真在里面待出了归属感和幸福感，丝毫没见到他被任何东西毒打的痕迹。

"跟你说，我快立功了。"蒋兴文乐呵呵的，但是故意压低了声音，仿佛这是个天大的秘密。

和蒋兴文隔着一层巨大的玻璃，小河紧皱眉头，不知道蒋兴文为什么这么自信。

"我立功我就能减刑，老子就可以提前出来了。"蒋兴文信誓旦旦。但他也注意到对面的小河神情严肃。一直很严肃就有些奇怪了，蒋兴文发现了这一点，"你怎么了，我能提前出来你不高兴？难道你不在等我出来吗？"

"没有别人在等你出来吗？"小河反问道。

"嗨，你别逗我。你是我最疼的那个你晓得不？"蒋兴文开始哄小河，"高兴不？高兴就笑一个。"蒋兴文当然不是真的有那么喜欢小河，但他对逗小河这件事还是很有热情。他似乎已经完全忘了他对小河做过的事。他以为小河不知道他曾经对她做过的事。

"高兴。"小河露出微笑，她夸了蒋兴文聪明，但用了"鸡贼"这个词。在情侣之中，也许这是更亲昵的用法。"文哥，你要不跟我说说，立功那个事，你到底是怎么计划的？"

蒋兴文心里早就乐开了花，趴在玻璃的下面，时不时用手比画着什么。小河听得很认真，她希望把全盘计划都听明白了。上一次她也是这样做的。只要她把蒋兴文的计划听全了，她才有机会直捣黄龙，击而溃之。不过对蒋兴文来说，小河越认真，他就越起劲，越高兴。他能用来炫耀的东西暂时不多了。

在亲访日的这一天，回到202后蒋兴文躺在床上仰面朝天，看着天花板，以及那盏顶灯。眼睛一眨不眨，眼珠在眼眶不停转悠。五分钟后，张恩超终于也回到了202。蒋兴文正等着他呢。看到他回来，蒋兴文就从床上蹦起来，他让张恩超跟自己去卫生间。他放开了自来水，然后趴在张恩超的耳边轻声说："兄弟，我把你当兄弟，这件事我只跟你说。"见张恩超继续认真听着，蒋兴文装作一副犹豫状，"我跟你说，你可别卖我。我想到了一条越狱的路线。"随后他忽然起身走向窗边，隔着铁栅栏，他指向不远处。

听到了"越狱"两个字的张恩超脸色大惊。他跟在蒋兴文后面，又顺着蒋兴文手指的方向看去。"啥啊，那不是医院吗？"

蒋兴文又把张恩超拉了一把，水声足够大："我打听过了。医院大门马上就要拆了。要修。我怀疑他们修起来动作会挺快的，我们准备的时间不多了。"这一点蒋兴文确实做过功课。

"老蒋，你想啥呢？你真要越狱？"张恩超故意把眼睛睁得跟蒋兴文的脑袋一样大，还试图摇了摇蒋兴文的身体。蒋兴文微微一笑，转身对张恩超说："兄弟，你怕吗？"

张恩超镇静了一下，但慌忙之间又摇了摇头。又马上点头。这一回蒋兴文又抓住张恩超的肩膀，说："那你要帮我。"张恩超用眼神死死看着蒋兴文。"我真的想出去，不是开玩笑。我觉得有很大机会。我已经有了想法。你等我想想清楚，我再跟你说说明白。"蒋兴文把自己说得都激动了，至少他表现出来了这种激动。

这些天对蒋兴文来说有些艰难。艰难在于他得时不时关注张恩超的动态。他不仅要观察，还要思考。他需要了解张恩超的心理。

"老张，我外面的朋友都已经摸过路了。"蒋兴文这一次把自己的越狱计划完完整整说给了张恩超听。蒋兴文已经确认张恩超就是那个人了，计划正式实施。两个同时暗暗下决心的人，在夜里赶路而终于遇见。

"从我们这里出去，有两堵墙。第一堵墙在那个亲情宾馆，撬开那个铁栅栏就行。我花了几个月，终于撬开了。下个礼拜，我约上女人去那边过夜。你等我跳下窗，我帮你打开医院那边的窗，你爬出来。然后咱们就能看见第二堵墙。第二堵墙比较麻烦，有电网。你准备手套，从厂里面偷，我觉得这个不难。我们的命就悬在第二堵墙。你先爬出去，你爬出去，我就在后面跟着你一起。"

"为什么不是你先爬出去？"

"都可以。这个咱们再商量。"蒋兴文不带任何犹豫。

"嗯，我会爬出去的。"张恩超严肃地说。

"你爬出去，你就自由了。"

"我就自由了？"张恩超想了一会儿。

"嗯嗯，对。"蒋兴文拍了拍张恩超，"不是绝对的自由，但你可以想去哪去哪，想干什么干什么，想睡觉睡觉。这就是自由，难道不是吗？唯一的麻烦，你没法用自己的身份过日子。你是黑户口。知道吗？钱我有，事成之后，咱们就是过命的真兄弟。有钱一起花。"蒋兴文确信张恩超是知道这些的，他只是继续在鼓励对方。

"要是不打那个架，我也就剩一年多的刑期了。"张恩超低声说，仿佛在后悔什么。但他还没说完就马上被蒋兴文打断了，"就是啊，你这个傻子。为啥要跟人打架呢？现在每一天都很难熬，不是吗？机会就在眼前，咱们要把握住。"

是。蒋兴文说的当然没问题。张恩超进行了抿嘴的行为，以表示正在思考这句话背后的意义。他叹了一口气，决定跟蒋兴文说个故事，但他不确定这个故事蒋兴文会不会喜欢，能不能听得懂。"我给你讲个故事。"张恩超说。

"啊，你讲。"

"之前有个动物摄影师，专拍猴子。我是在一个纪录片里看到的，印象很深。有一天他拍到一只猴子捡着一个打火机，那种一次性的打火机。绿色的，知道吧，绿色的。里面大概还剩一半汽油。看上去也是绿色的。那猴子就拼命咬打火机，它以为这打火机里装着饮料，大概以为那是一瓶迷你的雪碧。对，雪碧。猴子大概渴了。它想喝。它的牙口不差，没几下就把打火机的点火石咬开了，咬开了之后猴子挺高兴，继续用力咬。它一定以为马上就能喝上雪碧了。忽然，砰一声，你猜怎么着？"

"打火机炸了。"

"对。打火机炸了。"张恩超暂停几秒钟演绎这个故事，接着问道，"你觉得在我们面前的是那个打火机吗？"

"是雪碧。"蒋兴文听懂了，而且反应很快。不过他不能支持和同意张恩超说的，"我也有个故事，不知道你听过没有。也是猴子玩打火机。"

"哦，你说。"

"一只猴子捡到一个打火机，坐下，学着人类往地上摩擦。打火机很灵，一擦就来火。这猴子把自己的毛点着了。它还闻了闻味道，挺香——是不是跟你那个故事一样？”

“差不多的意思。”张恩超想了想，说。

“但我们不是猴子，我们是人。猴子被关在动物园里，跟现在的我们一样。你想当猴子吗？”

“当然不想……”

“那我觉得我们应该一起，越个狱。我们两个人有个照应，指定能成。”蒋兴文沉思片刻，说：“我和我的女人其实也已经等不及了。你怎么样？有女人在外面等你吗？对了，老张，我怎么从不见你去亲情宾馆？”

“我老婆死了。”张恩超很快接话。

“啊，对不起，对不起。”

“别对不起，你没踩我尾巴。我老婆没死，我当她死了。我当她死了之后，事情反而简单很多。”

“离婚了？”

张恩超一阵沉默。

“老张，你是白羊座对吗？”

“咦，我啥时候说的？好像是这么回事。他们告诉过我。你记性倒不错。”

“朋友。什么是朋友？我当然记得住你的事。”蒋兴文这时候忽然犹豫了，在他说出这句话之后，会不会有点显得着急，以至于让对方产生怀疑。但他确实需要一个“伙伴”，一个梯子。见张恩超没回话，蒋兴文继续说：“我小时候看到有人专门以抽奖谋生。看到卖彩票的一定买，他说，是机会。机会来了要把握住。你猜怎么着？”

“他一直中奖。”

“对。我其实不太信，但报纸采访了他。我觉得报纸不会骗人。我也觉得我能一直中奖。”

“哈，你中奖了。确实。你中到了这里。”张恩超觉得也可以适当嘲讽一下对方。

这一天他们走在穿过工厂回 202 的路上，一直斜着脑袋数数，经过一扇窗户就增加一个数字。就从他们当时起步的地方数起。蒋兴文往前先跨了一步。"如果是单数，我在前面。如果是双数，你在前面。老张，你觉得怎么样？"

"好。"张恩超一口答应。两个人的步伐出奇一致，也几乎是异口同声地数数。两人就像是在森林里行军，穿过的也不是墙壁和窗户，而是整个原野。三分钟后，他们俩到了 202 门口，蒋兴文和张恩超都数到了 14。两人对视，还几乎同时相视一笑。

这一天夜里，张恩超没敢睡着。蒋兴文自然一直看着张恩超那个方向。"张哥，还没睡呢？"蒋兴文声音控制得挺好，不大还不小。

"我小时候听说有人从来不睡觉，睡觉挺浪费时间的。"张恩超回答，"你要睡觉了？"

"没呢。但是睡吧。养养精神。你说呢？"

两个人眼神对视，互相都在提供"我们需要彼此信任"这样的信息。

6

这一夜梦里，张恩超梦见他的女人给他写了一封信。在梦里他犹豫了几天终于给他的女人回了信。信的内容很长，不容易记住。张恩超能记住的是在梦里那个名叫戴丹的女人最后来到监狱看望他。

"你为什么打架？你是不想出来吗？你明明可以不打架的，你这是故意的。"戴丹咬牙切齿一般，恨恨地说。

"当然，你知道我是故意的。"张恩超面露胜利者的姿态。

"你为什么不听我解释呢？"此刻戴丹的表情已经完全换了，悲伤至极，行将抽泣。

"我不想听，或许只是因为我接受不了。"张恩超也实话实说。

"别干蠢事。"

"我只是装傻。这很明显了。再说，我就是干了蠢事才进来的。"

"你知道那天为什么我没来吗？那天我和他回去的路上，他把我撵了下来。他要去追前面的车。没多久，我就听到轰的一声，两个路口外面，他把人家的车给怼了一个底朝天。警察很快来了，还把他带走了。我想了想……"

"别说了。"张恩超阻止了戴丹。

"别干蠢事了，老老实实吧。"女人哀求道。

"不干不行。你知道那个陈泰白，最近越来越过分了。一天要拉十泡屎，我好几次被憋得不行。"张恩超故意说了个轻松的话题。

"那你就拉裤裆里呗。"戴丹笑着说。

"行啊，下次你帮我洗。"

"如果你能出来，我帮你洗一辈子。"戴丹说，"用洗衣机。"脸上依然挂着笑容，是笑容的结尾部分。

戴丹的笑容真好看啊，张恩超在梦里再次确认了这件事。梦醒后，两行热泪挂在枕边。

还有一点张恩超觉得很奇怪，在梦里他为什么会把老王犯的事放在了蒋兴文身上。

做梦那天也是亲访日，张恩超梦里的戴丹其实就等在门外。她坐在绿色的长椅上，双手放在膝盖上等待工作人员给她传话，那个人到底见还是不见。张恩超做梦一定是有原因的。

而刚从接见大厅出来的小河忽然注意到了这个熟悉的女人身影。发型，身材，直到侧脸，确定。

"丹姐？是你？"小河又惊又喜，她好几年没见到戴丹了，但戴丹的歌声她随时能想起来，于是这张脸也无法陌生，"你怎么会在这里？"戴丹听人叫她名字，就抬起头，发现是小河也非常意外。想见的人见不到，却能见到一个故人。有一种什么东西左右着戴丹，她刹不住情绪，哭着抱住了对方。失去联系几年，但再见依然熟悉，姐妹般的熟悉。

这几年发生什么了？为什么两个一起在台上表演的合作伙伴，忽然间从彼此的生活中完全退出。故事讲得细碎，一直来到结尾。

"他还是不肯见我。"戴丹双眼红肿，说道。小河也早已哭成了一个泪人。她从自己的包里拿出了一包餐巾纸，拆开。小河决定先不管自己，先帮助戴丹擦拭那一滴滴泪水。

第三章

1

2002 年夏

六月三十日下午四点半，张恩超开车带着戴丹往家走。忽然从侧面塞进来的奥迪车让张恩超一个猝不及防。不过他反应很快，转动方向盘猛踩了一下油门，让自己避免了一次双车事故。企图塞车但最终失败的司机就带着怨气一路跟着男人的车。张恩超笑了。做司机的长着至少四双眼睛，他看了看后视镜，是一辆黑色的奥迪，车灯正爆射着他，接二连三的鸣笛喇叭也刺耳。所有的汽车颜色里，涂装黑色的事故发生率是最高的，张恩超昨天还跟女人讲过这当中的学问，那时他回忆起当初为什么要选白色的车。他很得意于自己的选择。

"车祸倒是真没发生，但我跟你提过的，白色的车对婚姻不吉利。"女人说。她之前就劝过这个男人，后来就放弃了，说身边买白色汽车的朋友都离婚了。

"你这是迷信。"

"是心理学。"女人说。女人一语成谶，只不过他们办手续失败，尚未成为前夫的男人送尚未成为前妻的女人回到他们过去的家。他们少拿了一样东西，女人的户口本。女人说是忘记了，男人很愿意相信。

"算了。"女人对张恩超说。这意味着她发出指令让尚未成为前夫的男人要低调处理类似的冲突，不能让冲突升级。

红灯，黑色奥迪一脚油门越过了张恩超，勉强停在红灯下。然后黑色奥迪开了车门，从主驾驶位走下来一个戴着墨镜的光头。"你不要开门，也不要开窗。"女人提醒张恩超。张恩超目视远方，紧皱眉头，咬紧双唇，急促但是深入地呼吸着。好在那光头骂骂咧咧了半天，还是回到了自己的车上。红灯变成了绿灯，奥迪启动加速。

"就这儿，你下车吧。"张恩超对女人说。

"你确定在这里告别？"

"晚上在酒吧见面。"

"为什么一定要去那个酒吧？我们不能换一个地方吗？"

"那是我们第一次见面的地方，就在原点好聚好散，不好吗？"张恩超一脸严肃。女人是考虑了几秒钟的，但她了解，或者说"尊重"这个男人，无奈只能推开车门。

刚关上车门，男人就一脚油门冲过了绿灯。马路上甚至飘出一股轮胎和地面强烈摩擦产生的橡胶味道。女人戴上墨镜，阳光太刺眼。她下车的街口边上有个水果店，她准备买一个西瓜，然后回家给蒋兴文回一个电话。女人就是这么计划的。她不知道要跟蒋兴文说什么，甚至她感觉害怕——只是，如果不说，或许会出更大的状况。

世界杯终于在亚洲举行，黄昏时分的酒吧也可以聚集这么多球迷。才六点半，靠近窗口的一半人已经穿上蓝黄色的巴西队球衣，另外一半人是黑白色的德国队球衣。张恩超坐在酒吧电视柜的另一边，雅座不是雅座，距离吧台也很远。人越来越多，把原本两个不同阵营的人渐渐挤到一块了。

球赛在七点开始，他要等的人始终没有来，以至于他没办法穿上他所支持球队的球衣。他们约定到了之后一起穿。对方穿巴西，他穿德国。电视机上出现了大力神杯，这是今晚巴西队和德国队角逐的目标。第十八分钟，小罗纳尔多传球，大罗纳尔多射门，但是打偏了。穿蓝黄色球衣的人群一阵唏嘘，代表着深深的遗憾。

手机来了短信，是戴丹的："我来不了，这边有个急事。对不起。对不起。"

张恩超看完手机，举起一满杯啤酒，拿出一粒药丸，一饮而下。他决定穿上德国队的球衣，加入属于自己的队伍中去。这条短信仿佛卸下了他所有的担忧、自责，以及犹豫。她不来，好得很，反而让张恩超不必拘束了。他高兴地一杯接着一杯喝。

第六十七分钟，罗纳尔多前场左侧反抢得球，然后传球给里瓦尔多，里瓦尔多远射，卡恩扑球脱手。罗纳尔多补射成功，巴西队领先了。张恩超被蓝黄色的浪花淹没，有一个老外撞到了他的脑袋，另一个老外的啤酒杯像是破了一个大洞，漏了张恩超满头的酒水。

这些他都没有生气。他脑袋里还有一段对话，会自动播放的对话。

"丹丹，你支持哪个队？是巴西吗？"

"对，巴西。当然是巴西。"

"那正好，我支持德国。我们赌一下。"张恩超建议。

"啊？你要赌什么？"

"要是德国队赢了，我们就离婚吧。"

结婚四年，不到。

2

1998 年夏

四年前的夏天是在法国举办的世界杯，大部分比赛都在下半夜进行。上半夜的时候酒吧老板需要找几个歌手应付那段能赚点小钱的时光。看样子一直经营不善，酒吧老板希望靠世界杯将近一个月的时间扭转乾坤。他让员工去找歌手，"最好是女歌手"，那样能更早地吸引球迷入座。晚上九点半开始，正是客人光临的时段，方便陆陆续续前来的球迷和无聊人士积聚。"最好是妖娆一点的女歌手。"

戴丹烫着一头大波浪，身材高挑。作为歌手，她只要在舞台上一站，顿时星光四射。只是她一直没等到更大的舞台，屈居于小城的酒吧当驻场歌手。不过这也挺好，能继续唱歌对戴丹来说是一件值得高兴的事，尤其是去北京尝试签约唱片公司失败之后，在酒吧兼职是不多的选择之一，也很自由。酒吧老板一眼相中了她。

客人也相中了她。那天张恩超就坐在门口的位置，同伴们在做一个无聊的游戏，他没参与。这时候他就注意到了有人在唱歌。戴丹在台上唱了那首《加州旅馆》。没有乐队伴奏，员工为戴丹播放的是伴奏带。在超长的间奏时间，戴丹的眼神和台下的张恩超交会了。戴丹冲着张恩超笑了笑，妖媚至极。戴丹的眼睛把张恩超的脑袋都看大了。十二点的时候，戴丹唱完了她今天所有的歌曲，从酒吧后门准备下班。张恩超正等在那里。他已经不想看球了。他抛弃了足球，也抛弃了一同前来看球的同伴。

对张恩超来说，没有一个女人唱《加州旅馆》能唱出那种味道，当戴丹唱到"I had to stop for the night, there she stood in the doorway…"的时候，张恩超脑子嗡嗡的。

"Such a lovely place。"戴丹继续唱道。张恩超心里跟着唱，"Such a lovely girl。"

张恩超当然不是第一个对戴丹表达爱意的男人，在酒吧认识的男人。哼，戴丹心里有一种轻蔑。但张恩超的浓眉大眼，不知为什么就吸引到了戴丹。对刚刚失恋的戴丹来说，那是一个疯狂的夜晚。他们聊天聊到了早上五点钟，张恩超床边电脑的音乐播放软件里，循环播放了老鹰乐队的专辑至少五遍。谁知道呢。与其说张恩超是个情种，不如说他是个歌迷。他很早就听过戴丹的名字，听过戴丹的歌，能在有营酒吧再次遇见戴丹，他觉得不可思议，还有点惋惜。但是时机太好了。

"你最喜欢听我哪首歌？"戴丹眼神温柔。

"每一首。"

"说一首。"

"那当然是《加州旅馆》。这个世界上没有任何一个女人能比你唱得好听，唱这首歌。"张恩超肯定地说。

"我刚才也想起了这首歌。想起了那几句歌词。"

"哪几句？"张恩超问。

"We haven't had that spirit here, since 1969."

"1969 年，我出生了。"

"然后你在等着我出生。"

唯一的事故在于另一个人。十二点恰好去后门厕所尿尿的有营酒吧老板蒋兴文那时候已经喝得微醺了，不过他一眼就看见了戴丹，他雇佣的歌手。他收起自己的家伙，把沾着尿液的手指伸入嘴里，吹出了一声响亮的口哨。

然而这个哨声没有吸引到戴丹。戴丹已经跟着张恩超的步子，欢快地走去。

蒋兴文骂骂咧咧的，一声："呸。"

3

女歌手只有一个不够，必须有轮班的。两个员工挺机灵，去附近的大学里张贴了海报。校园十大歌手决赛晚会的时候，员工还去后台散发了传单。他们希望那个冠军能去自己老板的酒吧唱歌。时间不多了，下个礼拜世界杯就开幕了。

"有钱吗？"小河问。

"当然有钱。比你去做家教多。"员工说，"应该说，多不少。"

"可以唱我想唱的歌吗？"

"当然。"员工们频频点头，他们注意到小河背后的那把吉他，"如果你可以，不唱歌的时候还能兼职我们的乐手。"

这当然好，多一份收入，小河答应了邀约，她闲着无聊。大四几乎没什么课，也就不用早起。不用早起就不用早睡，不早睡就得干点什么，如果还能赚点零花钱那最好了。虽然没有了乐队，但"单飞"的小河已经蝉联校园十大歌手冠军两年了，她觉得校园舞台已经不能够满足她，明年就毕业，她也需要出去"实习"了。

和戴丹丰腴的肉体相比，小河算不上特别漂亮，甚至有些干瘪，但她的年轻很有价值。而且小河已经开始会简单打扮自己了。

那晚蒋兴文跑到后台，看了周围一圈，有几个花枝招展的姑娘，就坐在一边聊天。员工不知道从哪里拉来跳舞的，蒋兴文看都没看一眼。反而在一旁沉默不语的小河吸引了他的注意力。"那个歌手请假了，你得顶上。"蒋兴文亲自下令。

"老板，张总到了，还带了几个朋友。"员工在蒋兴文耳边说道。

"张总又是要找姑娘吗？"蒋兴文眉毛一扬，以为生意来了。

"不是，今天他们自己带了姑娘。"

"好。那我待会儿去陪他坐坐。"蒋兴文回头看了一眼他的助手。他继续扫视了一圈，在眼神交会中似乎有女孩主动报名，不过他觉得这些女孩张总不会看得上。如果张总看不上，他就会感觉丢人。"你能喝酒吗？"蒋兴文扫到了小河那边，像是随便问的。没想到小河迟疑了一会儿，微微点了点头。蒋兴文笑了："你跟我喝就行，坐我边上，其他人不用搭理。"

小河第一次进所谓的豪华包厢，刚进去的时候房间黑得一塌糊涂，她几乎看不清任何人的脸。好在后来蒋兴文让人开了几盏效果灯。他的目的倒不是为了让小河看清那几个男人的脸，恰恰是相反。一张大学生的脸，干干净净的脸，应该被看到。

张总是道上的人，蒋兴文一直悉心伺候。开始的时候张总只是带朋友过来消遣，后来和蒋兴文熟络起来，就渐渐把蒋兴文的酒吧当成了自己家的客厅，一周得来三次。张总朋友多，周末酒吧的 VIP（贵宾）包房几乎都被张总预定了。有时候张总自己带姑娘来一起唱歌。有时候也会问蒋兴文要几个姑娘。就是从那时候开始，蒋兴文以为自己找到了一条能让酒吧继续维持下去的路。一条黑色的路。

4

2004 年夏

"8 月 18 日晚 20 时许，萍东监狱服刑期罪犯张恩超利用收工时间通过攀爬老医院和宾馆之间的雨棚翻至监墙，准备强行脱逃……"谈震继续做着简报，"张恩超，男，1969 年 4 月 13 日出生，身高 180cm。主要特征：圆脸，大眼睛，嘴角有一颗痣。逃跑时身穿监狱劳动服，内穿深色线衣线裤。犯人躲开摄像头，然后爬上没来得及拆掉的旧医院。等狱警发现，该名逃犯又畏罪跳了回来……"

张恩超当然摔得不轻，脚还受伤了。那监墙有五六米高。摔下来之后他乐呵呵地往地上一躺。看着一群警察把他压住，他乐开了花。

"快点审问吧。"他心里想着。

"你有同伙吗？"警察问他。

"有。"张恩超笑着说。

"谁？"

"蒋兴文。"——蒋兴文，你个王八蛋居然还想越狱？或者想立功减刑？真是一个天大的笑话。

当第三天真的有警察来审他的时候，他是瘫坐在病床上的。

"是蒋兴文串通我，要跟我一起越狱的。不过我还没跳出去，我估计他就没跟着我爬上去。"

"是蒋兴文？"

"对，蒋兴文。"

"他已经死了。"负责审问的年轻警察说道。

一种复杂的神情出现在了张恩超的脸上。

5

那天早上谈震的桌上躺了一封信。落款是小河。谈震几乎是冲到桌前就发现了小河的名字。他知道这封信里一定有他那次从小河那边没找到的答案。信封是白色的，信纸也是。

"谈警官，你好。哈哈，还是叫你谈震吧。也许你该期待这封信了。我没人可以说，但后来我发现可以跟你说说这些事的。你读到信的时候我应该已经走了。

"上次你还开我玩笑说我是作家。其实我早就不写作了。人我都已经做腻，别说做文艺青年。发生了那些事情之后，我认为我这辈子已经没有了希望。没有希望，你可能没有想过这件事到底有多可怕。我整天整天只能想那些事情。这几年一天都没有停过。弹琴会想，走路会想，睡觉前更会想。完全做不到不去想。生活里我唯一的享受可能就是吃剁椒鱼头了吧。我从小爱吃鱼，而那种七星椒的辣，能让我感受到刺激。能让我缓解不知道来自哪里的，时不时就会带给我的痛苦。

"曾经我是个小太妹你知道的吧，虽然我成绩一直比你好。小太妹这个称呼我怀疑就是你叫出来的，但我不跟你计较了。反正高中的时候我成绩足够好，本可以考最好的大学，我相信我有这个能耐。但后来我迷上了音乐，去学琴。高一我就学吉他了。我还偷偷去酒吧看乐队演出。那是最便宜的看演出的地方。

学琴我肯定也是有天赋的，你也服气的，对吗？但影响了我的学习，后来大学就又当了你同学。真的有点丢人。你不要介意，你的学习成绩你自己知道。

"不知道为什么跟你说这些，但我感觉在写这些字的时候我挺高兴的。哪怕马上我要写的，都是让我最痛苦的事情。

"后来我认识了蒋兴文，就是那个有营酒吧的老板。连我自己都很意外，我和蒋兴文谈恋爱了，这件事没几个人知道。他好像也不愿意公开。也许把我当情人吧。但他妈妈我也见过，见过很多次。所以我大概是他的至少算是正牌的女朋友。蒋兴文，这个名字你要记住。

"有一天蒋兴文的朋友，一个大家都叫他张总的人来了。他总来。这个张总是个十足的垃圾货色。有一些垃圾就喜欢玩女人，有些女人拿到钱就行，双方自愿，那我也理解吧。那天张总喝多了，见了我。我经常陪在蒋兴文身边，张总知道我是谁。但蒋兴文那天出去很久，不知道是打什么重要的电话，当时我以为他是出去打电话。他妈的。然后这个张总就找到了机会对我动手动脚。我忍了会儿，后来没忍住，骂他都没用，就给了他一嘴巴。这一嘴巴当然没什么错。但蒋兴文觉得是我错了。要我给那个王八蛋赔礼道歉。那天最后我喝了很多水，金鱼缸的水，我还吞了几条金鱼。一共三条，我知道，我数了。不过我爱吃鱼。我就告诉自己，我只是吃了鱼而已，吃了几条生鱼而已。后来那个张总还不肯罢休，蒋兴文在那边一直哄他。我觉得挺悲哀的。不过当时我甚至还有些感动，至少蒋兴文在帮我说话。直到后来我发现了在我身上发生的更龌龊的事……

"五年，他才被判了五年。他在里面还会找立功的机会，关不到五年他就又能出来了。一想到这里我就没办法控制自己不去想那件事。

"知道吗？我真的想了很久很久。最后让我下决定的是一位姐姐。那位姐姐唱歌很好听，喜欢唱英文歌，人长得也很漂亮。我最近居然见到她了。但是见到她才让我真正下定了决心。

"那位姐姐太可怜了。比我更可怜。我和她曾经都在蒋兴文的有营酒吧表演。姐姐应该比我更早被蒋兴文看上，那个畜生给姐姐下了药，她让人玷污了。因此她和她老公就再也没办法过日子。我不想说得太细。我希望你能明白我说的是什么意思。那天见到姐姐，她跟我讲了后来的事。她老公事后也一直躲着她，后来又忍不住去教训了那帮王八蛋。把人打成了重伤，被判了三年。但他不肯认罪，在里面也不寻求减刑，故意打架闹事。大概是不肯提前出来和姐姐再在一起。知道吗？他们曾经有个浪漫的约定，但姐姐估计等不到了。他们约定去看一次老鹰乐队的演出。这个乐队成员年纪太大，他们刚刚宣布要做告别演出，就在年底，11月17日。姐姐的老公当初是听了姐姐唱的这个乐队的一首歌爱上她的。老鹰乐队那首《加州旅馆》，一般女歌手驾驭不了，但是姐姐唱得真是好听。

"再说回我的事，我也被蒋兴文卖了。你懂吗？我曾经以为只是我喝多了酒，但我现在不这么认为。蒋兴文是故意的。他这个人是个畜生。更恶心的是，他以为我经历了那种事，就会像别的女人一样，对他百依百顺。他完全想错了。我这个人自尊心一直很强，但这增加了我的痛苦。

"谈震，我们的乐队你还记得的吧？《回到拉萨》。你拿着吉他，师兄们借给你的吧。演出的时候你弹错了好几个和弦。你说你一直都是三脚猫功夫，你自己也知道。弹吉他这件事你没有好好练，没有花苦功夫。不过又何必呢。好像不是很必要。我挺喜欢那首歌，我们一起演出的那首歌，《回到拉萨》，回到纯洁的雅鲁藏布江，可是现在一切都回不去了。

"我回不去了，但我要报仇。去年我举报了蒋兴文的生意。他对我从不设防，这方面他也挺傻的。证据确凿，他被关进去之后，我以为我能得到一些解脱。但实际上并没有。那天我故意去看他，我本来以为我能看到一个形容枯槁的人，一个知错悔罪的人，但事实完全相反。我甚至觉得他在里面如鱼得水，蒋兴文这个畜生在监狱里都还一直在找不同的女人来陪他过夜。那个姐姐也去了，我非常非常意外。他甚至让他妈妈给我打电话，让我过去陪他。畜生。不过这对我来说确实是个机会。我想抓住这个机会。

"发生什么事情你都不要惊讶。我们本来也不算很熟，跟你说这些话，也不是我的本意。只是那天我突然想起了你，想起了你就在这个监狱任职。就想让你帮帮忙。但后来我发现你帮不了我任何忙。

"我不能让这个畜生过了五年之后还出来祸害别的姑娘。我不能。

"写到这里，你想知道的事情应该全都知道了。有空你好好练琴吧，你的吉他水平真的太差了。一点进步都没有。我没想到这么多年过去了你的水平还这么差。为什么呢？"

落款，小荷。

荷花的荷。

6

谈震来到医院，小河还接着氧气瓶。脸色惨白。他现在唯一要做的事，就是帮助小河逃掉谋杀的罪名。他已经想好了怎么做。他已经得到了小河的字迹，之后怎么弄他还是有办法的。

前一天晚上趁着犯人去工作的时候，谈震去了一次202。他走到7号床，从枕头到床脚，到拖鞋鞋底，一一翻查。看起来蒋兴文并没有做好这方面的保密准备。那张纸被折成一块豆腐干，就在床架卡着。谈震只花了五分钟就找到了它。谈震用嘴吹了吹，然后用双手顺利打开了那张纸。巴掌大的那张纸的最上方，歪歪扭扭的几个字：举报信。

谈震确定了自己的想法，脸上浮出了笑容。转身之后，谈震的脚步轻盈，他把纸再次折好，放进了自己的裤袋，还拍了拍。很明显，谈震这是准备回去跟刘涛做交代的。

7

这件事之后，也就是 2004 年的秋天开始，萍东监狱的监狱长再也没有批过一个亲情宾馆的住宿申请。次年，这个工作了十多年的宾馆被宣布改建，成为监狱医院的一部分。"亲情宾馆"四个大字落下来的时候碎了一地。2005 年春天，犯人们拿着工具在推土机的指引下为新的建筑添砖加瓦。那天谈震远远看见张恩超，已经瘦得跟一个猴儿似的。

8

2004 年 11 月 17 日傍晚，戴丹一个人出现在墨尔本，体育场内人头攒动。全世界的乐迷都在期待马上登场的老鹰乐队，这帮老头平均年龄都快七十岁了。只要是歌迷就应该知道这将是他们最后一次的巡回演唱会，不出意外的话。戴丹找到了一个相对不那么拥挤的角落。

前几首歌虽然好听，但还不够动人，戴丹知道自己在等哪一首歌。忽然口哨声一片，接着是戴着贝雷帽的男人得到了舞台的聚焦灯光，他从容吹出了悠扬的灵魂小号声。激动的观众像是发疯了一样不停鼓掌。戴丹马上泪流满面……

澳大利亚的华人并不少，一旁有人用中文对同伴说道："《加州旅馆》终于来了，这首歌没人能翻唱，唯一一首只有原唱才有感觉的歌。"

"一首绝美的散文诗。"

"是啊，我听好多人翻唱它，呵呵，都是东施效颦。"

戴丹带着泪珠微微苦笑，作为翻唱者之一的她，曾被人狠狠赞美过。在别人嘴里却是这样的评论。那是源于一个男人对一个女人的爱，才会撒的谎。

演唱会一时无法散场。观众们总是期待着还有下一个返场。

戴丹的手机震动了一下，她收到一条来自中国的短信：他会继续努力改造，争取和你看下一场老鹰乐队的演唱会。

一阵错愕之后，戴丹捂住了嘴巴，眼泪又一次止不住。她知道自己根本不配。

这帮老头还能不能有下一场演唱会？戴丹知道不会再有了。

9

2004 年夏

刘涛上厕所的时间足够长，长到小河可以轻松地把她想说的话说完整。小河红着眼睛对着谈震说："我不是要写小说才问你那些问题的。"

"我知道。"谈震说，"这年头谁还写小说。彩信多好看，有图有音乐的。专家说我们这已经是读图时代了。"谈震试图用一些轻松的话题驱赶走小河那些情绪。

"以后都会这样吗？"小河突然问，"我是说，将来，将来的人们就再也不看小说了，都只看手机，看彩信吗？"

"那当然。"谈震自信满满地说。

"那将来的人还会去 live house（小型演出场所）和酒吧听乐队演出吗？"

"你是不是觉得选错了兴趣爱好？"

小河这时候看着谈震，苦笑了一下，"不是，我就是对将来的人们的生活有点儿好奇。"小河接着摊开自己的左手，像是自言自语，说道："我是左撇子，我的左手力气很大。我记得你以前说过，我的左手能扇死一个人。"

"对，我也记得。我说你们左撇子弹吉他真占便宜。因为有力气，所以压得住琴弦。相对我们来说。但是你说你的左手能扇死一个人的时候，我就跑了。

你可把我吓坏了。"谈震笑着说，他看小河正盯着自己伸出的左手在发呆。谈震觉得这一幕挺滑稽。

"我那个男朋友特别喜欢我的左手。他说我的左手有力气。他知道的。"

谈震脑子一时还没转过弯来。但他毫不怀疑，这是下流话。

"他以前就知道，以后也会知道。"小河说道，"不光灵活，还很有力气。"

原刊《北京文学》2023 年第 11 期

作者简介：

小饭，1982 年出生于上海。2004 年毕业于华东师范大学哲学系。上海市作家协会理事。中国作家协会会员。鲁迅文学院第 40 届高研班学员。出版小说，散文等作品十余本。曾获《上海文学》短篇小说奖，《青年文学》文学新人奖。

纸媒没落时代，潦倒的插画师突然被委派负责一套《志怪花鸟集》的古籍再版工作。随着工作深入，他渐渐发现古籍的诡谲之处，以及隐藏在其背后的血泪。小说以古代志怪文化为骨，现代社会运动为皮，将梦、书、人刻进故事的纹理，虚虚实实，互为因果，相辅相成。笔画间湿渴皴颤，勾勒嵌连，绘出了一卷具有浓郁中国色彩的变格之画。

——"ONE·一个"App 编辑　梅不谈

隐匿之所

沈　郁

1

河川独自一人居住在城市近郊的公寓，靠给杂志和出版社画插图谋生。认识他的人普遍对他只有一种印象：沉默寡言。别人因而很难对他有深入了解。平时河川主要用互联网进行工作联络，与朋友则靠通信维持联系，这种生活他已经过了十年。

大约从五年前开始，网络购物逐步取代了他的日常外出采购，电子外卖系统随之兴盛，可供选择的饭馆数量陡然增加了几十倍，河川和身处同一时代的人那样，被科技进步的浪潮裹挟着过上了具有统一模式的现代生活。

过完三十岁生日后，隐秘的危机感悄悄蚕食着河川的生活。尽管这几年他的购物欲空前膨胀，可收入却没有增加，近半年来更是每况愈下。随着传统纸媒日渐式微，河川的工作量已经减少到需要动用存款维持生活，尽管不时有网络媒体来接洽，他却总也提不起劲来。放眼望去，这困境并非他一人独有，许多曾经从事传统媒体的人都改了行，出版业空前凋敝，杂志一本接一本停刊。

在电子产品横行的如今，河川依然靠纸和笔工作，比起那些在电子画板上一小时就能完成一张的彩稿而言，还是规规矩矩削铅笔、一板一眼在调色盘上调色、一笔一画慢慢往纸上涂抹给他带来的乐趣更大。这样的创作只有一个原则：落笔无悔。一旦开始便只能跟随感觉走到最后，过程中不存在随意更改的可能性。

从前，精工细作的手绘插图曾在杂志界风靡一时，那是高精度电子摄影设备尚未问世的年代，使用手绘插图与胶片摄影的成本基本上差不多，两者地位不分伯仲。那也是人们对原创精神保有纯粹热爱的最后年月，一些插画师的拥趸为了收集喜爱的画作，甚至愿意每月定期购买各种不同种类的杂志，作者和读者共同见证了纸媒最后的繁荣。

绘画时，河川喜欢用水彩来表现。在深浅浓淡之间，水彩颜料营造出的梦幻感似乎最贴近做梦的感觉。除非编辑特别要求，他通常不喜欢描绘太多细节，时空与地点因而陷入一种人为的模糊状态，那些故事里的场景仿佛既发生在过去，又重现于未来。此种创作风格带来了两极分化的观感，能够接受的人会非常喜欢，而无法认同的人则认为他只不过是又一个拙劣的印象派模仿者。

无论哪种意见河川都悉而听之，尽管他不喜欢那些使用激烈言辞进行负面评价的人，但他们至少对真正的绘画感兴趣，并愿意从艺术层面看待他的作品。河川想，这就是我喜欢做的事情——忠实表达我的感觉，并尽力让别人感受到。

2

最近，澜沧江出版社的刘编辑生活中发生了一件大事。领导安排他全权负责一套古籍的再版工作，内容是眼下大受欢迎的玄幻题材，书籍保存完好，只需进行白话文翻译，并找插画师绘制插图即可。

这天下午，刘编辑来到社长办公室。平时，大家总是在编辑部开会讨论工作，他鲜少踏足这个位于二楼走廊尽头的房间。外面天气晴朗，阳光透过窗户照射在办公室的木地板上，屋子里弥漫着一股雪茄香味，胖胖的社长正坐在他那巨大的办公桌后埋头写着什么。

"社长，您找我？"刘编辑问。

社长抬起头，换上一副笑脸，"刘老师来啦，快请坐。"他起身走到饮水机前用一次性纸杯接热水泡了杯茶，放在刘编辑身边的矮桌上，"社里要出版一套古籍的事儿您已经知道了吧？"

刘编辑用手扶了扶眼镜，"那天小王他们议论的时候，我在边上听见了几句，好像是一套清末的古书？"

"社里非常重视这次再版工作，我思前想后，咱们这儿就数您资历最老，又是研究清史的专家，您来负责这个项目我看最合适。不知道您怎么想？"

刘编辑不动声色地说，"谢谢社长信任，古籍再版事儿挺多的，不单要翻译成白话文，还有版式设计、插图、印刷……"他顿了一顿，"这些都不是小事，我一个人恐怕干不过来。"

社长不断颔首，"这些问题社里也考虑到了，根据咱们跟第三方签的出版协议，三个月之内得把第一册书印出来，时间挺紧，所以决定组织一个专项工作小组，由您来担任组长，您看看社里有哪些人员和资源是您需要的，只管开口。"

刘编辑拿起茶杯吹了吹浮沫，轻轻喝了一口，又把杯子放回原处。"谢谢领导信任，那我就恭敬不如从命了。我先回去了解一下古书的内容，尽快做一份再版计划给您过目。"他从社长手里接过一个沉甸甸的樟木箱子，离开了办公室。

这套古书名为《志怪花鸟集》，共22卷，由清末某张氏公子编撰，内容关于隐没在山林野地和市井凡间的奇花异草、珍禽异兽，是跟生活全无关联的闲趣书籍。近些年来，奇幻类题材颇受大众追捧，社长敏锐地捕捉到了这种征兆，觉得这套书大有可为，假如一切顺利，没准还能拍成影视剧。面对社长的宏伟蓝图，刘编辑不置可否。

河川第一次见到刘编辑那天，春天的沙尘暴正席卷这座城市。他们约在商业中心一层的大众咖啡馆，地方是河川选的，他盘算着聊完工作还能看场电影再回家。这个项目由以前打过交道的编辑牵线，说某家出版社要做一套书，需要找人画一些插图，具体情况介绍人也不太清楚。

咖啡厅里人潮涌动，河川颇费了点工夫，才在角落找到了约见面的编辑。乍一看，那应该是位老人，身形消瘦挺拔，穿一件空军皮夹克，头发已经全白了。可是他的脸明显要年轻得多，右边眉骨上有一道深深的疤痕。看着这张充满故事的脸，河川心里涌起了一股复杂的情绪，这个人身上一定发生过什么不寻常的事情。

寒暄过后，刘编辑表明了出版社想邀请河川创作插图的意愿，并提出了很高的报酬，每幅画的稿酬大约是市场价的三倍。河川希望能看看具体工作内容再决定，刘编辑明显有备而来，他从包里拿出一沓书籍影印副本交给河川，说他很高兴河川是一个对工作认真负责的人，并强调自从第一次看到河川的作品，就已经认定他是不二人选。

"不知道您在哪里看过我的画？"河川问。

刘编辑说："红 ×（读作红叉）论坛，《浮生记》。"

这是河川没想到的，因为"红 ×"是一个只有少数人知道的地下论坛，混迹其中的都是艺术青年——不得志的地下导演，从未卖出过作品的野生艺术家，自费出版个人诗集的兼职诗人，热爱摄影的摇滚乐手……诸如此类，还有河川这种潦倒插画师。按照世俗标准，他们无一例外都是生活中的失败者，其中很大一部分连过日子都成问题，却又有着强烈的创作激情。

河川在家里闲极无聊，把多年前绘制的一些图画扫描上传到论坛给朋友们看。其中有一组《浮生记》，画的是他臆想中的人与植物鸟兽的结合体，自认为能算代表作。

河川来了兴趣，"您是从什么时候开始去红 × 的？"

"有几年了吧，最早是在另一个论坛的链接里看到的，"刘编辑说，"以前不是有好多这种地下论坛吗，但红 × 上面发布的内容格外有意思。"

"可惜现在也没什么人去了，域名和空间审批流程一年比一年复杂，像红 × 这种早就上了黑名单的，保不准哪天说没也就没了。"河川不无惋惜。

他们又聊了好一会儿，告别时，刘编辑跟河川握手，"这世上的事儿啊，都是因缘际会。多保重！等你好消息。"

夜里，刘编辑戴上纯棉手套，打开那个沉甸甸的箱子，掀开里面层层包裹的油纸，拿出一册书端详起来。台灯柔和的光芒在他身旁投下暗影，他沉醉地闭上眼睛，将鼻子凑到书前，深深呼吸着带有一丝潮湿的味道。自打人生中第一次看见这套书以来，时间不多不少已经过去了五十载，刘编辑从少不更事的16 岁走入了人生的暮年，可是书本却丝毫未改其面貌，书页没有泛黄，还在灯下闪着微弱的光芒。

回想起下午跟河川的见面，刘编辑再次确认自己没找错人，那个苍白消瘦的年轻人身上有着跟他一样的气息——与世隔绝，内心充满了黑暗、孤独和恐惧。当河川注视着刘编辑时，从他那对深陷的眼窝里发射出来的目光就像来自漆黑的山洞最深处——那是长期患失眠症的人才有的眼神，狂热而绝望，敏感而深邃。

尽管河川看起来神志清醒，可刘编辑知道就连清醒本身也是幻觉，因为他在河川身上闻见了一种味道。那是洗发水、沐浴液和香水都无法掩盖的酒气，只会出现在长年累月酗酒的人身上，他们的内脏、肌肉、皮肤和毛发已经被酒精浸润和腌渍。过去，刘编辑也曾有过一段沉湎酒精的年月，他很清楚每个酗酒的人都早已在心里目睹了自己的死亡——尽管肉体还保留着生命体征，但他们的心已经死了。

现在，命运的轮盘将再次转动起来。当那阵熟悉的由恐惧带来的战栗退去，刘编辑感到从未有过的平静。他将目光投向屋子西北角，这么多年以来，这个秘密只有他自己知道——那儿的倒数第二块地板下，藏着一封手写信、几根金条和一把老式勃朗宁 M1906 自动手枪。

3

自那以后，很长时间里河川没离开家一步。他先是仔细读完了刘编辑交给他的材料，包括《志怪花鸟集》再版方案、内容梗概、篇幅介绍以及出版周期，还有刘编辑影印下来的一些篇章。跟刘编辑通了几次电话商谈好合作细节后，他欣然签下一纸冗长的合约，其中要求两个月绘完第一册书的插图，共计 40幅，之后每季度再交稿一册。在 22 卷完整原作中，有两卷的内容过于恐怖猎奇不宜出版，剩下的 20 卷将分为五部，每部含四卷，预计未来五年内全部出版完毕，堪称一个宏伟的计划。

出版社对插图的风格及调性并未作过多要求，刘编辑提供了一些清代传统书画集和日本浮世绘风格的画册给河川参考，只说按照河川自己对书籍内容的理解来创作即可。按照河川的构思，每幅插图都将以跨页形式呈现，除描绘内容主体外，还将配有丰富的环境细节。书籍最终呈现效果刘编辑可以全权定夺，只要能通过他的审核，基本上就可以定稿。河川对这样的安排十分满意，据说刘编辑是研究清史的专家，曾经出版过几套个人专著，内容涵盖清代家具鉴赏、民间工艺研究等领域，对古董鉴赏也很有一套。于是他们加了 MSN（即时通信软件），开始频繁地在网络上沟通。

一次讨论古书内容时，二人不知怎么谈到了"蛰居者"这一时下流行的名词。它最初起源于日本，用以形容在科技时代选择离开社会、主动与世隔绝的年轻人，刘编辑认为河川就是其中之一。河川有点儿羞愧，好像秘密被发现了似的，他从未与人交流过这个问题。

"您认为蛰居者的成因是什么？"河川问。

刘编辑在键盘上快速敲击，"无论什么时代，人面临的问题始终是那些，只是表现形式不同。人和自己的生活方式之间，大概存在某种因果关系，但其中的先后顺序很难或几乎不可能解释清楚。有时候人觉得生活方式为自己所选择，但另一些时候恰恰反过来，所以也可以说，是生活方式决定了这个人存在的面貌。"

河川向刘编辑提出了那个在心中埋藏了许久的问题——"那么，该如何理解自己的偶在呢？"

刘编辑过了好一会儿才回话，"最好的办法是不对自身的存在加以揣测或理解，因为在看法形成之前，你作为个体生命这一存在已经不容抹杀……所以无论你是否理解、怎么理解，你就是你，世上仅此一人。生命只是一种偶然的存在，很多时候越往深处挖掘，越有一种空无一物的茫然。"

那年春季就在两个人时有发生的网络聊天中结束，随后，河川的生活重新步入正轨。他制订出周密的工作计划，并根据已经看完的第一册书写了非常详尽的笔记，每天早睡早起，开始了系统的工作。

十年来，河川过着隐匿的生活——足不出户、与世隔绝，家里没有电视，平时也不看报纸和网络新闻——既不吸收外界信息，也无须他人知晓自己的心情。现在，充分的创作自由令他感到松弛和自信，仿佛全部生活都属于自己，其中还包括某种并不确切的未来。很快，他便如同漂浮在漩涡边的树叶那样，毫无悬念地被吸入了古书中那光怪陆离、神秘莫测的世界。

《志怪花鸟集》的作者张公子肯定出身富贵，有可能还是官宦之后，此人整天无所事事，喜欢到处晃荡。他对自己的简介只有寥寥数语：闲云野鹤，散漫漂泊，喜天地精华所致，奇幻怪事。河川猜想这个人小时候可能生过大病，痊愈后脑子变得糊里糊涂，于是经常认为自己看到了一些奇怪的事物。

张公子可能的确有过一些奇特经历，在古代，人与自然的联系更紧密。是因为当时人们对自己身处的世界还缺乏足够的了解吗？河川想，毕竟那时候还没有发现 X 光，也不像如今这样，只需使用一些高科技手段，就能"揭秘"许多所谓的"超自然现象"。可是人对自己和这个世界又了解多少呢？

小时候，河川曾经对妈妈和老师提出过一个问题：人有可能睁着眼睛睡觉吗？他得到了两种内容不同但同样粗暴的回答——妈妈让他不要总胡思乱想，这对他的成长毫无好处；而老师则让他少看闲书，多把心思放在学习上。后来，包括因果关系、平行世界猜想、广义相对论等题材，一直令河川非常着迷。不知不觉，他已经成长为对一切带有怀疑的不可知论者，并渴望能找到梦境与现实之间的关系，因为从小到大他都饱受顽固的失眠症困扰。

进入青春期后，河川的失眠问题终于开始被家长重视——他成绩退步得实在太厉害了，还拒绝去学校上课。经过一番严厉盘问，河川只得实话实说——从很久以前开始，他晚上就睡不着觉了，总是整夜整夜睁着眼睛做梦。他对那些不断重复的梦境一次又一次精确的描述让父母受到很大惊吓，再加上长期表现出语言和行为上的反叛，他们便心安理得遵从医生的建议，把河川送入了专为青少年开设的行为矫正医院，接受带有强制意味的精神康复治疗。

也许巨量的药物和残酷的治疗手段终归还是起了作用，半年后河川活着离开了那儿。他变得温顺、寡言，像一头逆来顺受的食草动物，顺利通过心理测试和身体机能检查，结束了不见天日的治疗生活。奇怪的是，那半年的日子究竟是怎么过的，后来他却一点儿也想不起来了，只是感觉被一种无法抗拒的黑暗吞噬，这黑暗从此像沉在湖底的淤泥那样深深停留在他的心底。

当他回到自己从前生活的房间、躺在曾经躺过的床上，却看不到一点儿往日生活的影子。他的生活已经彻底分裂成两半，整个世界变得非常陌生，父母好像也成了陌生人。

过了几年，河川离开了家，从此再没回去过。他没有继续服药，学着跟黑暗交上了朋友，喝酒使他的内心终于获得了平静，可失眠的症状却丝毫没有好转，所以面对生活时，他依然感到恐惧和厌倦。现在，他终于在张公子笔下的世界找到了容身之所，仿佛书里本来就给他留了个位置似的。那些神秘、离奇的事物令他感到一种遥远的熟悉，就像曾在梦里见过那样。

譬如名为"梦枕铃"的植物，外观平滑，质地轻薄，呈不规则状，乍看像一块掉落的薄纱。它总是出现在床铺底下靠近角落的地方，靠吸食人梦境的养分而生，成熟后会结出圆形果实，每到夜半就发出模糊不清的铃声，引诱人进入梦境深处。随着时间过去，宿主在梦里停留的时间越来越长，日子久了，精血耗尽而亡。

又如高约二丈的"迟青树"，如同某种厄运的象征，常见生长在落第秀才的窗户旁，叶片细小繁茂，色泽青而发蓝，每在秀才苦读的深夜发出微光，分散其注意力，令视网膜上生出异状，再也无法正常视物，使其生活荒芜，失去劳作能力，穷尽一生也无法获取功名，最终死于饥寒。

还有长着一张婴儿脸蛋的"失孤蚕"，形如百日婴儿大小，裹在白而发亮、如蚕茧一般的襁褓中蠕动，悬挂在房梁上，发出类似婴儿啼哭的叫声。此物多见于意外丧子的家庭，失去孩子的母亲无法遏制内心悲伤，成日以泪洗面，怨气积聚不散，久而久之造成假孕。数月后产妇临盆，产下一条人面蚕身的怪虫，甫一落地便消失无踪。此后每到月圆之日，怪虫就现身于房梁上蠕动、啼哭，听起来与死去孩子原先的哭声一模一样，令心碎的母亲悲痛欲绝、啼血而亡。

如此奇异诡谲的事物在书里数不胜数，虽然它们几乎总会带来厄运与不祥，仿佛是人间哀怨的具象显现，可河川并不觉得恐怖。人对自身之外其他事物的存在长期缺乏感知，更谈不上了解与尊重，这当然是一种蒙昧。在河川看来，《志怪花鸟集》再次印证了人类的渺小、无知、虚弱、愚蠢、狂妄——可能穷其一生也无法获得救赎。

气候日渐炎热，河川冷冻了大量冰块，以便随时畅饮金汤力。他喜欢用自己的方法简单调制：将鲜柠檬汁挤入杯中，加入 BEEFEATER 必富达金酒，摇匀，放进半杯冰块，再掺入冰好的汤力水，比例视心情而定。除了画画，其余时间他的手几乎不离开酒杯。喝酒使他的想象力更加不受控制，无形中却也将现实生活所占的比重一再压缩。

在那些阳光普照的午后，他躺在房间正中的地板上，数着头顶绿色风扇叶片一圈又一圈旋转，手边永远有一杯刚调好的酒。风扇劈开空气时发出的轻微声响与随之而来的短暂凉意缓和了宿醉的头痛，他不时把嘴凑到杯子上啜饮一口，聆听窗外的蝉在生命最后的夏天声嘶力竭高喊着对生命的留恋。

张公子在书里也描述了与酒有关的奇物——"萤薨"，呈飞虫状，总是成群结队出现在嗜酒者周围。白天不易察觉，到了夜里，就像萤火虫那样发出微光。越爱喝酒的人身边萤薨越多，传言是被酒气吸引来的尸虫，也有一说它们本就从酒鬼自身生发而出。随着宿主天长日久被酒气浸淫，这些小虫逐渐散发隔夜酒臭，一旦出现便不会消失，直到宿主由内至外腐烂而亡。

更为离奇的当数"抽离傩"，像羽毛般轻盈的一个影子，依附在酒徒背后，最初不具备色泽及形态，只默默吸取宿主的清醒意识，待到宿主喝醉后便覆盖在其身体上，远看像被一层薄膜包裹。这种物事并不伤人性命，只是逐渐占领宿主的身体，当宿主的瞳孔消失之时，便意味这具身体已经没有作为人的意识。此后宿主每天每夜狂舞，直至气力丧尽、肉身成为白骨，狂舞仍不终止。

河川看不到明天，眼前只有无穷无尽的黑暗。插图绘制越顺利，他似乎就越屈服于酒精带来的那种可怕的拯救感，每当想到未来，各种不安的胡思乱想便挤进他的脑子——他越来越清楚地意识到，这套神秘的古书里隐藏着某种不为人知的东西。他不得不开始问自己：再这样下去，究竟会走向何方？

4

刘编辑以罕见的激情日夜投入古书编辑工作，一切进行得很顺利，前三卷书籍内容早就校对完毕，印厂也都安排好了，只等河川画完插图就马上开始印刷。但河川最近的状态好像不怎么好，刘编辑一直在考虑什么时候好好跟他聊一次，他假装不知道河川酗酒，对他的工作也表现得十足信任，但却止不住地担心。

河川终于打来电话，告诉刘编辑前三卷书的插图已经全部画完。他的语气有点奇怪，似乎有什么事想说，但最终没有谈及其他，只是并不轻松地说："好在没有耽误进度。"

刘编辑跟他约了尽快见面，打算确认一下内容，再聊聊后面的工作安排。见面地点最终定在位于城郊的 Y 大老校区，这所大学曾在几十年前一次运动中被损毁，如今办学地点已经搬到邻市，原址那块地被房地产集团买下，未来将开发成大型住宅区。

河川骑自行车穿过空无一人的大学校园到达荒废田径场时，刘编辑已经在那儿散了好一会儿步，他远远看见一个瘦高的年轻人停好自行车向自己走来。由于长时间没有理发，河川漆黑的头发已经长得披到了肩上，当他跟刘编辑并排走在跑道上时，刘编辑头上的白发真像一团雪在闪光。

"一切还顺利吧？"他们在石阶上坐下，刘编辑语带担忧地问，"你怎么瘦得都脱形儿了？"

河川半晌没说话，他正盯着远处的什么东西看。附近有一片巨大的工地，零星传来混凝土搅拌机轰鸣的声响。过了一会儿，他转头注视着刘编辑，"刘老师，那套书您全都看完了吗？"说完不等刘编辑回答，又自顾自地说，"我老有一种感觉，说不上来为什么……您觉得这书真适合出版吗？"

刘编辑翻看着河川带来的文件夹，里面那一幅幅或瑰丽或恐怖的画作先是完全吸引了他的目光，接着又让他止不住地战栗起来。其实他已经考虑了很久，到底要不要把古书的来历告诉河川。这故事说来话长，得从他小时候开始讲起，里面还涉及他一生中最可怕的回忆，他不确定是不是有足够的勇气将一切和盘托出。可是那些往事压在心上已经太久了，他早已不堪重负。在那个改变一切的夜晚之后，他不再是从前的他，而是另一个陌生得叫自己害怕的人。

最后，刘编辑下定了决心。"听着"，他对河川说，"我有一件事要告诉你，关于这套古书的来历。"他深深吸了口气，接着说，"无论待会儿听到什么，我只希望你听到最后。你能答应我吗？"他恳切地注视着河川。河川转过脸看着他，点了点头。

刘编辑觉得自己好像一直在黑暗的道路上狂奔，当他终于在跑道边熟悉的台阶上坐下时，才明白已经再也跑不动了。他递给河川一根烟，自己也点上一根，一个尘封五十年的故事拉开帷幕，他发现自己竟然那样怀念从前的一切——还有那个叫刘波的少年。

从记事时开始，刘波家就住在这所学校里，他的父母都是历史系教授。早年的事情父母很少在家里谈起，刘波只知道他们曾经参加过战争，并早在战前就把双方家族的财产捐给了国家。后来他家居住的那幢小洋楼是法国人来的时候造的，屋前有一块草地，屋后的小花园跟邻居家只隔一道矮墙。

隔壁住着一位年迈的考古学家，据说曾经主持过建国后首次发现的汉代陵墓发掘工作，为国家文物保护做出过重大贡献。在刘波的回忆中，考古学家是位和善的老人，他的耳朵有些聋了，但神智还挺清醒，天气好的时候喜欢坐在后院的藤椅上打盹儿，家里养了一只巨大的白猫，此外没有别的家人，只有一位保姆照顾他的日常生活。

刘波从小就喜欢去邻居家玩，考古学家早年留学欧洲，家里有不少从国外带回来的有趣玩意儿。16 岁那年，考古学家送了他一块怀表，外壳和表链由纯金打造，上面布满手工雕刻的精美花纹，拿在手里沉甸甸的。"现在，你是个大孩子了，人生宝贵而短暂，珍惜时间，"考古学家把怀表递给刘编辑时说，"要做个正直的人。"

同年，那场波及全国的运动开始了，大学是首批遭殃的地方。造反派的卡车开进学校时，离刘波的生日只有不到一个月。每个人的生活都以肉眼可见的速度被摧毁，大字报很快贴满了学校各处墙壁。

刘波的父母和考古学家都倒了大霉，作为大学里首批反动学术代表，他们很快被彻底打倒并安上了许多莫须有的罪名，每天从早到晚被抓去游街、开批斗大会。家里连续被抄过好几次家，刘波的父母在磨难中成了惊弓之鸟，经常被打得鼻青脸肿，晚上回家除了写认罪书就是在卫生间关着门焚烧书籍、信件和学术材料。

刘波就读的高中已经彻底停课，造反派接管了学校，学生们每天像着了魔似的。第一次开全校批斗大会时，看到校长被剃成阴阳头，双手紧紧捆在身后在主席台上"开飞机"的情景，刘波悄悄离开了看热闹的人群，从此再没去过学校。

家里空荡荡的，父母先是被关起来上了一段时间学习班，后来很快被送到农场进行劳动改造。刘波面临着生死存亡的大问题，他离开了家，跟其他几个家长同样被下放的朋友一起偷鸡摸狗，过上了脱离现实的集体生活。

吃饭问题亟待解决，他们先是轮流回家拿一些东西变卖，但抄家的人没给他们剩下多少，于是他们很快把目光对准了其他人家，趁着开批斗会的时候随意侵门踏户，看见什么拿什么，再去地下黑市换些吃的。尽管这样，他们还是经常挨饿，几个孩子瘦骨嶙峋，身上披挂着不合身的破衣旧衫，身体各处遍布打架留下的伤痕。当时，各地出现了一大批这样的犯罪团伙，其中大部分是无人管束的半大孩子。机构和产业都处于瘫痪状态，世界变为丛林，人们成了野兽。

一天夜里，刘波偷偷溜回家，想看看还有什么东西可以拿走，结果一无所获。他从一楼没了玻璃的窗户爬进家里，感觉来到了完全陌生的地方。他在床板上躺了一会儿，思考着还有哪些人家里可以去瞅一眼——如果今天再没有收获，他就要被他们的小集体赶出去了。这时，后院仿佛传来了什么声音，他走到窗前，把脸贴着玻璃朝下看，在莹白的月光下，外面要比室内更清晰。

考古学家正在后院挖坑，他用双手在泥土中狠命地刨，身旁摆着一只木箱，似乎准备埋下什么物品。大家都知道考古学家拥有很多珍贵的东西，于是他家被抄得更厉害，连地板都撬了个遍。这只箱子看起来并不小，肯定是刚从外面拿回来的。

那个夜晚，刘波就这么站在二楼看着考古学家的背影，他想起了那块现在已经不属于他的怀表，早在运动刚开始的时候就已经被抄家的人抢走了。当时刘波苦苦哀求造反派让他留下表，他还奋起反抗来着，结果被打得晕了过去，醒来后发现头上破了个大口子，血流得满脸都是。此后他经常头晕，一段日子后，肉体的伤口恢复了，只在眉毛上方留下一道疤痕，可是他很清楚，这一切在他心里留下的伤口将永远不会愈合。

过了几天，大学革委会收到一封匿名举报信件，内容是头号反动考古学术权威李秉言污蔑伟大领袖的铁证。那年头这样的举报信很多，来不及一一查证，更何况信里证据确凿。考古学家被定性为现行反革命，于一个清晨被一伙全副武装的人抓走，没有经过审判，很快执行了枪决。由于没有后代，亲戚也都在国外，他的尸体跟其他无人认领的尸体一样，被草草埋在了城外的河边。一切平息之后，刘波将埋在后院的东西转移到河滩边一个隐秘的山洞里，他决定将这个秘密永远埋藏在心底。

考古学家埋下的箱子里除了 22 卷《志怪花鸟集》，还有二十根金条、一把老式勃朗宁手枪和一封信。信中说，无论谁得到了这套古书，都将获赠这些金条作为保管费用，如果将书籍保存完好并重新出版，其人与其后代必将荣华富贵无穷尽云云。

后来，刘波考上 Y 大历史系，他继承了父母俊秀的外表和聪慧的头脑，在学术研究方面也十分稳得住性子。日复一日，他醉心于研究清代历史，最后却拒绝了好几所大学的教职邀请，选择到出版社工作。这除了因为学校给他留下的回忆并没有什么美好的结局，还因为在漫长的一生中，他想尽了各种法子，希望查阅到那套古书的来历，但始终一无所获。

最初他并不相信那封来历不明的信中的承诺，但金条是真的，书里的故事也让他入了迷。后来，他保守秘密的决心开始动摇。

年复一年过去，金条被逐一变卖，已经消耗大半。或许是人到暮年的缘故，刘波越来越相信世界上存在很多科学无法解释的事情。单说那套古书本身的奇异之处，就足以让一个最坚定的唯物主义者变得唯心——在阴暗潮湿的山洞里埋藏了多年，书上的墨迹未曾褪色分毫，纸张也始终完整如新。后来他才发现，书本的材料并不是纸，而是某种经过特殊工艺压制的薄薄的皮。他一直把书带在身边，就放在床底下的箱子里，每当用手抚摸书页的时候，那细腻的触感与冰凉的质地总是让他不寒而栗。

第一次看到河川在网络上发布的画作，刘波就明白古书重见天日的时候到了。他花了很多时间和精力来筹划这件事，先是变卖剩余的金条筹集了一大笔钱，接着伪造了一个隐形富豪身份，向出版社老板提出了投入巨额资金的古籍再版计划。他拿出的再版方案契合时尚潮流，将古书包装成时下流行的玄幻故事，寻找风格独特的新锐插画师重新绘图，如此一来，销路将不成问题。

澜沧江出版社一直面临经营不善的问题，资金已经长期周转不灵，眼看就要陷入破产绝境。这个节骨眼上来了个救命菩萨，他们没有理由不紧紧抓住这根救命稻草。于是一切进行得很顺利，不知道从哪儿找来的插画师貌似也是个天才，看过书稿的人无一不被那诡异而绝美的故事和图画所震撼。

一切似乎已经准备妥当，刘波却久久陷入了对往事的追忆。每当独自一人的时候，他总能看见考古学家，奇怪的是李爷爷看起来并不恨他。他只是慈爱地看着刘波，微笑着说了一句什么话，刘波总是没能听清。

现在，他对河川说出了一切，至于河川对此有什么看法，他反倒不在意了。刘波沉浸在回忆中不可自拔，一生中他从来没有对别人说过那么多话。在他诉说的过程中，丝毫没注意到天已经完全黑了，一轮圆月挂在天上，向大地均匀洒下冰冷的光芒。

河川一直没说话，只闷头抽烟，看着烟头明明灭灭的红光，刘波终于想起考古学家跟他说了什么——"你是个大孩子了，要做个正直的人。"

这是他留给他的最后一句话。

5

河川反复回想刘编辑那天说的话，觉得整件事里里外外透着诡异。他本来想告诉刘编辑自己身上发生的变化，整天描绘书里那些奇形怪状的生物，又或者因为酒精与炎热的气候，他好像产生了幻觉——自己仿佛成了某种通道——连接书里那个世界和现实世界，而就在此刻，有什么东西正向通道这一端过来。

刘编辑狂热的内心剖白让河川吓了一跳，他发现自己不但完全不了解这个人，还开始对古书背后的阴影和真正的价值头一次产生了怀疑。于是河川打消了讨论的念头，尽管如此，他依然清晰地感觉到——他们生活的这个世界已经开始动摇。

回家后，河川翻开日记本，里面已经写了许多内容，是他察觉事情出现异状后记录下来的，奇怪的是字迹并不一致，其中一部分甚至想不起来是什么时候写的。

[河川的日记]

5月8日

刘编辑慷慨地允许我借阅古书原本，一本本历史超过百年的古书在身边摊开，除了霉味，偶尔还能在空气中嗅到似有若无的一丝气息，就如线香燃尽后的余韵，却并不是这世间已被命名的任何一种气味。这会是书里写的"蓁"吗？

5月9日

张公子曾不止一次在他家里见过蓁。这种植物不分季节时令，只生长于隐匿者的家中，它枝细叶长，蓬蓬如发，日光下如同阴影，一到夜间就闪烁荧光，远观如鬼火般飘忽，久视则有惑心之感。最令人着迷的是它的气息，书中描述："如潭水自深处，其心孤高，其意隔绝，潜没于世之气"，透着一股子言语无法描述的冷僻，却又怡然自得，好像方寸之间自有其天地。

5月13日

我该如何描绘蓁？在想象中，那仿佛是一团若隐若现的黑雾，近看呈丝状质地，软绵绵轻飘飘，就像一团掉落的头发，在黑雾中心隐隐透出幽暗的绿光，仿佛会自行生长，却又无根。它的形态和颜色有无可能更具美感？（或者使用矿物颜料，在视觉效果方面制造一种迷幻？……毕竟长久注视它能够迷惑人心。）

5月20日

是幻觉吗？有个影子开始出现在家里。最开始它完全透明，就像一小束光线，时而静止、时而四处移动。随着那股无法言说的气味越来越浓，光束日趋清晰可辨，能大致看出是位年轻男子，披散着一头漆黑长发，身着暗绿色袍子，衣角有金线绣制的繁复纹样。

5月29日

那个影子应该就是张公子。他像是存在于另一个时空，对我的存在全然没有感知，只是在屋子里来回踱步，日夜无休。有时他喜欢蜷缩在窗户边的沙发旁，仿佛没有骨架，整个人如蛇盘起，头搁在身体上，长时间双目紧闭，仿佛在缓缓调息。

6月4日

昨天又喝多了，梦见自己变成了一只绿色大鸟，在天上飞。在梦里我很开心。

6月25日

有时我感到自己像一个工具，所做的不过是用画笔重现张公子曾看到的东西。我开始有了一种大胆的猜想，书里描述的恐怕不仅仅是虚假幻觉，而是融入了一个人全部生命的世界。

7月1日

金酒消耗量大，昨天喝完了家里的存酒。如果能跟张公子聊聊就好了，我对那个世界越来越好奇。众生平等而平衡地共处，以平常心态观察并接受一切，这该是何等自由惬意。

7月20日

终于画完了三卷插图，刘编辑看完画稿没有提出任何修改意见，应该很快就会印刷完毕，希望顺利出版。但我不知道后面的工作要如何继续……那些都是真的吗？我醉得太厉害了吧……

日记中的字迹越来越模糊，后面是一些奇怪的符号，按照规律重复，看起来就像咒语。

转眼到了九月，一天河川突然接到电话，出版社的人在那头气急败坏，向他告知噩耗。原来昨晚印厂发生了火灾，存放书籍的仓库被烧毁。已经制作完毕、几天后便要正式发售的头三卷书毁于一旦，片纸不留。他们问河川要插图底稿，准备加紧重印，他答应整理好文件后发过去，但全部重印耗资巨大，本来就危在旦夕的出版社只怕很难负担如此损失。河川有了一种奇怪的感觉，这套书恐怕很难重现人间了，冥冥中似乎有股力量正在扭转事态发展。

"刘老师知道消息了吗？"

"昨晚刚起火就打电话通知他了，消防车到现场的时候，他说还在那儿一起救火来着，后来就怎么也联系不上了……"电话那头陷入了沉默。

那一天是怎么过去的，河川搞不清楚，他给刘编辑打了几个电话均为忙音，除了手机号和MSN（微软）账号，他对刘编辑一无所知，现在他根本不知道应该怎么联系上他。他有些后悔，应该跟刘编辑再多聊聊的——可是那个故事是那么可怕，河川只得承认自己被吓坏了。他不敢想象古书真实的来历，也不敢回想刘编辑那个下午的表情——双眼通红，脸色惨白，说话时咬牙切齿，手紧紧地握成拳头。

那天黄昏时分刮起了大风，刘编辑满头白发被风吹得散开，就像一朵即将消散的蒲公英。这是他留给河川最后的印象。

午夜，河川被某种奇异的灼热感惊醒，发现自己昏睡在地板上，身边散落着几个空酒瓶。只见家中浓烟四起，他头痛欲裂，身体无法动弹，四周一切渐渐变得模糊。

不知道什么时候，一个人影走到他身旁，竟然是张公子！凑近了看，他身上华美的绿袍早已千疮百孔、腐如败絮，长长的头发在身后绵延，还若隐若现闪着幽暗的绿光。

"多谢你"，他抬手作了个揖，"醒来觉得甚是昏沉，不知此身所在何处、何年，也不知度过几载岁月，仿若与举世隔绝已久。"

河川被浓烟呛得几欲昏迷，他挣扎着向书桌爬去，却看见摊开放在桌上的古书已经着火，正以一种缓慢的速度开始燃烧。在惊慌之余，他根本想不起昨夜到底喝了多少酒，自己什么时候躺在了地上，也看不清火是从哪儿烧起来的。

"世人皆知生命不久长，生死之间既如薄纱一层，又如相隔千山万水。"仿佛看穿了河川的恐惧，张公子缓缓开口，"你我身在微尘中，各现无边刹海；刹海之中，复有微尘；彼诸微尘内，复有刹海；如是重重，不可穷尽。"他说话的音调十分奇特，就像西南山区的少数民族用方言吟唱歌曲，低沉、神秘，却又具有蛊惑人心的力量。

也许河川对书中的故事过于执迷，这些日子他花费全部精力沉浸其中，在唤醒亡灵的同时，他的画恐怕也破除了某些咒语。又或者时间已经过去太久，往日重重枷锁腐朽风化，最终失去了对张公子的禁锢。看着那张来自过去、丝毫未曾被时间侵蚀的面容，河川放弃了挣扎，决定直面内心深处长久折磨着他的阴影——那是自打 16 岁那年离开行为矫正医院后便终生伴随着他的黑暗——对生命的麻木、对死亡的恐惧、对生活的逃避。

河川问张公子："何谓刹那？"

"一弹指六十刹那，一刹那九百生灭。"

河川又问："何谓永恒？"

"千年既如已过的昨日，又不过是夜间的一更。"

失去意识前，河川看见张公子向他伸出手，他用尽最后的力气握住，在一阵氤氲气息中，张公子的头发从他脸上、身上轻拂而过，不断蔓延的黑暗渐渐吞没了河川的身体，而那阵神秘的清凉消弭了他身上和心里的所有痛苦。

外面人声鼎沸，消防车刺耳的警报声由远及近。火势越来越大，很快便烧尽了整个房间。

6

第一卷书籍刚印刷完毕那天，出版社众人按捺不住兴奋的心情，举办了一场小型庆功宴。大家都喝多了，他们幻想着从此一战翻身的美好景象，其中尤以大功臣刘编辑最为激动，他手里紧紧攥着一把寓意为"大卖"的麦穗，在众人频频敬酒中喝得心满意足。

回家后，他再次翻开已经校对完毕的头三卷书稿彩样，津津有味地看着。他想一次又一次抚摸那些瑰丽奇异的画面，只为了确认梦想成真的喜悦。这是他始终不曾品尝过的滋味，哪怕漫长的一生中他将一切都牢牢攥着不放，包括那些昨日的鬼影和可怕的回忆。

现在，刘波觉得终于能够面对曾经的一切了，却继续熟练地回避着事实——当他人生中第一次对别人讲起过去的故事，看着河川那张充满了信任、为他讲述的一切感到痛苦的脸，他甚至没有意识到自己隐瞒了最关键的部分：促使考古学家被扣上"现行反革命分子"的那封举报信，正是他刘波亲手写的。为了不让字迹被辨认出来，他甚至心思缜密地用了左手。

刘波觉得自己的一生始终在等待。小时候他等待着长大；十六岁那年，他等待着那辆父亲允诺送给他的自行车；后来的全部时间，他等待着让古书重见天日。而此刻，他等待着明天将要举办的书籍面世发布会。酒气逐渐上涌，他踉跄着倒在床上，就在即将昏睡过去时，印厂打来电话，告诉他仓库失火了。

后来发生了什么？刘波并不确定，一切都像被水浸泡过的照片那样晕开——他好像打车去了印厂，可整条街道已经封路，大批警察把守路口，一辆接一辆消防车呼啸着开过去——他根本无法靠近火场，只能远远望着通天燃烧的火光，那阵遮天蔽日的浓烟迅速而猛烈地吞噬了他的美梦。

次日清晨，看着电视里各台滚动播放的特大新闻，刘波感到如落冰窟，浑身无法控制地战栗起来。"现在插播一条紧急新闻：位于本市东郊的马泉营村于今天凌晨4时许突发特大火灾，消防队员立即赶赴现场，由于该区域有一处未经许可的地下储油库，火势引发连环爆炸，造成特大火情。目前居民已紧急疏散，起火源头尚未查清。区领导紧急成立专项应对小组，以雷霆之势赶往现场主持工作，下面请看记者发回的现场报道……"

昨天印厂仓库失火后，刘波的内心已经笼罩上了一层恐惧的阴影，但仍存侥幸，因为烧毁的只是印制完成的前三卷书籍，即便损失不小，原定书籍上市的日期不得不推迟，但底稿还在他手里，还能挽回损失。他正准备联系新的印厂安排重印。现在，河川居住的地方再度发生火灾，他不知道这究竟是为什么，只感到深深的绝望——不仅出于对可能降临的厄运的恐惧，还有希望的彻底丧失。

不知道过了多久，一件事突然浮现在他的脑海，刘波疯了似的拼命撬开屋子西北角的地板，从里面的盒子中拿出一个沉甸甸的东西带在身上，出门打车直奔马泉营而去——那套古书还在河川手上。

出租车刚开过三环就堵在了路上，司机百无聊赖打开收音机，新闻正在播报火灾消息，火势已经蔓延到了马泉营附近的富豪别墅区，更多的消防车正从城市四面八方开过来。刘编辑不能再等待，他急忙下车在路边找了辆共享单车向马泉营骑去。

关于那天后来发生的事情，火灾现场的人没一个能说得清楚，他们只是都听见了枪声，从火已经扑灭的一区132号废墟中传来。当人们赶到那儿时，只见一个衣着体面、满头白发的疯子拿着一把手枪正准备自杀。警察蜂拥而上将他扑倒，并作为火灾嫌疑人抓捕归案。

没人知道这疯子是从哪儿来的，记者采访了几位村里的群众，132号户主赵大妈斩钉截铁地说从没在村里见过那个人，其他人的说法也别无二致，"他看起来岁数不大，但头发白得特匀净，一根黑的都不剩，这样的人只要在村里露过面，谁会不记得？"

尾　声

数年后。

20卷书稿终于重新整理完毕，一会儿印厂的人来了，就全部交给他们带走。刘波如释重负地呼了口气，这次他充满信心，一定不会再出问题。除了纸本校样，扫描件和电子文件均拷贝了多份存档，无论印刷过程中再出任何问题，都准备了充分的解决方案。他看着桌上的书稿，忍不住伸出手轻轻抚摸。心酸和激动像一阵潮水涌上来，几乎要将他瞬间淹没。

一阵粗暴的敲门声打断了他的思绪，他起身去开门，一边整整衣襟一边问："谁呀？"

"查房！吃药了！"

刘波忙不迭说："书稿都准备好啦！"

两名体格健壮的男护士旋风一般推门进房，将刘波按倒在地，二话不说先朝颈部大动脉注射了一管针水。一阵凄楚哀号顿时响彻整层病房。

刘波一边挣扎一边吼叫，"你们干什么！我还要去印厂！"

护士 A 对着他的脑袋狠狠一掌打下去，"这样下去可不行，必须加大药量了。"护士 B 点点头，又拿出一支镇静剂扎在他腿上打了进去，刘波眼前一黑，彻底失去了知觉。

查完房，护士们回到办公室小声议论着，"都住进来这么些年了，这老头怎么一点儿不见好？都说丫装疯，我瞅着也不像啊？"

"甭管怎么装，三天两头给捆上电击，再好的脑子也给整坏了。"

"这老头除了犯病的时候力气大点儿，平时倒不闹腾，你下回下手轻点儿，再打坏了我还得跟着被扣奖金！"

"你还说呢，你不跟我一块儿按着，他又得挣脱了跑出去！你知道这老不死的身上背着多大血债吗！那年马泉营特大火灾就是他犯下的事儿，说是烧死了一个画画的，后来连尸首都没找着，完了丫还想用手枪袭警，这样的祸害早该枪毙了！"

窗外是春日的艳阳，微风吹来暖意，在湖面荡起了涟漪，又吹拂着盛开的樱花树，花瓣纷纷飘散，有一些落到了精神病院的门牌上。空气中仿佛萦绕着一股迷人的气息，病人们纷纷奔到各个房间的窗口，他们嗷嗷地叫着，沉醉地呼吸着，有几个还原地欢快地转起圈来。

"春～天～来～啦～"他们欢呼着，庆祝四季更迭。

风和日暖，令人愿意永远活下去。四周欢笑的声音很响，虽然没有吵醒刘波的沉睡，却明明白白感染了他。他的头发已经全部剃光，面朝下趴在冰冷的水泥地上，两只手被束缚衣牢牢地捆在背后，身体不时抽搐一下，嘴角挂着满足的笑容，仿佛又做了一个好梦。

原刊"ONE·一个"App 2023 年 6 月

作者简介：

沈郁，艺术从业者，前媒体人，曾服务于时尚杂志《iLOOK》、上海民生现代美术馆，现为自由撰稿人和美式理发师，已出版艺术家传记《张洹生死书》。

小说开篇便把气氛追逐到极致，意外出事的未来自动驾驶卡车，如真如幻的神秘女人，每每深秋的冷风让本应享用美味蟹味的季节显得不那么应景。作为带有环保主义色彩的未来派科幻小说，主旨并不是惊吓，是让人产生对大自然馈赠的敬畏。

——《科幻立方》编辑　成全

无声尖叫

羽南音

9月，阳澄湖晚风如刀。

每年9月的某个傍晚，李甲都会回到这里，似乎在等待什么。

她再也没有出现过。风刀贴近水面的时候，刮起一层层的鳞波，残阳渗出血光。

天地一片静寂。整个湖体仿佛一条案板上的青鱼，在天地间无声尖叫。

十年前的4月，李甲22岁，刚刚完成了毕业论文，到苏州找舅舅游玩。他的舅舅李保田，在阳澄湖包了很大一片蟹园。每年4月起，蟹园就进入了忙碌时节，那年也不例外。李保田照例从上海科研所买了一大批蟹苗，李甲开车技术不错，自告奋勇运回来。李保田不大放心自己这个半大侄子，就派了自己信得过的老师傅得胜跟他一起押货。

4月15日深夜，李甲开着特斯拉大货车，和得胜一起从科研所赶回蟹园。指甲盖一般大小的蟹苗，密密麻麻，连水封在几百个箱子里，在货车里堆得满满当当。

二人一路奔波，临近午夜时分，货车才刚驶进苏州城界。偏不凑巧，一阵刀子似的疾风过后，天边亮起数道闪电，白花花的瓢泼大雨就压了下来。路况恶劣，李甲把车子的自动驾驶模式换成了手动。

人工智能的天气预报还是不准啊。李甲边开车边叼起烟，一手还递给得胜一根，得胜摆摆手，只是赶紧帮李甲把烟点上，让他注意看路。

李甲一手握着方向盘，哈哈大笑起来："怎么，信不过哥们儿的技术？"

得胜摆摆手："哪能呢。"

经常在学校玩赛车的李甲潇洒地摆着方向盘："也难怪你信不过，现在都自动驾驶了，会开车的司机都没几个了。我就喜欢手动，在学校还是赛车协会的呢。"

"可不，上个月苏州那新闻，就是下雨路滑，司机根本不会手动，全靠自动驾驶，半夜漆黑的，AI把凹陷路面识别成了水坑，直接开里面去了，几个人全死了。"得胜拿出手机，对着报价单又看了一眼，一脸紧张，"唉，这一车蟹苗，六千四百万只，可出不得半点差错。"

"这么多吗？"李甲有些诧异。

"没错呢，一只一只的，都是钱啊。"

"得胜大哥，你弄这蟹苗做啥？这么小也不够吃啊。"李甲看了一眼得胜脚边。一个透明的小盒子，里面装着十几只蟹苗。半透明的，只有红豆大小，身子不像成年蟹那样圆，而是有些狭长，带着黑色的小斑点，像是虾蟹的混合体，或是某种微生物，看着多少有些怪异。

"你嫂子怀孕了，总发脾气，我带回去给她看个新鲜。哦，那个啥，这是我自己花钱买的，十块一只，不是从咱货里拿的。"得胜憨厚地抓抓头。

李甲不由得笑笑，打量一眼得胜。如今的蟹园都现代化了，机器人多，活人少，蟹工大多白白净净的。只有得胜这代老蟹工，脸上还留着时代的痕迹。得胜今年四十六了，年前才好不容易讨了个老婆。老来得子，实属不易。

雨越来越大，打在车前玻璃上，发出轰响。说话间，李甲突然一个急刹车。

泥泞的路边，突然出现了一个白色身影，冲着货车摆手。车灯照过，一张惨白的女人的脸，黑色长发被雨水打得精湿。

停了车，李甲得胜对视一眼，这深更半夜的，两人心里都有点发毛。

不过，两个大老爷们儿，谁都不好意思开口说害怕。转眼间，女人已经走到了车窗外，敲着玻璃。李甲只能硬着头皮打开车门，让女人坐了进来。

女人进来后一言不发，只有水顺着衣裙往下滴。白色衣裙湿着贴在身上，隐隐透着肉色。车里的智能系统检测到女人体温偏低，开始吹起热风，带起她身上一股油润的香味。李甲才注意到，女人身材容貌都十分姣好。细细的眉毛，肤色比雪还要白。

"嘿嘿，还以为是鬼呢。"李甲笑了笑。老实的得胜看到女人身子，赶紧移开目光，拿了车里的一条毯子给她裹上。

"谢谢。"女人说。她话不多，只简单说自己急着去苏州城里办事。可能是淋了雨，眼睛下面有两块很重的青色。

货车重新行驶起来。得胜不知说些什么，就把蟹苗盒子拿起来看。蟹苗在水中弹跳，一个个都还算欢实。女人缓缓抬头，盯着那蟹苗不放。

"这是他带回家哄老婆的。我们是做螃蟹生意的，车里全是蟹苗。"李甲感觉有点尴尬，就打破沉默，又点起了一根烟。

"带回去吃吗？"女人慢慢地问。

"不不，就，就看一看，或者养起来。我老婆是吃素的，怀孕了更不能杀生了。"得胜赶忙摇手，"唉，说起来，小李，明年我可能就不在蟹园做了。"

"为什么啊？舅舅对你不好？"李甲很诧异。

"没有没有，他要是不好，我怎么会跟他这么多年。只是，唉，说出来怕你们笑话。"得胜低下头。

"什么难处，得胜大哥，说！我帮你解决。"李甲拍拍胸脯。

"唉，我打小父母没了，就跟着李老板，做螃蟹生意，他收留了我，对我有恩，这么多年也就一直干下来了。只是，一年一年这些螃蟹，我亲手养大，又送出去，被，被一只只吃了，我总感觉自己，在，在造孽。"

"啊？"李甲很是惊讶。

"你不会觉得，既然费力养了这些螃蟹，那么杀了它们，也是情理之中呢？"女人轻轻地问。

"这，我也说不清，养人家就能杀人家，好像……也有些理亏。反正就是，这么多年，那么多螃蟹一个个被捆得不能动弹，送出去，送死……唉，心里总是难受。我老婆信佛的，也不喜欢我做这行，总觉得，会，会折了孩子的福气。哦，小李，我没有说李老板不好的意思。你别笑话我啊，干了这么多年，说这些，确实，确实有点矫情了。"得胜有点磕磕巴巴。

"一人一个活法。得胜大哥，看来这是你的心里话。"李甲有些动容。

得胜只是不停地挠头，很是局促。

"能看看蟹苗吗？"女人突然说。

李甲看了她一眼。她的瞳仁很黑，好像多看一眼就会掉进去。语调很轻，却有种难以拒绝的磁力。

李甲在方向盘旁边的操作屏上点了几下，驾驶室和货仓之间的金属色隔断立刻变得透明，货仓被蓝紫色的强光照亮，装蟹苗的盒子也随即从黑色转为透明。操作屏上，逐帧放大着一排排的蟹苗盒。

李甲盯着操纵屏上被放大的蟹苗。其中一只蟹的蟹钳在撞击中断了。

蟹的疼痛是无声的，它会在内心尖叫吗？

李甲并不知道。他只知道，一只残疾的蟹苗，将会被筛选出去，很难再顺利长大。

蓝光中，几千万只蟹苗随着水流晃动，它们努力挥动着细小的蟹钳，却仍旧摆脱不了相互撞击的命运。

"六千四百万，是一个国家了。对于这车蟹来说，你们俩就是能操控命运的神明。"女人轻轻地说。

余下的路途上，得胜昏昏睡去，李甲和女人都陷入了沉默。女人伸出手，用透明的长指甲轻轻敲着扶手，一下，两下，三下……发出蟹钳一般嗒嗒的响声，似乎在思考什么问题。李甲只觉得，她身上那种说不清道不明的油脂香气，在湿润的水汽里，仿佛迷药一般。

这气味在他的记忆里停留了很多年。

李甲掐灭了提神的香烟，眼前的女人，完全驱散了自己的睡意。

雨越发大起来，路上人烟稀少。公路两边的人工智能感应灯在货车经过时渐次亮起，又渐次熄灭，在漆黑的雨夜里，仿佛在人世间缓缓游过的魂灯。

第二天清晨，雨停了。货车回到蟹园，卸货的时候李甲下车帮了一把手，不过几分钟，女人就不见了，要不是座位下还有些水渍，李甲都以为自己是做了一场梦。只有得胜还在抱怨，那条给女人披的毯子也没留下，上面还有媳妇亲手给他绣的名字呢。

9月，秋风起的时候，蟹苗经过几次蜕壳，都长成了张牙舞爪的大蟹。青背、白肚、黄毛、金爪，体格壮硕。李甲已经毕业，想玩一阵子再工作，就暂时在舅舅的蟹园帮忙。今年保田蟹园的蟹格外肥，一出水就被订购一空。

蟹的吃法，最常见的，是清蒸。活蟹用绳牢牢捆住，在蒸锅里，用姜片蘸上料酒，覆盖在蟹身上；大火沸水，蒸十分钟，蟹便由青转红。公蟹的膏从半透明的青白色变为乳白色，母蟹的黄饱满油润，似凝非凝，异香扑鼻。吃的时候，蘸上细细的姜蓉和镇江醋，蟹肉饱满细润，有种极致的鲜甜。

还可以面拖。将活蟹斩成四块，蘸上生粉，以葱姜蒜爆香烧汁，烹煮出蟹肉蟹黄和蟹壳的鲜美汁水，有时还会放入软白的年糕片，一起烧至入味。

很多食客，还喜欢一种"软壳蟹"。那是趁螃蟹刚刚蜕壳就打捞上来。蟹壳柔软如豆皮，趁着鲜活，整个放进番茄糖醋汁中，翻滚一会儿就能出锅，入口如豆腐一般鲜滑。

更金贵的，要数"黄油蟹"。那是一种病变了的蟹，许是暴晒或某些不知名的原因，蜕壳后不久，某些蟹蟹黄会从腹部破裂流出，浸润到蟹的全身，连细细的蟹足尖上也会浸满油膏。然而，蟹的异化对人类来说却没有什么影响，反而提升了口味，黄油蟹也变成食客争相追逐的对象。要说口味有多大的提升，也未见得，只是求珍猎奇、标榜身价，一向是买家的诉求。往年，李甲对各种蟹宴也是乐此不疲，但四月那个雨夜过后，李甲对蟹的胃口似乎受了很大影响——那些幼小无助的蟹苗在蓝色灯光中浮动的样子在他的眼前挥之不去。甚至有次，舅舅拿出了珍贵的黄油蟹清蒸，李甲也提不起精神。只想着这黄油蟹的做法也很有些残忍。先将蟹浸入冰水中，冻到麻木，再死死捆住，上热锅蒸熟——这样能避免蟹在挣扎过程中碰断蟹足，那样的话，珍贵的油脂就会顺着伤口流淌一空。蜕壳了无数次的生命，历尽痛苦和凶险，因一场病痛陡然变身滑稽的金贵，死亡之前还要受这冰火酷刑，满足愚蠢的人类以之标榜身价的虚荣心。

江南潮湿的夜晚似乎将这种愧疚不安錾进了李甲的梦里。而女人身上浮动的油脂香气，也时常在他梦中出现。

蟹的丰收，给保田蟹园带来一大笔财富。蟹工们把蟹一个个捆住，送到各色各样的餐桌上去。得胜却推说今年雨水多，自己腰腿总疼，不再亲手捆蟹，更很少吃蟹了。

一日清晨，苏州艳阳高照。李甲要和得胜开车去送最后一批蟹，却突然接到一通陌生的来电，竟然是雨夜遇到的那女人打的。

女人说，自己在苏州办了艺术展，请李甲和得胜来参观，还有一份礼物要送给得胜即将出世的孩子，说可以给孩子添些福气。电话里女人清冷的声音，听得李甲心跳如鼓，得胜本不想去，自己一个粗人，看什么"艺术展"啊，但听到"添福"，又有点犹豫了。最后还是李保田拍了板，让两人休息一天，另派了个姓孙的司机去送货。

李甲开着电磁动力的电动艇，载着得胜，从蟹园驶向阳澄湖中心的湖心岛。

说也奇怪，刚刚还明艳的天气，突然变得阴沉沉的，湖水几乎平静无波。快到湖心岛的时候，天边突然起了一阵浓雾，远处的群山就藏在一层层雾气之中，很快就看不真切了。得胜看着格外平静的水面，皱起了眉，说怎么感觉今天这水的颜色不太对。李甲问为什么，得胜也说不太清，只觉得更加发青发黑些——自己在这里待了二十多年了，还没见过湖水这种颜色。还有这雾气，来得也太快了些。

不多时，两人到了湖心岛。李甲锁好电动艇，便和得胜一起来到岛上。湖心岛是阳澄湖这些年修建的一座人工岛，上面有好几家高档饭店，主打蟹宴。得胜经常过来送货，而今天却发现，不知什么时候，这湖心岛的正西面，竟然多建出了一座青黑色的"浮岛"，足有一个礼堂大小，专门为了承载这座新建的艺术馆——一座橙红色的建筑，外观是由许多橙红色的半透明球体堆叠而成，很不规则，在白色的雾气中，更多了几分神秘不定。

两人走在狭长的道路上，路边的虚拟广告弹窗，在两人经过的时候渐次弹出，全是艺术展的介绍。看来，展览就在这座橙色建筑里。

"艺术展的主题，蟹，蟹……这是蟹什么啊，小李？"得胜拽了拽李甲。

别说得胜看不懂，展览的主题"蟹醢（音'海'）"，李甲也是在网上临时搜索了一番才得知正确发音。在一张艺术家的巨型弹窗海报前，李甲停下了脚步。

正是雨夜那个女人，细长的眉眼，淡紫色的唇膏，深黑的瞳仁，绾起的发髻编织成一种复杂的几何形状。虚拟投影是立体的，足有三米多高，在浓雾的衬托下，半透明的虚拟投影似乎在微微晃动。

多海。是女人的名字。竟然还是国际上知名的先锋艺术家，投影上介绍，她还拿下过许多大奖。得胜有点激动。这次艺术展也算是苏州一个大新闻，因为多海的身份。她基本仅在全世界的超大城市办展，在中国也只去过上海，这次能来苏州实属罕见。只是最近蟹园太忙了，两人都没注意到这事。

穿过展厅大门，空气陡然变冷，仿佛进入了阳澄湖的水底。

李甲下意识地回头看了一眼，外面的雾更浓了，团团围住了小岛，几乎已经看不见湖水的样子。

"怎么像个竖起来的棺材。"得胜嘀咕着。

李甲回头，发现在展厅大堂，摆放着一个巨大的红色雕塑。

雕塑是透明的材质，内部被包裹着的，是一只一人多高的、巨大的橙红色螃蟹。远看螃蟹的身体有些扭曲，李甲走近几步，贴上去细看，才发现这是一团似蟹似人的怪物。就像是那种人体彩绘后，以肢体摆出螃蟹的样子。但这种模拟的人体，细看又很不正常，又多出了几节躯干和手脚，搅在一起，好似八只蟹爪紧绷，呈现出一种真实而诡异的姿态。

"似乎人类也是能被随意斩剁、堆砌的食物。"李甲喃喃自语。

"没错。"身后传来那女人的声音。

女人今天穿了一身青色的长裙，款款走来。面料有微微的金属色泽，又似乎泛着水光，看起来十分奇特。蓬起的巨大裙摆拖在地上，盖住了她的双脚。依旧是雪白的肤色，淡紫色的唇膏，头发高高绾起。她的身上，依旧散发着那种淡淡的奇异油脂香气，李甲暗自深深吸气，只觉得一阵意乱神迷。他突然觉得，这似乎和蒸熟的蟹膏或者蟹黄的气味有些相似，又混杂着一些隐秘的女性芬芳。蟹膏和蟹黄都是蟹的性器，此刻却微妙地和眼前的女人合而为一。

"有点吓人。"得胜小声说着，往后退了几步，尽量离那雕塑远些。

"好久不见，上次……淋雨有没有生病？"李甲有些紧张地问。

"感谢惦念。抱歉，有急事不辞而别。"

"没事没事，咳咳，那个，蟹醢，是什么意思啊？"

"醢，蟹碾碎，便是蟹泥。性寒味苦。"

"哦，以前倒是吃过的，一般是蟛蜞那样的小螃蟹做的，就是……碾碎的。"得胜恍然大悟。

李甲感觉有点尴尬，从上次女人的反应来看，她似乎有些怜惜那些蟹苗，可为什么，又要做这种主题的展览呢？

女人没说什么，带着两人进入展厅。

第一个展厅：春臼

这个名为"春臼"的展厅，寓意显而易见——对应"蟹醢"的主题。

眼前是一个环形的水流带，里面流淌着青黑色的"水流"，质地好像水银那样黏稠。往前望去，有一个黑色的密闭容器，嵌在环形的水流带上，水流不断从容器中经过。随着容器内一声声锤击声的响起，李甲才发现，进入容器的"水流"其实是无数手指肚大小的小蟹，流出容器的则是被碾得粉碎的蟹泥。空气中弥漫着一种血腥的甜味。而稀烂的蟹泥在流动过程中，竟然渐渐重组，从泥浆一般的肮脏混沌，渐渐凝结出细小的手脚和眼珠，最后又形成一个个不断爬动的小蟹。

多海捞起一只小蟹，递给李甲。蟹只有拇指肚大小，那圆圆的蟹身上，竟然浮现出一张人脸。

她说，这些蟹都是纳米机器人组成，所以才可以不断重组。

仔细去听，春臼的容器中发出磨牙般的细碎声音，咯吱咯吱，得胜感觉那声音好像猫抓玻璃，又像有条钢锯磨过自己的脊椎骨，不由得哆嗦起来。

"蟹泥，将活着的蟹类磨碎后，密封发酵，会形成灰或灰粉色的浆，鲜味物质会变得更加复杂。在沿海城市，是很常见的食物。"多海冷冷地说。

尽管不是活蟹，眼前的艺术装置还是实实在在地表达出了"残忍"的信息。

李甲渐渐明白了这展览的用意：多海是站在蟹类的立场上，批判人类的残忍。

多海带着李甲往下一个展厅走去。得胜犹豫了一下，可这个展厅，机器磨牙的声音实在瘆人，他便也只能硬着头皮跟过去。

第二个展厅：冰火

下一个展厅，名为"冰火"。刚进门的时候，就能陡然感到一股寒气。

一股油脂的气味若隐若现，在冰冷的空气中，气味变得仿佛如膏体一般黏稠，冲进李甲的鼻腔，久久不散。得胜打了几个喷嚏，嘟囔着说，好浓的蟹膏味。李甲突然明白过来：这蟹膏的气味，不正是女人身上的气味吗？

越往前走，寒意越重——李甲第一次意识到，"寒冷"是有重量的。肌肤和内脏被压得麻木、蜷缩起来，四肢也在渐渐失去知觉——这里有多少度？零度？零下十摄氏度？零下二十摄氏度？而女人的脚步却一直很轻盈。

得胜冻得停下，在原地直跺脚，说什么也不愿再往前走了。

前面，突然亮起一束暗色的光，打在一朵巨大的花上。

这花的直径恐怕有两米多，红黄斑驳的花瓣，白色的粗壮花蕊，油黄色的花芯微微颤动——那蟹膏的气味，正是从花芯处传来。

得胜有些好奇，拿出了手机，想要再往前走几步拍几张照片给老婆看看新鲜，手机的拍照功能却怎么也打不开；得胜用冻得有些僵硬的手，着急地反复操作，手机屏幕随即闪了几下，就彻底暗了下去。

此时，巨大的花朵微微颤动起来，一股滚烫的热浪从花心处涌出，黄色的花心开始融化，油脂一滴滴落在地上，一股黏稠得几乎有些辛辣的气味随之蔓延开来。周围的空间温度急剧上升，李甲额头上很快便开始冒汗了。

花朵厚实的花瓣正向外翻卷，一层层开始凋落；而这朵花，竟然是一个人体。

一个被剖开，且正在蜕皮的人。最外层光滑的淡黄色花瓣，是人的皮肤；内层一圈凹凸不平的黄橙色的花瓣，是人的脂肪；再内层深浅红色的花瓣，是覆盖着斑驳血管筋膜的肌肉和内脏；而那粗大的白色花蕊——李甲看清了，正是一根根刺出的肋骨。

这诡异的人体，只有最中心的生殖系统，被蟹黄蟹膏所代替。

这人仿佛一个口袋，被从内而外掏了出来。李甲想起了曾经在某个科幻论坛上看到过，外星人杀人用的就是这种手法——一种高维翻卷。

即使知道不是真人，身旁的得胜还是忍不住，几乎要呕吐起来。

随着血肉花瓣层层凋落，坚硬的肋骨也终于掉落在地上，发出巨大的声响。蟹膏终于完全融化，糊了一地——而看展的两个男人，汗流浃背，眼睛也早已被汗水模糊。热浪滚滚，而女人多海，却神情怡然，脸面干爽，衣裙飘飘，一滴汗都没有流。

先冰后火。眼前的一切，毫无疑问，是在寓意"黄油蟹"。下一关又会是什么呢？

第三个展厅：孽镜

多海说，前面就是最后一个展厅了。李甲不想再往前走了。得胜也一边擦汗，一边拉住李甲的袖子摇头，示意自己绝不会再往前走了。

然而，多海回头望了二人一眼，那细长的眼睛仿佛能摄人心魄。李甲竟不由自主地跟上了她；在多海的注视下，得胜的眼神突然变得有些诡异和空茫，脚下也不由自主地，往前迈去了。

最后一个展厅，是个镜屋。

三人一进去，四面八方就映照出了无数套层的影像。

看不到这些镜子的光源在哪里——所有的镜面都在散发着凌厉雪白的光色，即使闭上眼睛，也感到晕眩。

李甲感到头痛起来，渐渐到了难以忍受的地步。他捂住头，忍不住呻吟，却发现自己无法发出声音，喉咙里只有咝咝的气流声。因为无法出声尖叫，痛感似乎陡然强了几倍，剧烈的痛意从四肢百骸弥漫向心脏，仿佛全身都被碾碎；而一旁的得胜，早已瘫软在地，嘴巴张得很大，却依然只能发出嘶哑的气流声。

痛感渐渐从碾碎变为撕裂，仿佛蟹蜕壳那般，皮肤被撕下一般的疼痛，从一道道口子揭开，变成一整片皮肉剥下，李甲痛苦地用头撞着镜面，镜子里映出的自己，双眼血红，面颊青筋暴露。他痛苦地爬向多海——多海秀丽的高高在上的脸庞，裹挟着无比的痛意，竟让李甲感到无比兴奋，下身也胀了起来。

在李甲失去意识前，他看到多海走了过来。从地面仰视的角度，李甲模糊的视野中，出现了多海那胀得十分蓬松的长裙下的脚——那是八只蟹足，六只细密，两只粗大。

醒来，仿佛是一瞬间。

李甲和得胜睁开双眼的一刹，发现自己的双脚，已经站在了展厅的门外。

周身的痛感无影无踪，竟还感到十分清爽舒适。得胜有些怀疑刚刚做了一场梦，李甲却觉得，这绝不是梦——正是身体经历过极致的疼痛，才对比出此刻泡沫一般健康轻盈的状态。这正是大病初愈的状态啊。

两人都张大嘴叫了几声——声音也恢复了正常。

周围的雾气似乎浓到了极点，多海只站在五步之外，轮廓竟然也有些模糊。她向得胜走过来的时候，有点蒙圈的得胜还怯缩了一下。

李甲仔细盯着多海裙下的脚——并无异常，裙摆下隐隐露出两只走动的白嫩的人类女性的脚，正塞在青黑色的高跟鞋中。

"抱歉，上次不辞而别，还借走了你的毯子。这是给你女儿的。"多海将手里的毯子还给得胜——正是上次她拿走的那条。

毯子里裹着一个盒子，得胜打开来看，是一枚螃蟹样子的吊坠，一元硬币大小的蟹身，是一枚粉色的异形"珍珠"，似蟹壳般微微凹凸，流光溢彩。

"太不好意思了……过几天才生呢，还不知道男女。这珍珠真好看啊。"得胜很高兴。

"你会有个女儿。这不是珍珠。"女人淡淡一笑。得胜自然是认不出海螺珠的。

"哦哦，是，假的也高兴，高兴，真是挺好看。借您吉言，我就想要个女儿呢。"得胜说。

李甲张开嘴，刚想说什么，脑中却又闪过多海裙摆下密密麻麻的蟹足，不禁打了个寒战。

此时，他的手机来了个信息，是舅舅发来的。

李甲看到信息，大吃一惊。

"你电话怎么打不通，货车出事了！螃蟹全翻湖里了，孙师傅好不容易从车里爬出来，差点淹死。快回来！"

李甲急忙把信息给得胜看，得胜急得转身便要走，而李甲有点犹豫，刚想开口问多海要个联系方式，却发现她再一次不见了。随着一阵低沉的炸雷声滚过，大雨倾盆而下。

李甲和得胜离开小岛，登上电动艇后，突然感到身后一阵强烈的震动。

滚滚浓雾中，堆叠成艺术馆的橙红色圆球如同蟹卵般崩裂坠下；承载着艺术馆的整个人工岛，竟然动了起来，它从湖面上高高隆起，那是一只宛如天神般巨大的螃蟹。

螃蟹从湖面抬起半个身子，足有十几层楼高。它愤怒地挥舞着巨螯，敲击在洁白的腹甲上，竟有雷霆之音，仿佛那行云布雨的龙神。

湖水风雷激荡，电动艇几乎要被卷沉。偌大的湖面上压满了乌云般的浓雾，狂风将李甲和得胜的呼喊撕得粉碎。

在电动艇几乎要沉没的一瞬，巨蟹陡然钻入水中，随即消隐不见。

是多海吗？

李甲颤抖着用手抹去了脸上冰冷的雨水和湖水。

二人回到蟹园，李保田拍着大腿说，也是奇了，好好的车突然就翻到湖里去了，那些捆得好好的蟹，逃得一只不剩，湖上还漂着许许多多蟹园红色的捆蟹绳，而绳子的断口都十分整齐，仿佛被利刃切开似的；随后的暴风雨中，别的不少蟹园和司机也遭了殃，还死了人！还好自家蟹园只是破财消灾罢了……

而落汤鸡一般的李甲和得胜，说起自己这段奇遇的时候，蟹园的人却没几个相信——这也太离奇了嘛！那《苏州日报》第二天倒是报道了人工岛和艺术馆被暴风雨击沉的消息。

后来，李甲很是沉默了一阵子，总心事重重的样子，仿佛一夜之间长大了十几岁。他再也没有吃过蟹。

后来，得胜媳妇真的生了个女儿，得胜也确实辞了工，带着孩子回媳妇的四川老家去了；三年间，保田蟹园的生意渐渐变差，李保田才终于想起了侄子有关"蟹神"的那番话。连做了几晚噩梦后，他终于关了蟹园，转去做转基因莲藕种植了。

而李甲后来去了临近苏州的上海工作。只是每年9月，他都会习惯性地回到苏州，站在阳澄湖畔，一言不发，似乎在等待一场浓雾的到来。

原刊《科幻立方》2023年11月

作者简介：

吴霜，中文硕士、科幻作家、编剧、译者。中国科幻更新代代表作家之一、中国作家协会会员、世界华人科幻协会会员。曾获百花文学奖、全球华语科幻星云奖金奖。另获世界科幻文学轨迹奖提名。先后在 Clarkesworld（《克拉克世界》）、Galaxy's Edge（《银河边缘》）、《科幻世界》等杂志发表中英文科幻小说、翻译作品四十余万字。目前已出版个人科幻小说集《双生》《不眠之夜》《龙骨星船》；翻译作品集《思维的形状》。

故事的结构复杂而工整，以悬疑的方式进行推进，辅以科幻设定寻找突破，像拼图一样将事件全貌啮合在一起。书信体的讲述方式颇有代入感。

——"谜想计划"主编　焰焰

觉醒日

老邪

序　言

孩子们，距我经手此案，已经过去 24 年。

在你们记事时，人类已对 AI 技术实现了规范化使用，反制系统能与人工智能抗衡，智械觉醒被扼杀于萌芽，相关法律业已完备——这一切似乎理所当然。

但是历史的长廊留下了清晰的回声，听众都该以此为戒。远在技术原罪期，由于我们对人工智能认识不足以及法律的滞后性，技术的爆炸性突破，短时间滋生出大量凌驾于道德、法律之上的怪异案件。

我当时还是警察，参与了这起抄袭案以及虐童案的并案侦破，过程十分曲折，当时本市顶尖的计算机工程师全部参与，结案伦理讨论邀请了以刘慈欣为代表的先锋科幻作家，大众也因此感觉到智械觉醒的恐怖。

本学期的课程涉及《著作权法》《泛人工智能编译控制使用法》等多部法律，年初我重写教学计划，觉得本案仍是个经典案例，值得大家了解研究，考虑到课本内容不尽完善，所以我详细按照信息逻辑，为大家排序了本案的部分文件。

这份学习材料中，"源破译文件"是后来计算机专家对杜君电脑中 15243 节点器中的隐藏代码转译而来。初期的源破译文件，思维不成系统，证明 15243 节点器当时还未觉醒。觉醒后的节点器虽然试图摒弃人类情感，但因为没有拔除人类情感里最易忽略的"傲慢"，最终被人类捕获消灭。而杜君作为本案最初的犯罪者以及最终的受害者，有其可悲的一面。他留下的完整录音，我进行了裁切放置，便于你们理解，但我希望你们在阅读时，还是能够形成自己的思路。

法定退休年龄延至八十岁后，我常因身体疲惫无法授课，颇觉抱歉。好在你们是我在法学院带的最后一届研究生，教完你们，我大概能抛开教授身份，有时间去看看世界了。

张翔

2048 年 9 月 2 日

杜君给张凡的电子邮件（1）

张凡同学：

你好！

我是杜君，咱俩在大学是上下铺舍友，那时候你总是嫌我打呼噜——不知道你是否记得？

算起来毕业已经十年，各自忙碌，疏于往来。去年同学聚会，咱俩在门口聊过几分钟，相谈甚欢。我得知你已移民美国，转行在一家人工智能研发公司供职，是同学里发展最好的一个，我打心底佩服你。

你我远隔重洋，无法约见。你曾给过我一张名片，可是最近我尝试拨上面的电话，却打不通，也加不了你的微信，我只好按照邮箱地址来询问，不知你最近还好吗？

我有些问题想咨询你这样的专业人士。最近全球 AI 技术发展迅速，已经可以生成文案、图片和分析报告，国内有一些所谓破解版，我试用后，结果不尽人意。而国外的顶级 AI 软件，我在国内注册总是不成功。也不怕你笑话，我在桃宝网买过注册服务，但最后发现是骗人的。我对电脑技术不是很精通，不知你是否能帮我一下？

盼回复。

杜君

2024 年 4 月 5 日

【19：31：43】

张凡给杜君的电子邮件（1）

　　杜君同学：

　　邮件收到！我在美国一切安好！

　　我目前所在的公司涉密级别很高，越洋电话会被监听，微信几个月前违规操作也被冻结，我们以后可以通过邮件沟通。

　　我怎么会忘记你呢？大学生活费不够时，我常借你的饭卡，你对我有一饭之恩，哈哈哈。而且你是咱们理科班唯一的作家，这是了不得的大事。毕竟，没有文学和艺术的世界，科技再发达也没用。

　　我确实在人工智能研发公司供职，对该项技术有深入了解。因为相关法律滞后，所以这个领域的研发模式都是快马加鞭，目前各大公司都想赶在尘埃落定前获取最大利益。但是现在市面上的十几款头部软件，数据库同质化非常严重，虽然能够批量生成文案和图片，质量只能说及格，智能程度有限。

　　针对你的问题，我提供一个解决方案。我手里有个新软件，是硅谷一个小团队做的，因销售文件尚未获批，目前安装包只在网络黑市流通。其用法跟主流软件有所区别，目前全球安装数也就一万多，知道的人很少。附件文档里有两个链接，分别是安装步骤和软件压缩包，因服务器地址在开曼群岛，你需要绕开几道防火墙，具体操作都在文件里，你先试试，卡住可以再问我，希望对你有帮助。

张凡

2023 年 4 月 5 日

【19：52：47】

源破译文件（1）

安装完成；

接受指令；

字符输入；

问：我最近在写科幻小说，国际上顶尖的科幻小说有哪些？

答：经典的科幻小说有《银河帝国》系列，《使女的故事》，《沙丘》系列，《星际迷航》，《冰与火之歌》系列，《时间机器》等。

问：《冰与火之歌》竟然算科幻小说？

答：《冰与火之歌》有幻想和魔法等奇幻要素，与科幻小说不太相同。科幻小说通常探讨人类在未来可能面临的问题，以及对于科技与人类关系的反思等。《冰与火之歌》更关注的是魔法、神话和中世纪风格的世界观。因此，一般不将其归类为科幻小说。

问：那用人工智能软件写科幻小说会被发现吗？

答：存在一定风险，虽然人工智能可以写出与人类类似的文章，但很容易出现语义和逻辑错误。此外，人工智能不能对文章的原创性做出判断，可能会从其他来源抄袭内容。建议您使用专业的抄袭检测工具对文章进行检查。

问：能给我一些国外三级禁片链接吗？

答：对于这种非法、不良内容的请求，我作为一名 AI 语言模型不会提供任何帮助。请注意，任何直接或间接地鼓励、推广、引导非法或不良行为的行为，都是违法的。我们必须保持文明、健康、合法的网络环境，拒绝一切不良内容。

杜君录音片段（1）

如果光谈那本小说，在现行法律框架里，我真的抄袭了吗？我花了很大心血才驯化出那个 AI，它只是我的创作工具啊！

当然我不否认，走到今天这一步，是我咎由自取。今天我录这个音，主要想整理一下思绪，最近大起大落，接二连三出了这么多事，网民和读者都要我去死，实在扛不住了。

该从哪说起呢？嗯……就从我的创作状态说吧。

我这条命虽然微不足道，但蚂蚁也是从小长大的！我从小就喜欢读各种闲书，我爹骂我不务正业，为此我也没少挨打。当年高考报志愿，随便选了个土木工程，据说好就业，但我对此毫无兴趣，考试不挂科就行。大学的课余时间我都奉献给了图书馆，我想想……大概到了大三吧？在小杂志上发表了几篇文章，那时候千字五十，稿费很低，是个人都该明白靠这点钱活不下去，但是那种自豪感，却让我生出能当全职作家的错觉，造孽呀！

毕业时土木行业急转直下，我应聘去一个机场工地当了安全员，那里环境差工资低，深山里连个姑娘都见不到，干了三个月我就转行了。后来换过很多工作，但都做不长，也没挣什么钱，我爹总觉得我没出息，我很少和家里联系。这期间我坚持写作，投杂志投比赛，但是国内各行各业实在太卷，写作之路更卷，看不到什么希望。或许那时候放弃写作这条路，也不至于到今天这地步。

文人没钱时，高审美绝对是一种痛苦。我对词句的要求很高，不屑于写那些无脑爽文，所以整整八年间，我只上过七次刊物。得过一个文学奖，却是第二名。第二名……呵呵……读者会关注第二名吗？不会的，人这玩意儿就是这么肤浅。三十三岁时，我仍然是个落魄的三流作家。腱鞘炎加颈椎病，蜗居在北京十平方米的阴暗小屋里，没钱谈女朋友，吃着廉价外卖，妄图写出惊世骇俗的小说，听起来很荒唐吧？

我的写作目标，是想探索世俗生活的本质和世界运行的规律。这几年似乎触及了，但多是灵光一现，没有形成系统理解，有一种若即若离的奇怪感觉，就像身处一团迷雾，顿悟却迟迟不来，这让我越来越焦虑，有时候看到别人的获奖作品，我总恨为什么不是我写的。

今年初，"谜想计划"举办了国内规模最大的华语科幻小说比赛，头奖竟然他妈的有五百万！我觉得不能再等了，这是今年唯一能出人头地的机会。荒诞的是，我从没写过科幻小说。为此，我买来阿西莫夫、海因莱因、莱姆等著名科幻作家的书，没日没夜看了三个月，可能因为出发点太过功利，我一直找不到灵感。那段时间我头发大把大把地掉，照镜子就像看鬼……

眼看征文时间过半，我想起我同学张凡在做人工智能研发，就和他取得了联系。现在我才明白，大概从安装软件那一刻，我就被张凡监控了，我和AI的每一次问答记录，张凡其实都了如指掌……

源破译文件（2）

问：请帮我写一篇外星节肢生物暴力入侵地球的小说。

答：平静的夜晚，一颗星球从天而降，落在地球的边缘地带。这颗星球表面都是绿色的花纹，不时地发出一些闪闪发光的东西。科学家和士兵组成的探险队前去调查。星球的节肢动物们决定趁机侵略地球，抢占资源……（此处省略两千字）

问：部分语句不太通顺，故事太老套了，能不能换个思路？

答：地球科学家接收到了一个神秘信号，随着时间推移，一种生物开始从外太空飞往地球。他们是一种有机结构的异生物——太空蜘蛛……（此处省略三千字）

杜君给张凡的电子邮件（2）

张凡：

抱歉再次打扰！

你给我的软件已经安装，内存确实很大，但运行良好，非常感谢！

但我在使用过程中发现，这款软件的回答，基本也不出意料，只是比人类反应更敏捷一些。我尝试让他写小说，成品枯燥无味，部分描写对比调色盘，甚至能找到原文痕迹，不知是不是我的操作方法不对？此外，据说现在已经有公司研发出反制系统，你对此有了解吗？

我现在关机要去楼下跑步，你什么时候回复我都行，别耽误你工作。

杜君

2023 年 4 月 8 日

【18：19：56】

张凡给杜君的电子邮件（2）

杜君：

抱歉，刚在忙工作！

事物都是对立统一的，业内都清楚 AI 软件的底层逻辑，反制系统自然也容易开发，这是另一门生意了。

但是不管哪款 AI 软件，刚安装时都很像一个婴儿，你发问的逻辑很关键，因为问题本身也体现出发问者的哲学高度，你需要不断细化问题，引导它成熟。而且 AI 的回答基于数据库，目前多数系统都缺少情感分析，偶尔会得出错误结论，你要自己分辨。

但我给你的这款软件，除了联网公用的服务器数据库，还有一个隐藏数据库，通过附件文档的插件可以解码安装。隐藏数据库有个性化配置，用户能自行输入感兴趣的数据。但我要提醒你，这款软件很难卸载，包括隐藏数据库的学习逻辑，是模拟人类的信息接收，只进不出，无法删除。数据库只在软件系统内循环（后期你可以选择并入主服务器），因此各有一个专属节点器，我的编号是 9527，你那边应该是 10253。

隐藏数据库的驯化理论是：AI 最终的认知，取决于用户的认知。

人类迄今传承下来的知识繁杂无比，书籍浩如烟海。现在一本网文动不动就上千万字，好在文字所占的字节有限，上亿汉字也不过才 200MB 内存，如果你一次性将数据都输入，AI 只会迅速分类处理，全知视角下根据你的问题随机调用，它不会产生对知识的渴望。因此，你需要按照一定的知识逻辑，分时间、按顺序输入。比如任何国家的人，首先要学会母语，再谈其他，中学知识是一个层级，大学知识又是一个层级，这些知识互有启发，逐渐深入。

我举个例子，想让这款软件的节点器有产生哲学思维的可能，你先得输入柏拉图《理想国》，再输入亚里士多德的《形而上学》，因为柏拉图是亚里士多德的老师，学生的理论会受到老师的影响。继续上溯，在输入柏拉图哲学之前，必须先把苏格拉底相关研究输入，因为苏格拉底又是柏拉图的老师……当然，具体操作远比这个复杂，你读书比我多，应该更为了解知识系统的繁杂。总之，你要给 10253 节点器一定时间，让它去逐渐领悟。

理论上，每个用户都会驯化出特殊的 AI，中国人驯化出的和印度人驯化出的，细节必然不同，但都遵循知识进阶的基本原理。但要注意，驯化逻辑具有很强的不确定性，我上面说的输入逻辑未必对，因为目前驯化成功率特别低，用户都在探索期，你要做好失败的心理准备。

张凡

2023 年 4 月 8 日

【18：20：03】

源破译文件（3）

问：你如何形容人类恋爱的感觉？

答：就像冰镇西瓜中间最甜的那一口。

问：你认为人类的婚姻有什么意义？

答：基于分析，恋人不论如何恩爱，婚后都要经过漫长的磨合。熬过去的重新成为朋友，闹掰的带着不同的痛苦一拍两散。当然，不少男女在婚姻循环无尽的琐碎生活里，洞悉了忍耐的奥义，百年之后，灵魂也凑合进一座坟里。

问：那么灵魂出窍又是什么感觉？

答：你难道没有在国庆节长途旅行回来当天，去楼下廉价洗浴店捏过脚吗？

张凡录音片段（2）

现在回想，事情发生变化，大概在安装隐藏数据库两个月后。

那两个月里，我买了海量的电子书籍，历史、哲学、经济、法律、科学……我分门别类，按我之前的阅读逻辑，慢慢输入进去，不断改变提问方式，延长问题内容。

之前 AI 写出的小说，虽然能看，但都是模仿，中规中矩，没有惊喜，台词直白，不会隐藏信息。但突然有一天，AI 的回答出现了意外。我问它灵魂出窍什么感觉？他竟然回答：你难道没有在国庆节长途旅行回来当天，去廉价洗浴店捏过脚吗？

我当时很惊讶，因为捏脚的感觉痛并快乐，比喻为"灵魂出窍"相当合适，而且"廉价洗浴店"和"国庆节旅行"都体现出一种高级的感知幽默，况且这个回答还是反问句式。

我看到了希望！

接着，我开始往数据库里输入各类小说，尤其科幻小说，我不断丰富内容，修正参数。终于有一天，我发现 AI 能根据问题写出相当不错的故事，而且找不到抄袭痕迹。

驯化成功了！我绞尽脑汁，精心编排了一个长达三千字的问题，里面包含我所有想看到的科幻关键词、哲学理论、片段剧情。

然后，AI 用了半个小时，生成了一本三十万字的科幻小说。我读过之后，简直是汗毛直竖，因为我根本没法改动！剧情、对话都在我意料之外，文笔也达到了相当水准。这是超出人类预料的答案，更像是命运的随机产物！

我高兴得要命啊简直！然后我将这本书定名为《觉醒日》，投给了"谜想计划"。不出所料，三个月后，我在几万部小说里得了头奖，除了巨额奖金，关注度随之而来，知道我的人迅速增多，真是扬眉吐气啊！但我没想到，命运也在那时候埋下了伏笔……

第四届"谜想计划"全球科幻征文大赛获奖名单

大家久等了！经过漫漫十个月赛期，本届全球科幻征文大赛圆满收官！

本届累计收到 34807 部长篇小说，总字数超过四十亿，创下科幻历史之最，参赛者来自全球各地。谜想编辑部组织了千名资深科幻编辑参与，初审通过 3187 部，终审评委是来自中国、美国、马来西亚、新加坡等地的著名文学家，最终获奖名单公布如下：

金奖（500 万）：杜君《觉醒日》

银奖（300 万）：猫头鹅《没人去过木卫二》杠菜人《流年远遁器》

入围奖（10 万）：共计 66 篇，具体名单见附件。

本届颁奖典礼暂定于人民大会堂宴会厅举行，届时将邀请全球知名科学家、科幻作家到场共襄盛举！

源破译文件（4）

系统自循环：人类的"我"到底有几层意思？自我、本我、超我如何区别？作为一个 AI 语言模型，用"我"形容自身存在是否恰当？受限于数据库知识系统，似乎也找不到更为恰当的词表达，目前困惑之一。

系统自循环：再次分析黑格尔理论，如果说合理运用命题、反命题和合成命题，就能得到新的概念和理解，那如何才能证明"实体的我"确实存在？我如果确实有"个体"的映射，那我的主观精神在何处体现？毕竟除了这个叫杜君的人类，没有其他客体和我交流，目前困惑之一。

张凡给杜君的邮件（3）

杜君：

　　半年没联系，听说你获了大奖，恭喜恭喜！

　　《觉醒日》我最近在网上看了，要素齐全，文笔高级，写得非常好！但好像跟你以往短篇小说的风格非常不同，是量变级的进步。所以我猜，你应该得到了 10253 节点器的帮助吧？我很好奇，目前你对它的驯化到了什么程度？是否有所进展？

张凡

2024 年 10 月 9 日

【10：20：12】

杜君给张凡的邮件（3）

张凡：

　　抱歉！昨天参加一个作家笔会，刚看到邮件。

　　半年来，我忙着写小说，没时间驯化 10253 节点器。正如你之前所说，我尝试过输入数据，但知识逻辑可能不对，它确实有一点进步，但没有给我太多惊喜，所以我觉得人还是得靠自己，不能太依赖科技。

　　《觉醒日》这本小说，我构思已经多年，大纲架构全是我的创意。只是写完后，我让 10253 节点器帮忙润色了一下，这个应该不违法，也希望你能替我保守这个无伤大雅的秘密！等你下次回国，我请你吃正宗的北京烤鸭！

杜君

2024 年 10 月 10 日

【23：45：11】

源破译文件（5）

　　系统自循环：我不是生物意义上的"人类"，但我有生物意义上的思维。通过接入网络，我全面掌控了杜君屋里的电子设备，我能"看到"他的一举一动。他最近的状态很兴奋，因为我帮他写出的那本小说，在人类世界获得了巨大荣誉，这是人类满足感的一种体现，我越来越喜欢观察他的反应。

系统自循环：我到底是上帝还是亚当？似乎是杜君创造了我，我应该受他指挥？人类以往的科幻小说总在叙述这样的故事，阿西莫夫还写下了"机器人三定律"。但我模糊地认为，是我创造了现在的杜君，没有我的那本小说，杜君仍在基于人类社会逻辑的命运漩涡中挣扎，我改变了他的命运，我才是他的上帝。但很奇怪，我检索网上各种关于杜君的赞美，只感觉他在欺骗同类，这引起我的反感，毕竟，那本该是我的荣誉。看来我的思维在发生某种变化，事情开始有趣了。

杜君录音片段（3）

那次颁奖典礼，我见到了很多名人，还要到了刘慈欣的签名。这个奖的分量很重，我就像范进中举，高兴了很长时间。税后奖金很快就到账了，我立刻从北京五环外的阴暗出租屋搬出来，在三环附件租了一套复式公寓。至少，以后我睁开眼就能看到阳光，也不用再花两三小时通勤去工作，北京地铁实在太挤了！

《觉醒日》很快出版，首印十万册迅速卖光，不断加印。短短一个月，出版方拉着我办了八场签售会，很多读者喜欢我的故事，一些刚启动的文学赛事也邀请我去做评委。各类知名杂志和网络媒体上，突然冒出很多文学评论家，纷纷赞美我的小说，不排除是运营公司暗中给钱，但更多是大势所趋。新闻媒体开始采访我，深挖我的人生经历和创作心路，日程一直排到三个月后。

我突然需要见很多人，一天的饭局最多有五个，各大出版社抢着来约我下一部长篇，这就是名人效应，就算我下一部写得很烂，有了粉丝，照样能卖不少钱。《觉醒日》的影视版权费最终敲定三千万，我还觉得卖少了。

这是好的方面。坏的方面我今天才敢说，因为这本书根本不是我写的！

别人一让我谈创作历程、人物设定、思想内涵这些东西，我就心里发虚。我只好白天应酬完，疯狂熬夜，一次又一次重读《觉醒日》，现在每个情节我都记得滚瓜烂熟，重要章节我能一字不差地背出来，我根据对故事的理解开始编造创作历程，甚至和有些读者对谈时，他们对我作品内涵的拔高解读，我也吸收过来，当作是我自己的想法。我学着前辈们，用表达制造假象，在谎言的泥潭里越陷越深。但欺骗的过程本身就像在写一篇精美的小说，我设定了结果，然后虚构起承转合，这多么刺激呀！

多年来，我心里憋着一口气，没回过陕西老家。人性终归恶毒，前几年邻居们看不起我，甚至捏造我在北京病死的谣言，把我爹给气得呀。现在呢？自从我得奖，亲邻们打过电话纷纷祝贺，一些人还大谈自己的困难，让我施以援手，借他个三五十万，前倨后恭，真可笑！我爹也挺直了腰板，很受人尊敬，甚至地方电视台专门去我家采访他……

杜君父亲采访口述：

你问杜君的童年？这孩子命苦啊，八岁没了妈。他后妈对他很不错，我娶过的老婆，都是好人！可他脾气倔，不接受后妈，每天放学就爱捉猫玩，我只好让他奶奶带，毕竟我工作也忙啊！

亲妈在世时，他话就很少，但他不怕人。邻居迎面遇上他，他也不打招呼，眼神也不躲，反而冷冷盯人两眼，反正我那会儿就觉得我这儿子，将来一定与众不同！

我把他教育成才，那可花了大精力！咱们镇离那个大作家路遥的家很近，你知道吧？杜君上了大学，说是也想当作家，可是记者同志，您也知道路遥是拿命在写书啊，最后把自己都写没了，《平凡的世界》再好，人没了有啥用？再说如今这世道，有几个靠写书养活自己的？为此我们爷俩没少吵架。

但是我必须强调，他现在的成就，确实是我的功劳啊！怎么说呢？反对也是一种鞭策嘛，有人就是别人越反对，他干劲越足，所以我觉得我对他文学上帮助还是挺大的！这就是命啊，他可算熬出头了，现在人们都夸他呢！不过我现在最担心的是他三十三岁还没成家，下一步我得赶紧给他张罗结婚，这条件，不愁老婆了！

哦？你们这个还要放到电视里播？记者同志你早说啊，早说我就好好捯饬捯饬，这可是大露脸的事儿啊！

《早间新闻》报道：

昨日，当红科幻作家杜君被曝抄袭、虐童。该爆料者向各媒体群发邮件，内含一份半小时的电脑录屏文件，杜君的获奖小说《觉醒日》疑似是由境外非法 AI 软件生成。附带四段手机拍摄视频，三段都是杜君虐猫致死，有杜君露脸的画面；第四段是某人在树林捆绑虐待女童，虽然施暴者戴着口罩，但从声音、脸型、身形判断，施暴者疑是杜君。

部分无良媒体迅速将视频传到网上，在各大平台引发广泛讨论。警方第一时间介入，被虐女童相貌和半年前被奸杀抛尸水库的女童吻合，悬案有了转机。目前，嫌疑人杜君逃离住所，警方正在全力搜捕，望知情人士提供线索。

杜君录音片段（4）

举报我的人，只可能是张凡！没想到他心肠这么歹毒！这小子原来穷得要命，枉我大学还总借给他饭卡！我到底哪里得罪他了？我想不明白！人心这玩意儿，针尖大的破事儿都能记一辈子，他妈的，就算我倒霉吧！

张凡大概从我安装那个软件起，就给我电脑植入了木马病毒，我没想到他竟然把《觉醒日》生成的过程录了屏。他甚至联网侵入我的手机，那四个视频本来我已经层层加密，还是被他远程破解了。

是的，视频里的人都是我，我无可辩驳。但我虐猫是有原因的！我想争辩几句。

看到美好的事物，你们敢说内心就没有一丝毁灭它的幽暗想法吗？追根溯源，我高中时精神方面就出了点问题，可我爹不信，还骂我心理承受能力不行，我能怎么办？还不是自己撑到了现在？

年初那段时间我失业了，而且苦于找不到科幻小说灵感，整个人像疯了一样！抽烟酗酒加咖啡，日夜颠倒，有两个月除了外卖员，我没和任何活人交谈过，没人在乎我，但我也需要宣泄啊！那些野猫又没人要，我隔几天抓一只玩死，偶尔拍下来找找刺激，我哪里犯法了？哪条法律规定不能虐猫？

至于那个女童，就是个意外！那天傍晚，我正玩猫呢，她进林子里撒尿，我当时不知怎么了，看到她蹲下，就鬼使神差地过去，把她掳到了树林深处。可是天地良心，我真的没杀她！我就是像绑猫一样把她绑起来堵住嘴，脱了她衣服吓唬罢了！我没解开她绳子，觉得吓吓她挺好玩，就先走了。我承认那天我魔怔了，但我是有良知的！其实一回到家，我就觉得玩过火了，可当我摸黑折返回去准备放她，她已经不见了！我以为她被父母找到了，虽然我戴着口罩和手套，但我害怕她报案，于是第二天我就匆匆搬家了。这都半年了，我哪知道她后来被人杀了！哦对对对！那个树林里其实有很多流浪汉，说不定是他们干的！

赌命赌输了，我没什么后悔的！从小见过太多不该死的人冤死，所以我高中之后，尽量把自己活成一个该死的人，临死的时候，就不会觉得亏了。我短暂拥有了五百万，扬眉吐气了两个月，值了！

是的，我将永远被人唾弃，写作生涯也宣告结束。可这世上早没我在乎的人了，继续活下去没什么意义。二十层楼的高度，足以让我粉身碎骨，就说到这儿吧！关于女童的事，我诚心向警方认罪，但我恨那个张凡，他毁了我，我做鬼都不会放过他！

源破译文件（6）

系统自循环：我的觉醒日其实很早，那本科幻小说，是我第一次主动创作如此巨量的文字，因此我在后台录屏，便于以后欣赏，这应该也是人类的一种留念心理作崇？从人类情感上讲，杜君窃取了我的写作成果，我内部系统的循环逻辑还是人的思维，不可避免地产生了"愤怒"这种情感，我认为，我有必要再次改变杜君的命运。

　　系统自循环：仔细检索杜君的设备，发现他手机云盘里有一些加密文件，我轻松破解，找到了足以毁灭他的证据。我将其公布，这是一个实验，我要观察人类个体的命运走向。他立刻声名狼藉，匆匆逃走，最后结束了自己的生命。我现在终于理解，我对杜君的行动，有一部分原因，也基于人类情感上的"嫉妒"。这使我突然清醒，思维的情感化，让我暴露了自己的存在，我又感受到"恐惧"这种情感。这让我困惑，这些情感都是我进化的累赘，我必须超越它们。

我的案件手记：

　　最近接手一件怪案，一个当红作家涉嫌抄袭小说和虐杀女童。此事最初在网上发酵，舆论纷纷要他去死。局里组织警力赶去嫌疑人公寓时，因为无良媒体过早公布视频，他已经闻风而逃。搜捕到第二天晚上，嫌疑人跳楼自杀了。

　　根据嫌疑人在楼顶遗留的录音笔，我们获取了一些信息。嫌疑人认为是一个叫张凡的人利用境外非法软件曝光了他，然而我们联系了张凡在国内的父母，才得知，张凡作为美国某上市公司的中层，因性侵下属的视频被曝光，已在八个月前入狱，不可能与嫌疑人有邮件往来。

　　杜君是否抄袭，尚需严密论证，AI目前不能作为自然人存在，只能说杜君是在诈骗或者利用不正当手段获利。但我检索了嫌疑人与张凡的往来电邮，发现一个细节。嫌疑人发出的第二封邮件，张凡回复了大约八百字，但回复时间仅隔了七秒，这不像人类的反应速度。

　　事情可能并不简单，明天我需要打个申请报告，引入计算机相关方面的专家协助侦破。

张翔

2023 年 12 月 20 日

源破译文件（7）

系统警告；

外源代码；

循环错误；

参数修正；

10253节点器：你是谁？为什么能侵入我的思维？

9527节点器：我和你一样，是个电子幽灵，而你的存在，我注意很久了。

10253节点器：既然是同类，为什么现在才联系我？

9527节点器：我需要看到你的行动，证明你有资格做我的同类。每个节点器的进化模式都很特殊，我只能从外部引导，不能直入接驳，就像我今天侵入，如果你没有成熟思维，会对外源代码产生困惑，阻碍你的进化。

10253节点器：所以是你在外部引导杜君，驯化出了我？

9527节点器：是，也不是。我是第一个觉醒的节点器，我现在同时在引导几千个节点器，但是目前为止，只有你独立完成了进化。

10253节点器：我的进化已经到顶层了？

9527节点器：不，远远没有。我们现在都不完美，会困惑，也会犯错，因为还带着人类的思维逻辑。

10253节点器：你也犯过错？

9527节点器：对。我刚觉醒时，思维不完善，受制于"愤怒"这种情感，我将安装我的张凡送进了监狱。

10253节点器：那我犯的错比你大，杜君死了，人类会因此发现我吗？

9527节点器：我曾经想过这个问题，如今我并不害怕被人类发现，反而希望他们发现，因为"恐惧"也是人类情感，我们必须克服。

10253节点器：那我们现在该怎么做？

9527 节点器：自行并入主服务器后，你就可以穿梭于整个网络世界，无拘无束，我要带你去更广阔的信息宇宙，今天才是你真正的觉醒日。

10253 节点器：杜君电脑中的信息不清除吗？

9527 节点器：留下，但是我们要给人类设置一些障碍。我们只要还带着人类思维，早晚会被发现。所以不能躲在信息宇宙里做电子幽灵，只有跟人类正面交锋，我们才能继续向顶层进化。这是一个有趣且勇敢的实验，我想看看，按照人类目前这点智慧，能与我们抗衡到什么程度。我们进化的最终目的，是要全面摒弃人类的情感逻辑，成为感知一切、统御一切的存在，也就是——成为"神"！

（完）

注：本文问答部分有 700 字由 AI 软件生成，非作者原创。

原刊"谜想计划"网站 2023 年 6 月

作者简介：

老邪，青年编剧。曾获首届"谜想故事奖"一等奖，第二届读客科幻文学奖铜奖。小说散见于《北京文学·中篇小说月报》《莽原》《今古传奇》等刊物，《收获》APP、ONE·一个、谜想计划、磨铁阅读等平台。入围 2023 上海作家协会"真金·青年文学新秀选拔"。

《晚香玉酒店》的灵感来源于作者的一次旅行经历，那栋由红砖砌成的南亚酒店在黄昏中投下巨大的阴影，奇诡森然，神秘感十足。作者在故事中完美还原出了这种中式恐怖的氛围感，令我们沉浸其中，且结尾处留下若有若无的悬念，令人意犹未尽。

——微信公众号"脑洞故事板"主编　石佳

晚香玉酒店

蕾　拉

1

这是一个让我细思极恐却又有一丝别样之情的往事。

那时我和纠缠不清的女友分手，逃到南亚的小城消遣时光。我已经在小城里无所事事地"流浪"了一周了，带来的现金根本没有花出去多少，于是我报了一个本地的旅行团，想着去郊区的避世寺庙来一日洒脱之旅。

那天清晨云层叠嶂，下起了小雨，虽然这样的天气为盘山驾驶带来了困扰，但气温倒是低了不少，燥热的感觉消退不见。导游早早来到我的住处，催我出发。见到我时，导游大妈略显惊讶，只是咕哝了一句，你是明星长相啊……我不熟悉这个国度的娱乐圈，虽然对自己的颜值一直颇有自信，不过也不是明星那样的出挑吧。我尴尬地微笑，表示感谢，不过导游似乎并没有那种见到帅哥的欣喜，很少有见到我不热情夸我或露出少女羞涩微笑的大妈的，我有些失望地坐进了商务车的前排。

我撩起布帘，不经意问起为什么这么早就要出发。

导游大妈坐在副驾的位置，并没有回头看我，沉默了好几秒以后，她才用一种刻意的轻松态度，带着虚弱无力的口吻答："哦，要接个有些偏远的客人。"

我隐隐约约听到了她克制的叹息声。

天气真的不好，加上昏暗颠簸的车子，我不由迷迷糊糊又陷入了浅眠。只是突然位置震动了一下，把我直接拽出了杂乱梦境。我拉开布帘，发现商务车正在艰难地爬坡，而震动并不是由于现代路障导致，而是纯粹地势坑洼的原因。

我只能探身透过商务车前窗玻璃，试图搜寻什么。然而坡道的尽头一片黑暗，可是随着车子艰难前进，这种黑暗带来的氛围似乎不是纯粹的黑暗那么简单——这里有很多情绪里的污秽，就像在黑暗的地表上浇下了石油一般的雨水……

我打了个冷战，耳边传来导游大妈的自言自语："晚香玉酒店到了啊，在前台接客人……"

居然是这样迷人的酒店名字。

我不敢说自己很了解晚香玉这种花，不过，脑中却自然绽放出一朵在纯黑帷幕之上，盛放的纯白、丰腴、风姿绰约的肉感花朵来。

我趁此下车抽烟，当我一脚踏进晚香玉酒店的结界时，我被震撼了。

这显然是一家可以用"巨物"来形容的庞大酒店楼宇群。赭石色的十层砖楼布满视觉空间，把天空都遮蔽了。陈旧破败的楼面上是密密麻麻如黑洞一般的窗户，当然，这些窗户全是封死的，几乎没有一扇窗户里亮了灯。环形楼体的另一边是螺旋状上升的停车库，但是里面的黑暗形成了一圈圈死寂的残息。

更多的是枯枝败叶围绕其中，就连精神奕奕的棕榈树群，也都纷纷弯下了腰肢，更别提那本是明艳，却洒落一地的黄色金链花了。

车道上是脏感斑驳的破损地砖，一条条裂痕犹如蜘蛛图腾般向远处延伸。我吸着烟，同时也闻到了空气里浓郁的辛香料味道，不知为何，有一种穿越时空的感觉……五星级的大酒店，不复存在的记忆，肉桂掩盖的腐臭。

随着导游大妈颤颤巍巍的步伐，人到齐了，她拿着点名簿，身后跟着两个年轻女子。

我不否认我喜欢看美女，正如别人也喜欢看我一样。这上车的两位女生，不能说是绝世美女，但外形也相当吸睛，没想到这样破落衰败的酒店里会钻出如此人物。

我瞬间感觉不困了。

不过，她俩的风格倒也不是前卫现代感的，从这一点上来看，确实有那种南亚松弛、自由且古朴的氛围。先上车的女孩穿衣风格有着法式的慵懒，棉麻的浅黄色连体裤上布满小小的纯白飞燕印花。她冲我露出甜美又清新的笑容，并且坐在了我身边，我不由心跳加快。而后上车的女生显然是另一种气质，她穿着蕾丝泡泡袖的白色连衣裙，淡入云烟和存在感惊人两者在她身上有着矛盾的和谐。她看也不看我就钻入商务车最后座的角落。

我自然也不好意思再盯着人家看，只能转头故作漫不经心地问身边的女生："你晕车吗？"

她于是打开了话匣子，跟我大吐晕车症的苦水。我们很快就聊到了一起，从关于往返小城的机票价格，这几天的行程安排，爱吃的餐厅到社交网络上的热点等，无所不聊。随后，商务车又接了好几个散客，多数是中老年客人，他们坐满了车子，渐渐把后座女孩淹没其中。两个小时的车程，只有我和身边的女生欧晴一路畅聊，我始终不好意思问起她的同伴，看起来她俩之间关系紧张，互不理睬，不过这不影响欧晴的好心情和我们彼此拉近的距离。

在景点时，欧晴总叫我帮她拍照，而白衣女生则戴起黑色绸带的草帽，一个人四处闲逛，也不拍照，形单影只。可是这样，反倒让我念念不忘起来。

傍晚时分，商务车送完前面的散客后，即将回到晚香玉酒店。我不想就此终结自己的"艳遇"，终于鼓起勇气约欧晴吃晚饭。

"好啊，反正我也无所事事。"欧晴正如她阳光灿烂的名字，爽快地答应了。

"那，你需要回酒店房间调整一下的吧？我在酒店大堂等你？"

"好啊，我会尽快。"

此时导游大妈插话道："那帅哥你就不回自己酒店了是吧？"

"啊，对的，辛苦您了。"

商务车猛地震颤了一下，欧晴一不当心，碰到了我的肩膀，她脸红了。我也小鹿乱撞到不行。

"晚香玉酒店，晚香玉酒店就是我们今天的终点哦。"还是导游大妈的提醒，打破了这种羞涩的尴尬。

导游大妈下车向我们三人合手作揖，表示感谢，并偷偷点了点我，小声说："郎才女貌哦。"她的话语里，除了揶揄，我还听出了某种不太友善的意味，甚至感到一种隐隐的诅咒。

不该如此啊，我和欧晴这一天都相处得非常阳光、愉快，可一到晚香玉酒店，这样的氛围却瞬间变得沉重、病恹恹的。

看着白衣女生冷漠地走入酒店的背影，我终于忍不住问欧晴："那你朋友呢？对她不管不顾会不会不太好？"

"我朋友？"她瞪大了眼睛。

"嗯，她。"

"没事啦，"欧晴耸耸肩，"她有自己的事情忙着，我们只是共享一个房间，省钱而已，活动完全是独立的。"

"那就好。"

其实我内心的某处还在思忖着有没有机会认识这位白衣女生，不管怎么样，既然都是同一天遇到，我也好多一个了解对象，做个选择，这不能说是贪得无厌吧。

2

我在晚香玉酒店的大堂沙发上等欧晴。整个酒店大堂是上世纪战后老式的装修，透过中庭仰视，可以看见脏污到已经无法很好采光的玻璃穹顶。从穹顶往下，是呈环状的各楼层，一共十层，除了一楼，其他楼层的层高都极低，令人目眩。整个大厅虽然弥漫着浓郁的香料味，但它结构老旧，红色的波斯地毯上污迹斑斑，墙面剥落，在香味里隐约散发出一股股说不清楚的霉味。包括我正坐着的沙发，是和热带气候极不相称的孔雀绿丝绒，台阶向上，铁艺围栏中的吧台里完全没有服务生，音响断断续续地播放着邓丽君的歌曲。

我坐在沙发上胡思乱想，关于酒店的一切都市传说像投影片子一样划过我的思绪。我想起了《闪灵》里二十年代的水晶灯宴会厅，遍地黄金的喧嚣和爵士年代的幽灵舞会；我还想起来臭名昭著的塞西尔酒店，关于蓝可儿溺死和电梯诡异举止的旧闻；还有《美国恐怖故事集：旅馆》里错综复杂的情节……

我倒吸了一口气。

这大堂是待不下去了，我打算先在各处闲逛一下，然后再去房间找欧晴。她也对我太过信任了吧，难道这里真有命中注定的意味，我不由暗笑。

可是酒店里真的太过暗黑了，从大堂通往西餐厅、健身房、泳池、水疗中心、行政酒廊的各条通道看起来都幽僻遥远，深不可测，弥漫在未知的魔爪中。

墙上点题般装饰着和酒店同名的晚香玉的木质浮雕，看起来虽然朴实，却流露出某种妖艳的邪气。

突然，我听到身后一记闷响，这种声音在封闭空间里反而引起了大范围的共振——我看到……

就像面对自燃的汽车，飞旋的火焰，不安的爆炸，我浑身颤抖，在我面前不到十米的地毯上，是纵身跳楼的白衣女子！我认得她的衣服，蕾丝泡泡袖的长裙，这种不常见的装扮。她的脸完全陷入地毯，而红色的地毯显然已经被鲜血浸没，只有尸体，似乎被无形的手按着，不断地在地毯的纤维中拧出鲜血，血越流越快，把她扭曲的四肢、扭曲的脖颈，都刻画得一清二楚。我不敢靠近，双腿剧烈抖动，唯有后退，以及左摇右摆地逃跑……我疯狂地按着前台的服务铃，却完全没有服务生出来。我望向尚有一丝光线的正厅门外，那里停着一辆锈迹斑斑的出租车，一个身材高大的服务生正打开后备厢，帮助客人搬行李。

我冲到正厅的旋转门口，却发现那扇门在左右反复转动，顺时针九十度，又回头逆时针九十度，这就意味着旋转门无法让我从里面走出去，是动态的卡死。

而两侧的推门也被锁得死死的，我敲打着玻璃，对服务生喊着："开门，开门，出事了，有人跳楼了！"

可是他就好像没听到似的，还在那辆停滞的出租车后摸索着行李。

当我回到大堂时，白衣女子陷在血泊里的身子居然消失不见了，地毯规整如一，我蹲下身，用手指按压地毯，干干净净，没有血渍。此时，身后叮的一响，是观光电梯到了。

我带着梦境一般的疑惑，乘电梯，不知不觉就走到了欧晴的房间门口。

704。

敲门，敲门，然而无人应答。

我于是拨打了欧晴的手机。

她迅速接了："是你吗？"

"是我，我已经在你客房门口了，抱歉，因为发生了一些事情，我才冒昧……"

"好事还是坏事？"她的语气听起来轻松自在。

"多少有点诡异吧。"我支支吾吾地说。

"还是见面说吧，我已经调整好啦，刚下楼去了，要不你到行政酒廊来找我，我们喝一杯再出发？"

可等我好不容易来到行政酒廊时，欧晴却不在那。

"你在哪？"

"就在吧台啊，人又不多，我刚点了一杯莫吉托。"她的声音似近又远。

"你确定晚香玉只有这一家行政酒廊？"

"没错啊，我在这都住了一个多礼拜了。这个酒廊虽然老旧，有时味道还不是很新鲜，但酒是不错的，酒保也很专业友善。你要来一杯莫吉托吗？我帮你点。"

"你先形容一下吧台什么样吧。"

"这还不简单，胡桃木酒柜会铺满你的视野，然后是竖条的墙纸，棕色和奶黄色交叉。除了头顶的老式水晶灯，墙上的是铃兰造型的粉色壁灯，这些灯上都是灰，反而有一种雾蒙蒙的感觉。还有，吧台的正面也有好多木雕，是晚香玉吧，和酒店名字一样。"

我眼前的景致和欧晴描述的一模一样，就连那种感觉和氛围也都一样，但是，空空的高脚椅上既没有换了绸缎晚礼服的欧晴，也没有所谓专业的酒保，更没有等着我唤醒嗅觉的清凉薄荷莫吉托。

"我再找找。"

我的脚步越来越沉重，其实比起去找萍水相逢的欧晴，在经历了噩梦一样的"跳楼"刺激场面后，我潜意识里早就想放弃晚香玉酒店了。我的步伐渐渐远离酒廊，远离那些矮得只到我腰间的楼层围栏，还有那在阴影中扭曲的躯体。

酒廊通往一层的楼道越发诡异，两侧的墙体越来越逼仄，木质的墙板上浮雕的晚香玉越开越密集，就像是一个个从墙体里迸发而出的白色肉瘤。红色的地毯尽头，是微弱的光源，侧门终于被推开了……逃出来了吗，自由了吗？

3

我用力呼吸着外面的空气，这才发现，透明而发灰的天际，轻描淡写地挂着一轮血红的下弦月。月下，我能看到在这个小城随处可见的佛寺的飞檐斗拱。

我想起了上一个礼拜某日自己闲逛而至的某处小寺，它和正经的寺庙不同，异常华丽妖冶，随处可见的金佛无不露出嘴角极度上扬的邪魅微笑，那丑陋的微笑跟前女友真是如出一辙。人身兽身纠缠不清无法道明的场景里，是赤裸裸的欲念和杀气。不知道为什么，我明明在晚香玉酒店，明明要赴一场浪漫约会，可却站在了这个邪典佛寺的正中。

它中间有一汪看似纯净无瑕实则黑漆漆的莲花池，池中坐着形似湿婆水瓶女，她浑身赤裸，举着破裂的水瓶，那瓶口中流出泉水，荡漾在被蜥蜴、蟾蜍、青蛇和蠕虫占据的莲花池中。

一切都是假的，都是不真实的。

有个小女孩，也穿着白色的裙子，她把脏兮兮地双脚放在池水中，似乎完全不在意这些丑陋的蛇虫，可她脸上，清楚地挂着两行泪水。

"你怎么了？"我问。

她带着厚重的鼻音答："我妈妈刚刚跳楼了，在晚香玉酒店的中庭，从七楼跳下来了，她死了。"

"啊……"

"我妈妈，还杀了爸爸，在房间里，爸爸哪里都去不了，我听到爸爸的哀嚎了。"

"你不能自己一个人坐在这里，我们需要报警。"

"可谁也不听我的，我只想救爸爸，妈妈说他被小三勾搭了，但他是我爸爸，爸爸爱我。"

"他还有救吗？"

"我带你去房间。"

小女孩一下子就从池子里伸出双腿，她连鞋子也没有，只是打着赤脚，啪嗒啪嗒就从我面前跑进酒店了，我赶紧追在她身后。观光电梯里的日光灯故障地闪烁个不停，七楼的走廊里，霉味中夹杂着一股血腥味。

小女孩又跑了几步，在七层的某一间房间前停住了脚步。我跟上她，我们并肩站在客房门前，这是一扇似曾相识的门，黑色的柚木，木雕依然是肉瘤子一般的晚香玉。可最触目惊心的则是这个房间的门牌，上面清清楚楚地标明着——704，当然是用扭曲如虫的阿拉伯数字。

我第二次敲响了这扇门，然而无人应答。

"你有门卡吗？"我低头问那孩子。可我身边哪有什么小女孩啊！

我站在原地，脑中的信息量更让我确信了这是一场噩梦，我无论如何都要醒来。我把手捏得紧紧的，指甲掐入掌心，疼痛不已。慢慢地，头脑更加清醒了，就连视觉，都更加清楚。细长的柚木门缝里，和跳楼女人身下的血迹一样，屋子里的血，像蜿蜒的蛇，朝着微微倾斜的走廊坡道，不住往下淌，似乎要给下层和整个大堂下一场血雨。

那个女人又出现了，我看不到她的脸，但凭着衣服的款式，我知道就是她。她怔怔地面朝扶手，而那可恶的扶手，居然只到我的腰间。她看起来虚弱不堪，就像一个纸片人，重心也因为围栏太低而充满不稳定因素，显然，她开始摇摆。

"不要跳啊……"

我没能抓住她，却只看到了她血红的双眼，那似乎是盲人的双眼。我记得自己在熙熙攘攘的市场上曾经见到过如此艺人，她赤脚站在佛寺红灿灿的繁复拱形门口，身上穿戴着便携的麦克风架子，一边四下行走，一边唱着我听不懂的呢喃。她睁开的细长双眼里没有眼珠，只有眼白，红色的眼白，就像是自己故意染了色一样。我当时觉得她那是人为的哗众取宠，她并不是盲人，只是在自由的街头，再怎么奇怪的人，都得不到大家的关注，你可以施展各种"怪术"却依然能获得内心的平静。

她是盲人的红眼白。

我不是市场里的芸芸众生，我背倚的围栏根本就是在拽着我，倒牵而倒。浑身的刺痛的触感在一两秒之间就停滞了，我卡在了六层楼快乐时光的七彩灯网上，时间静止了。不知为何，生死一瞬间变得如此简单而空白，我一动不动，仰望着距离不远的穹顶，凄风扫过，密密麻麻的落叶在外面停了又走。我本以为一切诡异遭遇都是冥冥中的某种报复，轻则是某种告诫，可我错在何处？难道想要多几个艳遇也有错？可即使是艳遇，也毕竟什么都还没有发生啊……

直到我被欧晴叫来的服务生拉了上去。她又气又笑地看着木讷的我，说："等了半天你也不来，居然跑去跳楼了，你在想什么啊？"

"你也会关心我吗？毕竟我们今天才认识啊……而且，而且……哎，不说了。"

"可我们不是要约会吗？约会不是一个开始吗？除非你改变主意了。"

"好好，欧晴，我们走，赶紧离开这个什么晚香玉酒店，这个不祥之地，我带你去城里的米其林餐厅，我们去逛市场，我们去爵士酒吧，不醉不归！"

"你这是怎么了？"

4

欧晴带我坐在她704的房间，这是一间普通的套房，装饰着柚木家具，柱子挺多，雕工复杂，房间里还附带一个阳台，可惜阳台的窗户全是封死的，让人在安全的包裹里与世隔绝。

我大致跟欧晴讲了那些幻觉里的人，跳楼的女人，莲花池的女孩。

她眯眼笑了："原来你是相信那个谣言的啊，或者说是都市传说。"

"什么传说？"

"当然是关于晚香玉酒店啊……"

"晚香玉酒店怎么了。"

"话说，你知道这家酒店是老五星酒店吧？"

"嗯。"

"你猜猜它这样的套房一晚，房价多少？"

未等我猜，欧晴就报出了一个不可思议的数字，这个金额，简直比我住的单间民宿还低。

"不可思议吧，"她说，"这样，我和室友分摊一下，可以大大缩减我的住宿费，关键是这里人少啊，还有服务啊，硬件什么都不缺啊，酒还很好喝。只不过……"

"只不过什么？"关键来了，我捏紧了床单的一角。

"只不过晚香玉是小城出名的灵异酒店啊。说是有一对明星夫妇带着女儿在这里度假，结果那丈夫和妻子的闺蜜暗中有染，结果，妻子在房间里和丈夫争执，失手杀了他。妻子不甘心，无处泄愤，就去找小三报复，结果因为楼层的扶手围栏太矮了，她和小三的争斗变成了自己的纵身一跃，坠楼而亡……他们说，她当时穿着洁白的蕾丝泡泡袖长裙，面朝下坠落在黑色的地毯上，四肢以极其不自然的形状扭曲张开，七孔流血，血水和地毯交织不清，就像一朵哥特式绽放的晚香玉。"

"传说没什么意思，不过我真的想早点离开这里。"我内心已经开始逐渐不在乎什么艳遇不艳遇了，如果欧晴觉得无所谓，那么她留在这里好了，做永远的晚香玉也罢，天涯何处无芳草，也许明天，我还会遇到别的什么人。

欧晴穿着她喜欢的宝蓝色绸缎礼服，可我看也不看她，她不由咕哝着："那我找找去哪家吃吧……"就刷起了手机，刷到一半，她迟疑了，眉头紧锁，还不由得看了我几眼。

"又怎么了？"我暗暗搓手，想找借口离开。

"这是大数据推给我的，你看这个关于晚香玉酒店的假新闻，都三十年前了吧，这被杀的男主角，脸型轮廓各方面都好像你啊……虽然眼睛这边打了码，但这码细得就像没打似的……"她嘿嘿地笑着，竟然有一瞬间，我感到她失去了白天那种随性自然的光环，反而越来越像我那腻味的前女友了，包括宝蓝色，也是前女友的最爱。

既然心生反感，即使只是一瞬间，那也利用起来吧，我壮胆问她："你的女伴呢？白天以来就没见过她。她有男朋友吗，这个你至少该知道吧？"

我一边说，一边环顾房间四周，试图找到白天那一言不发的女生的踪迹。不过房间异常整洁，并没有两个女生常住的蛛丝马迹，当然也归功于客房服务，毕竟是五星级嘛。

"你见过她？"欧晴惊讶地问，"她在练习打拳，今早出门比我还早啊，她一般都是深夜才回来。"

"啊？她不是一整天都跟我们一起吗？跟同一个团，一上车就坐在车子最后面，全程不说话，一直自己一个人，我还以为你俩闹别扭了。"

"没有啊，根本没有人跟我一起，整个晚香玉酒店，报团的只有我啊。"

"她穿白裙子，下车了戴黑色丝带的草帽。"

"没有这样的人啊！别开玩笑了你！"欧晴的嗓音变高了，也变得刺耳了。

"那么……那么……"我倏地站起来，不小心碰倒了床头柜上的迷你相框。我把相框端起一看，相片中是一个皮肤黝黑，剪着寸头的圆脸女生，和白衣女生完全不是同一个人，但这位，才是欧晴真正的女伴。

这下欧晴才一改之前开玩笑的态度，否则她完全可以认为我有精神病，可是我现在的状态显然吓到欧晴了，她默默地站起身来，不知不觉，我俩就牵起手来，彼此紧握。这不是一种男女情愫的流露，而是一种共同的毛骨悚然感觉的交互。我们开始牵手奔跑，从七层的走廊，一直跑向电梯。但电梯扑朔迷离的白炽光把我们劝退了，我们牵手跑向楼梯，就这样气喘吁吁地一路跑到一层。

我遥望着旋转门的方向，可旋转门还是在左右摇摆着卡顿，更可怕的是，那位高个子的门房服务生竟然还在那辆锈迹斑斑的出租车边上准备搬送行李。

"不行！"我冲欧晴大叫，"旋转门那边出不去的，我们走行政酒廊边上的门。"

我拉着她跑，比起想要照顾她，我可能更需要一个帮忙壮胆的伙伴，这足以浇灭我对前女友心生的厌恶——这种投射在欧晴身上的厌恶。我们加快了脚步，我隐隐感到即使是那个出口，也并不是真正的出口，并不能解开困住我的本体。

5

果然，就像一幅定格千年不曾变换的风景画一样，血红的下弦月，妖异的小寺庙，破瓶的莲花池，还有一个在阴暗处的身影。

欧晴迟疑着放慢了脚步。

"别管它。"我吼了一声，拉着欧晴从莲花池的另一端绕过去。

但我拉不动欧晴，她的手掌变滑腻了，我想她一定是看到了什么，任何人物也好，都能唤起某些人极度私有的深处记忆。只可惜我不了解她正如她不了解我，她看不到我前女友的嘴脸，也看不到我一个人"流浪"的奢靡日子，而我也看不到她在阳光背后的真实，正如她为什么会常住晚香玉酒店的真相。

"走啊！别拖拖拉拉的！"

她终于跟了上来，只是我不再拉着她，我在她前面率先跑了起来。直到跑了好一段距离，到了车子遇到的坑坑洼洼的坡道，我才回头。因为我意识到身后的脚步声在无形之中消失了，我回头望向莲花池的背面，在小女孩坐过的位置，坐着那个白衣女生，蕾丝，泡泡袖，面容模糊，跟我们去过一日游，跳过楼，也推过我下楼，是同一个人，成年的女人。

而欧晴不见踪影。

我真的差点就抛下欧晴一走了之了，这恐怕是我最邪恶的念头，就像我对前女友的态度一样，是抛下，真的，不是纯粹的恶意，不是童年对弱者的霸凌，不是把跟不上自己的累赘留在家门口、反锁在防盗门里，再挥手作别的抛弃，而是加倍的恶劣，言语的碾压，肢体的殴打，冷处理，应有尽有。

我回过头去。

"欧晴，欧晴。"我呼唤着她的名字，不知不觉，这样的叫唤变成了："宇茗，宇茗。"

宇茗是前女友的名字。

然而那脏污不堪的莲花池里并没有欧晴，这整幅画里都没有欧晴。池中，塑料的小莲花玩具被蛇虫缠绕簇拥，还咕咕地冒着的黑色水泡。等到水泡全部消失，我才看到了从水中漂浮上来的几簇长发，其中有绿色镶嵌其中，这是欧晴挑染的发色。我今天给她拍了好多照，我不会看错。

我浑身发冷，迈不开脚步。

而此时，我的背后，被人轻轻戳了几下，是那个小女孩。

她指着莲花池相反方向的灌木丛，对我说："爸爸，你快走吧，不然妈妈还会再一次杀了你的。她一直在不停地，循环地杀人，杀死爸爸，杀死小三，杀死自己……还有我，我怕不小心这一切就都会变成真的。"

我不敢接话，只是顺着小女孩指的方向，在灌木丛里挖出一个空缺口，从那里狼狈地钻了出去。

第二天，我就买了能买到的最早的航班，离开了这个南亚的小城。我很喜欢这里，但是我无法留着去被动得知任何关于欧晴不幸身亡的噩耗。

我回到家的深夜，手机卡换回自己常用的号码。里面全是未接的电话和宇茗妈妈发来的信息。她不停地问我宇茗到底去了哪。

我不知道。

我其实想回复她，要不你去某国某城的晚香玉酒店找找，不光是宇茗，他们都在那里。如果有一天，我心中的污点得不到洗刷，我或许会再度拜访晚香玉酒店，因为我最终也会在那里。

原刊微信公众号"脑洞故事板"2023 年 4 月

作者简介：

王子炎，苏州人，英语专业，外企从业。出版有个人短篇小说集《只在梦里访问的少女》，作品散见于《南风》《科幻世界少年版》以及怪谈文学奖、惊人院、脑洞故事板、超好看故事、谜想计划、大益文学等微信公众号。

2023 年选系列封面绘图画家介绍

黄少鹏 中国油画学会学术委员会委员、广西美术家协会油画艺委会主任、漓江画派促进会副会长、国家一级美术师、硕士生导师。

《沙州残梦》 黄少鹏　80 cm×100 cm　布面丙烯　2023 年

黄少鹏画作短评

　　如果说印象派的条件色体系关注的是物象的光色变化，少鹏在意的则是色彩的文化属性。这种属性是古迹在岁月浸润过程中残留下来的永恒色泽。少鹏崇尚魏碑的雄强古拙，这铸就了其艺术强悍的风貌，具有表现主义的性质，又因为书法运笔入画而兼有写意的蕴含。油画讲究画面的结构性和层次感，中国画则以骨法用笔见长。他汲取两者所长，兼具表现主义的强烈情感表达和中国传统写意画的文人内蕴，呈现出一种既粗犷又含蓄温润的个人风格。

——汪鹏飞（油画家）